光文社文庫

文庫書下ろし／長編時代小説

笑う鬼

読売屋 天一郎(五)

辻堂 魁《かい》

JN179107

光 文 社

この作品は光文社文庫のために書下ろされました。

『読売屋 天一郎 笑う鬼』 目次

『読売屋 天一郎(五) 笑う鬼』 主な登場人物

水月天一郎《みなづきてんいちろう》――築地の読売「末成り屋」の主人。二十二歳の時に、村井家を出る。座頭の玄の市、御家人部屋住みの修斎、三流と出あい、読売屋を始める。

唄や和助《うたやわすけ》――「末成り屋」の売子。芝三才小路の御家人・蕪城家の四男。本名は蕪城和助。

錦 修斎《にしきしゅうさい》――「末成り屋」の絵師。本名は中原修三郎。御徒町の御家人・中原家の三男。

鍬形三流《くわがたさんりゅう》――「末成り屋」の彫師であり摺師。本名は本多広之進。本所の御家人・本多家の二男。

壬生美鶴《みぶみつる》――姫路酒井家江戸家老・壬生左衛門之丞のひとり娘。剣の達人でもある。

島本 類《しまもとるい》――姫路酒井家上屋敷勤番・島本文左衛門の孫娘。祖父の島本が壬生左衛門之丞の相談役で美鶴の養育掛のため、美鶴の監視役としてお供につけられた。

玄の市《げんのいち》――南小田原町に住む五十すぎの座頭。天一郎たちの後援者であり、師匠でもある。

笑う鬼

読売屋　天一郎（五）

序章　友あり、遠方より

一

正源寺《しょうげんじ》門前の長い日吉《ひよし》坂を白金臺町《しろかねだいまち》へのぼって、七丁目仲町《なかちょう》の往来を南側の地《じ》蔵横町《ぞうよこちょう》に折れた。

武家屋敷の土塀が両側に続く横町の道筋には、地蔵堂がある。

地蔵横町を南へ抜けると、今里《いまさと》村の田や畑の間をゆく野道になる。道の向こうに、増上寺《ぞうじょうじ》の下屋敷が総門をかまえている。下屋敷の木々の間に僧房の甍《いらか》が並び、木々にまじって桜が花を咲かせ始めていた。

「ははあ、桜がそろそろ、ほころび始めているね。風が匂うよ」

玄《げん》の市《いち》は、ひとり言《ご》ちた。下屋敷から青空へ顔を上げ、ゆったりと春の息吹きを吸った。目の不自由な玄の市に、今里村の田畑や増上寺下屋敷、青空の広がる景色は見えていない。

けれども、耳をくすぐる風のささやきとほのかな花の匂い、遠く近くに聞こえる鳥の声、土を這《は》う虫のかすかな蠢《うごめ》き、木々の枝葉や野の草のそよぎ、踏み締める大地の確かさに、それを感じることはできた。

目明きが目で見る景色を、玄の市は心の目で感じる。それだけの違いである。

前方より、百姓らしき女が菜を入れた籠《かご》を背負って通りかかった。

玄の市は歩みを止め、網代《あじろ》の饅頭笠《まんじゆうがさ》を通りかかりの百姓女へ垂れた。

「おかみさん、畏《おそ》れ入ります。小平《こだいら》さまの下屋敷へは、この道でよろしゅうございましょうか」

と、訊《たず》ねた。

よく肥えた百姓女は、「あ、はい？」と饅頭笠の下の玄の市へ見向き、少し不思議そうな目つきになった。

薄鼠《うすねず》色の着流しを尻端折《しりつぱしよ》りにし、黒の股引《ももひき》と素足に下駄を履いて、杖を突いてやってくる座頭が、目は見えないはずなのに、いきなり、「おかみさん」と声をかけてきたから、意外に思ったのである。

「へえ。小平さまのお屋敷は、この先の増上寺さまの門前を東へ折れ、土塀に沿って今度は南にとって、白金村の田んぼの間の縄手を道なりにゆけば、お屋敷の表門へ出られます」

肉づきのいい白い腕をかざし、女は増上寺の下屋敷のほうを指差した。

「この道の先の、増上寺さまの土塀に沿って東へ、でございますね」

玄の市は、女に倣《なら》って杖先を増上寺下屋敷に向けると、左へ軽くふって見せた。

「へえ、そうです」

と、今度は女が玄の市に倣って、指先を左へ向けた。そしてまた、ちょっと不思議そうな目つきになった。

「わかりました。ありがとうございます」

玄の市は、饅頭笠を女へ小さく下げた。杖を突いて再び数歩ゆき、道の石ころを杖の先で、ころん、と道端へはじいた。

その仕種《しぐさ》がおかしかったらしく、女は、うふふ、と笑い声をこぼした。

女は、のどかに歩んでゆく玄の市の後ろ姿を、やっぱり目は見えていないんだろうか、と訝《いぶか》るように見送った。

白金村のなだらかな丘陵地に、小平家の下屋敷はあった。

屋敷は百姓地に囲まれており、周囲には雑木林や田畑が折り重なっている。丘陵地をさらに南へゆけば、崖下に垢離取《こりと》り川（目黒《めぐろ》川）が流れている。

玄の市は門前に佇《たたず》んで、森閑とした邸内に耳を澄ました。

表門の庇《ひさし》屋根より高く、喬木《きょうぼく》が枝を広げている。むくの木だ、と玄の市は嗅ぎ分けた。

門の片側に門番所があった。

門番所の縦格子《たてごうし》ごしの窓へ、「お頼み、いたします」と、声を投げた。声をだんだん張り上げつつ三度繰りかえし、ようやく人の気配がした。

引き違いの障子戸が開き、「うん？」と、訝しむ声がもれた。

「座頭さんか。どなたかの、按摩《あんま》のご用かい」

短い間をおき、番人の声が玄の市を座頭と見くびって、くだけた口調で質《ただ》した。

番人は、年配の男らしかった。

「按摩のご用では、ございません。南小田原町《みなみおだわらちょう》の、与三郎店《よさぶろうだな》に居住いたしております玄の市と申します。駿河台《するがだい》下の沢山検校《さわやまけんぎょう》さま支配の者でございます。本日は、当お屋敷ご奉公の内海信夫《うつみのぶお》さまをお訪ねいたすため、まかりこしました。内海さまにお取り次ぎを、お願いいたします」

玄の市は、門番所へ深々と辞宜《じぎ》をした。

「内海さま？」

番人が繰りかえした。

門番所にはほかにも人がいるらしく、「どうする」「座頭か。追いかえすわけには
……」「念のため……訊《き》くか」などと、ひそひそ声が交わされた。

「玄の市さん、内海さまをお訪ねの用向きは、いかような」

「用向きにつきましては、内海さまにお会いいたし、直にお伝えいたす筋の事柄でございます。何とぞ、お取り次ぎをお頼みいたします」

別の番人が、「きっととりたてだよ、金の」と、ささやくのが聞こえた。

「わかりました。少々お待ちくだされ」

番人は、ぴしゃり、と門番所の障子戸を閉じた。

門前でだいぶ待たされたが、田園ののどかな気配にほぐされて苦にならなかった。

どこかで、ひばりが鳴いている。じっと耳を澄まし、何を話しているのか、聞きとろうとした。すると、門わきの小門が音をたて、

「玄の市さん……」

と、番人のぞんざいな呼び声がのどかさを破った。

小門をくぐると、家士らしき男が代わって、「こちらへ」と、玄の市を静まりかえった邸内の、少々風通しの悪い一室に通した。

長屋ではなく、本家と思われた。ただ、さっぱりとした客座敷ではなさそうだった。三方を襖《ふすま》に囲まれ、一方に障子戸をたてた控えの間、あるいは次の間のような部屋だった。襖と障子は、閉じられていた。

そこでも少し、待たされた。いやに待たすね、と思った。

ほしいわけではないけれど、茶は出なかった。

内海は留守か。内海がいたら、こんな対応を命じるはずはなかった。どうしたんだろう。用ができて出かけているとか。いやいや、今日という日は、内海が自分で言った期限だった。忘れるはずがない。

もしや、具合が悪く伏せっているのじゃないだろうか。

そんなことを思っていると、内海の身が案じられて動悸《どうき》が高鳴った。

ほどなく、後ろの襖の向こうに摺《す》り足が聞こえた。摺り足は、玄の市の様子をうかがうかのように、襖のそばに静かに端座《たんざ》した。妙な気配だった。

いやだね、と腹の中で呟《つぶや》いた。

廊下を歩んでくる二人の足音がした。

「失礼」

ひと声があって、障子戸が開けられた。二人の男の、重苦しい呼吸が部屋に流れてきた。玄の市は、手をついた。

二人は、袴《はかま》を払って着座し、うほっ、とひとりが咳払いをした。

「玄の市さんでしたな」

咳払いをした年配のほうが言った。

「はい。駿河台下の沢山検校さまご支配の、座頭・玄の市でございます。南小田原町に居住いたし……」

束の間ためらったが、「官金《かんきん》を営んでおります」と言い添えた。

「なるほど、官金を」

年配が、確かめるようにかえした。

官金とは、座頭金《ざとうがね》、すなわち盲人の貸金のことである。元来は、盲人が検校の官を得る資金を増殖するために、貸金が認められていた。ただ、実情は高利の金貸であっても、座頭金は官金とも、俗に呼ばれたのである。

それがしは、当お屋敷にご奉公いたす……

年配のほうが梶山井八《かじやませいはち》、もうひとりは園田克彦《そのだかつひこ》と名乗った。園田の声は、梶山よりだいぶ若かった。どちらも玄の市に、手を上げよ、とは言わなかった。

襖の向こうの男が、息を殺して様子をうかがっている。

いやだね、とまた腹の中で呟いた。

「玄の市さんの、ご用の向きをうかがおう」

「先ほど門番所におきまして、内海信夫さまへお取り次ぎをお頼みいたしました。本日、内海さまをお訪ねいたすお約束なのでございます」

玄の市は、我慢してこたえた。

「内海どのに取り次ぎを頼まれたのは、わかっておる。しかし、内海どのはただ今、当屋敷にはおられぬ。よって、それがしが代わりにうかがっておる」

「これは異《い》なこと。本日、わたくしがお訪ねするお約束は、内海さまが申されたのでございます。内海さまは今どちらに。いつごろお戻りでございますか」

「内海どのは戻ってはこられぬ。と申すか……」

一瞬、梶山が口ごもった。すかさず、若い園田がいやに歯ぎれよく言った。

「内海どのは先般、急な病を得て亡くなられた。大殿さまのお指図で仮の葬儀を済ませ、亡骸は茶毘《だび》に付し、遺骨、遺品、共にすでに国元へ送っておる」

はあ？――と、玄の市は見えぬ目を二人へ向けた。

「まことにお気の毒だが、そういうことだ」

梶山の低い声が言い添えた。

「先般とは、い、いつのことでございますか。急な病とは、なんの、どういう病でございますか。信夫は、あ、いや、内海さまは、どのように、どこでお亡くなりになったのでございますか」

「もう半月前だ。内海どのは、心の臓に持病を抱えておられた。ご奉公中に倒れ、気を失ったまま、その日の夜半、息を引きとられた。医師の手の施しようもなかった。ただ、苦しまれた様子はなかった」

玄の市は俯《うつむ》き、指の節くれだった両掌で、頭を抱えた。掌が、剃髪《ていはつ》の頭にしみこむように冷たかった。

三月前、心の臓に持病を抱えているなどと、内海は言っていなかった。歳をとっても達者な身を、ありがたいことだ、と笑っていたではないか。そうだ、内海が南小田原町の店を訪ねてきたとき……

「内海信夫かっ」

あの日、玄の市は、跣《はだし》で土間へ飛び降り、内海の手をとった。内海の手は、さらさらとして、やわらかかった。

「おお、やはり、岸井玄次郎《きしいげんじろう》か」

「そうだ。玄次郎だ。覚えていてくれたのか」

「忘れるはずがなかろう。懐かしい。三十三年ぶりだな」

「三十三、四年だよ。信夫、いつ江戸にきたのだ。達者だったのか」

「達者だとも。じつは二年前の秋から、白金村の下屋敷に奉公している。四年前、大殿さまとなられて下屋敷にお住まいの小平了楽《りようらく》さまの、お側役《そばやく》を務めている。あるところで、玄の市、という名を聞いた。もしや、玄次郎のことではないかと思っていた。やはり、そうだった。元気そうで何よりだ。玄次郎、嬉しいぞ。よく生きていた。本当に、よく生き抜いたな」

「いつ死んでもいいと思って、生きてきた。死ぬまでは生き続ける。だから生きてこられた。それだけだ。信夫、触っていいか。おぬしの顔を確かめたい」

「いいとも。年が明ければ、もう、五十二の老いぼれだぞ」

「無理もない。三十四年がたったのだものな。確かに、老いた。老いたが、若衆のころの面影が、ちゃんと残っておるぞ。目が見えていたころのおぬしの顔が、はっきりと思い浮かぶ」

手をにぎり合ったまま、片方の手で内海の顔をなでた。目も鼻も、口も顎《あご》も肩も腕も覚えている。国を離れて三十四年、こうして再び、若き日の友と会えるとは、思っていなかった。

「少し痩せたな。若きころは肉づきが、今よりはよかったように覚えているが」

「そうか。身の細る貧乏武家だからな。貧乏相応に痩せたのだ。玄次郎は若い。武士の姿形ではないものの、明ければ五十一歳になるとは思えない。まだ、三十をすぎたばかりの若造に見える。顔色もよく、清々《すがすが》しいほどだ」

「あはは。瞽《めくら》をからかうのはよせ。自分の老いは、自分が一番よく知っている。目明きに瞽が若く見えるのなら、瞽は世間の醜さや苦しさを、目明きよりは見ないで済むゆえ、気楽だからだろう。さあ、信夫、まずは上がれ。呑みながら、すぎ去った懐かしい日々を、今日は二人でとり戻そう」

しかし、内海は三十数年の歳月を超えて、旧交をあたためるために、玄の市を訪ねてきたのではなかった。冬の日射しが高いその午後、酒を酌み交わしながら、三十数年の歳月を超えて訪ねてきた事情を語り始めた。

「六年前、お家騒動があった。今の大殿さまがご当主だった四十になられる前だ。家中が二派に分かれて、無益な争いを続けた。確かに、あのころのお家の台所は、予断を許さぬあり様であったから、無益、とは言えぬのかも知れぬが。お家騒動の顚末《てんまつ》を、詳しく話すのは許してくれ。わたし自身、不快な目に遭ったし、じつは、あの騒動では死人も出たのだ」

内海は、苦い薬を呑みこんだかのごとくに、かすかなうめきをもらした。

「むろん、岸井家に変わりはないゆえ、心配はいらぬ。今は、おぬしの弟の倅《せがれ》の明次《あきつぐ》が、岸井家を継いでおる。見廻り方に就いておる。大らかなよき男だ。岸井家は、六年前のお家騒動のどちらに与《くみ》することなく、堅実に一門を守ってきた」

「お家の政《まつりごと》のどちらに与すると言っても、岸井家は高々五十石の、上役の指図に従うばかりの軽輩の家柄だからな。内海家のように、代々お殿さまのお側役を務める家柄とは、一緒にならぬさ」

「何を言う。人の中身が、生まれた家柄に伴うわけではない。玄次郎のように、武芸にも算勘にも人柄にも優れた人物が岸井家には生まれたのだし、わたしのような非才の者は、家柄ゆえに、事なかれと、可もなく不可もなく殿さまのお側役を務めてこられたにすぎぬ。家柄など、つまらぬ」

「けれど、家柄のとおりじゃないか。わたしはこのとおり、市井《しせい》の座頭の身だし、内海は今なお、大殿さまのお側役を果たしている。事なかれと、可もなく不可もなくだけで、二十年、三十年とひとつの仕事が務まるものか」

ふん、と内海は自嘲《じちょう》を空《くう》に投げた。そして、

「お家騒動は、一年近く続いたのち……」

と、しばしの沈黙をおいて続けた。

「先代が了楽と名を改めて大殿さまとなられ、当代の時之介《ときのすけ》さまが家督《かとく》を継がれたことによって、やっと落着を見た。それを機にご重役方の多くが退き、わたしもお側役を辞して倅に家督をゆずった。少々早くとも、隠居として静かに暮らそうと思った。ところが、その翌々年、ご重役方より呼び出しを受け、江戸下屋敷にお住まいの了楽さまのお側役に、再度就くように命ぜられてな」

「やはり、おぬしの力が要りようだということじゃないか。内海でなければ、務まらぬお役目が、あるのだろう」

「事はそう単純ではない。お役を退いた者が、再び大殿さまのお役にたてるのは光栄だが、正直なところ気は重かった。了楽さまは、大殿さまになられたのちも、当代の若い時之介さまの後見人のごとくに、お家の政や台所事情に影響を及ぼされていた。殊《こと》に、了楽さまが下屋敷でのお暮らしを始められてから、わずか二年足らずのうちに、下屋敷での費《つい》えが倍以上にのぼった。これに、重役方は驚かれた」

玄の市には、内海のつらそうにしかめた顔が見える気がした。「まあ、呑め」と徳利をさした。とと、と酒を満たした途端、徳利を戻した。

「音でわかるのか。まるで、見えているようだ。凄いな」

「凄くはない。長いこと瞽をやってきて、慣れただけだ。話を続けろ」

「了楽さまがご当主だったころ、家中よりお借米《かりまい》をする一方で、莫大《ばくだい》な費《つい》えがとり沙汰されていた。六年前のお家騒動は、了楽さまの浪費と、お家の台所事情とのかかわりが、じつはなくはなかった。にもかかわらず、隠居の身になられてからも、費えが凄いのだ。ご当主の制約がなくなって、逆にひどくなられた」

「ほう、お家騒動の種《たね》になるほどの、殿さまの浪費か……」

内海は、そうだともそうでないとも、こたえなかった。

「このままにしておくわけには、いかぬ。若いお側役では大殿さまを諫《いさ》められぬ。内海に、了楽さまに浪費を諫めるようお側役を命じられた、ということか」

「わたしに、そんな力があるわけがない。それができるくらいなら、あのお家騒動など……」

と、そこで言いよどんだ。何も言わなくなった。

ふと、玄の市は気づいた。故郷の様子や人の様子は、三十数年の歳月がすぎ去る中でどのようになっているのかと、旧懐は胸にあふれていた。なのに、玄の市には沈黙した古き友にかける言葉がないことに、気づいたのだ。

それから、玄の市と内海は、黙々と杯を重ねた。

内海は、雪隠《せっちん》にたった。戻ってきてから、

「いい気持ちになった。そろそろ、屋敷へ戻らねばならぬ」

と、気《け》だるげに言った。

「もう戻るのか。まだ日は高い。もっと呑もう。なんなら、屋敷に使いを出して、今日は泊っていったらどうだ」

「名残りはつきぬが、ご奉公の身だ。勝手な真似はできぬ。馳走《ちそう》になった」

待て、信夫――帰り支度を始めた内海に言った。

「まだ、肝心の用が、残っているのではないか。そのためにきた用を、まだ言っていないだろう。信夫、用を言え」

内海は、黙りこんだ。息遣いが、少し荒くなり、屈託《くったく》が伝わってきた。しばしの沈黙が流れた。やがて内海は、「金が要る」と言った。

「幾ら要るのだ」

「百両だ」

三月前の年の瀬、小平家の下屋敷では百両近い金が要りようであった。何に要りようの金かは、言わなかった。ただ、上屋敷に知られてはならぬ金だった。

大殿さまに命じられ、内海は金策に廻っていた。

「こんなことを二年以上、続けてきた。もうとりつくろえぬ。万策《ばんさく》つきた。わたしに了楽さまのお側役は、無理だ」

内海が、堪えて言った。

「わたしが、官金を営んでいるのは、知っているのだろう。座頭の玄の市は、あくどい取り立てをする金貸だと。これも商売だ。百両、用だててもよいぞ」

「げ、玄次郎っ」

玄の市は、剃髪を節くれだった指の掌でなでた。

「百両は、目が飛び出るほどの大金だ。だが、賽には飛び出る目がない。だから貸せぬことはない」

内海は、ごくり、と喉を鳴らした。大きな息を吐いた。また沈黙が続き、内海は今にも消え入りそうな小声をもらした。

「すまん、玄次郎。頼む……」

しかし、そのあとの言葉を、懸命に励ました。

「ただ、これは、わたしが、一個のわたしが借りたことに、してくれぬか……証文に、大殿さまの、小平了楽さまの名は出せぬのだ。あいや、断じて、誓って迷惑はかけぬ。年が明ければ、早々に上屋敷の勘定方《かんじようかた》よりご入用がある。ご入用はわたしが差配している。それでかえせる。間違いなく利息をつけて、かえせる」

「金貸を営んで、わかったことがある。浪費は心の病なのだ。病に罹《かか》った者は、たとえ物乞いに身を落としても治らぬ持病だ。信夫、家臣はそこまでやらねばならぬのか。了楽さまの浪費が積もり積もって、いきづまったのだろう。信夫が一時しのぎに庇《かば》っても、了楽さまの浪費は収まらぬぞ。いっそう自分の立場をむずかしくするだけだぞ。それでいいのか」

「必ず、わが命に代えても、この借りはかえす」

命に代えられても困る、と軽く皮肉を言うところだ。

「信夫、百両の借金の形《かた》は、われらの友情というわけだな。承知した。百両はかえしてもらわねば困るが、おまけだ。利息はなしにしてやろう」

玄の市は言った。

「ありがとう、ありがとう……」

内海は、声を絞り出して繰りかえした。

「そうだ。玄次郎がよければ、二月の晦日《みそか》に白金の下屋敷にこぬか。借金をかえす折り、礼にわたしが馳走したい。男所帯のむさき長屋だが、泊ってゆけ。二人で腰を落ち着けて呑もう。白金は風光のよき土地柄だ。近くには垢離取り川が流れ、桜も咲き始めるころで……あ、すまぬ」

「気にするな。清らかな景色が目に浮かぶ。はは、必ずうかがう。白金の景色を肴《さかな》に信夫と呑めるのが、楽しみだ。はは」

二

襖と障子を閉めきった風通しの悪い部屋には、かすかな鳥のさえずりすら聞こえなかった。襖ごしの息を殺した気配は、動かずにいる。

玄の市の差し出した証文を、梶山が目を通し、それを園田へ廻した。

紙のそよぎが、さら、さら、と聞こえるほど邸内は静かだった。

うほっ、と、梶山は咳払いをした。それから言った。

「なるほど。この取り立てに、まいられたのですな。百両は大金だ。とは言え、証文では、内海どのがご自分の都合で借りられたのだから、われらがどうこう申し上げる筋のものではない。当屋敷にはかかわりがない、と申さざるを得ぬ。貸した玄の市さんは、大変でしょうがな」

「さようでございますか。いたし方ございません。亡くなられた方に、かえせ、とは申せません。年の瀬にお会いした折りは、お元気だった内海さまがお亡くなりになっていたとは、思いもよらぬことでございます」

「定め、なのですかな。儚《はかな》いものだ」

玄の市は剃髪した坊主頭を、ざらざらした掌でなでた。

「では、証文をおかえしいただきます」

すると、園田が言った。

「この証文は妙だ。利息が書かれておりません」

「利息はございません。元金百両、利息なしに内海さまへお貸しいたしました」

「利息なしに？　それでは金貸業になりませんぞ」

「はあ、さようでございますね。利息は、目に見えぬほかのもので代わりに……」

玄の市は園田へ、うやうやしく両手を差し出した。

「目に見えぬものとは？」

「玄の市さんは、内海どのとお知り合いか」

梶山が、園田を遮《さえぎ》って言った。

「はい。少々」

「なるほど、さようか。玄の市さんの国元は、どちらか」

「国元を出たのは、遠い昔のことでございます。どこの国だったか、もう忘れてしまいました」

玄の市は園田へ差し出した両手を、催促するように上下させた。

二人は顔を見合わせた。園田は眉をひそめ、玄の市の手に証文を載せた。

玄の市は証文を丁寧に畳み、それをさらに折り封で包んだ。

「玄の市さんは、その証文をどうなさるおつもりだ」

「さて、どうしたものでございましょう。百両もの大金を、むざむざと捨てるわけにはまいりません」

「国元の大和《やまと》に、内海どのの倅が内海家を継いでおられる。そちらへ申し入れる、という手だてもありますが、内海家では事情がわからぬだろうな」

「百両は内海さまおひとりにお貸ししたことにし、ご入用のご事情は、うかがっておりません。ではございますが、実情は当お屋敷のご隠居さまにご入用の百両でございました。証文に小平了楽さまの名を入れなかったのは、ご本家に知られぬようにとの、内海さまのたってのご要望により、間違いなしと仰《おつしや》られた武士の言葉に二言がないと信じたからでございます。国元の内海家へなど、まったく考えておりません」

玄の市は、証文を包んだ折り封を、前襟の懐へ差しいれた。

「こちらのお屋敷では、始末をつけていただけぬようでございますので、やむを得ません。内海さまのご要望には副《そ》いかねますが、愛宕《あたご》下の小平家上屋敷に申し入れて、事情をご説明申し上げ、ご都合をつけていただく所存でございます」

すると、園田が、ぷっ、と小さく噴《ふ》いた。梶山が言った。

「お察しはいたす。ただ、その証文を盾にとって上屋敷にいかれても、むずかしいと思いますぞ。内海どのの朋輩《ほうばい》のわれらですら、三月前の百両が当下屋敷のどのようなご用に使われたのか、一向に知らなかった」

「それがしも、合点《がてん》がまいらぬ。内海さまおひとりに融通した証文を突きつけ、小平家に貸したと言いがかりをつけるのは、無理があるのでは？」

「盾にとってとか、言いがかりをつけるとか、穏やかではございませんね。言いがかりかどうか、当下屋敷の台所事情の入用と費えをありのままにお調べ願えれば、わかることでございます。百両もの大金を、この二年、いや足かけ三年、生真面目に小平了楽さまのお側役を務めてこられた内海さまが、去年の年の瀬に、ご入用だったのでございます。それをご承知なかったとは、のどかな……」

玄の市は、肩幅のある身を乗り出した。

「内海信夫さまは、ひと廉《かど》の武士でございます。ひと廉の武士が、ご自分の都合をお家のご入用などと、たばかりを申されるはずはございません。だからこそわたくしも、内海さまのお名前でご融通申し上げたのでございます」

「内海どのを、昔からご存じのようですな。もしかすると、玄の市さんの国元は、われらと同じ大和か」

玄の市はこたえず、坊主頭をなでた。素性を明かして、いろいろと訊ねられるのが、面倒だった。

「ふむ、だとしても、われらにはかかわりのないことだ。ま、好きになされればよろしかろう。無駄だとは、思われますがな」

「いえ。決して無駄にはいたしません。先ほども申しましたわたくしの支配役の沢山検校さまは、惣録《そうろく》屋敷の杉山《すぎやま》検校さまほどではございませんけれど、御三卿の一橋《ひとつばし》さま、田安《たやす》さま、清水《しみず》さま、また幕閣《ばつかく》のご家中に、金融のみならず芸事においても、幅広い知己がございます。沢山検校さまにお口添えいただければ、百両もの大金の行方を明らかにするのは、さほど、むずかしくはございませんでしょう」

あはは……

玄の市は、乗り出した肩を波打たせた。

沈黙した二人の眼差しが、ひりひりと感じられた。

「では、お騒がせいたしました。これにて、失礼いたします」

「玄の市さん、待たれよ」

玄の市が傍らの杖をとると、梶山が止めた。

「それほど言われるなら、大殿さまにおうかがいしてみよう。内海どのは大殿さまのお側役。大殿さまとの間で何かがあったのかもしれぬ」

「かかわりのない事に、それはご迷惑でございましょう」

「いや、かまわぬ。内海どのの朋輩《ほうばい》として、われらも知らぬふりはできぬ。亡くなられた内海どのに、あらぬ疑いがかかっては可哀想だ」

「わたくしは、内海さまを疑ったことなどございません。盾にとって、言いがかりをつけて、とお疑いになられたのは、梶山さまと園田さまでは？」

「疑ってはおらぬ。知らないと、そういうつもりで申したのでござる。ともかく、大殿さまは本日はお出かけでござる。両三日《りょうみっか》、猶予をいただけぬか。南小田原町の与三郎店でござったな。必ず、返事を申し上げる。何とぞ」

「お願い、いたします」

梶山と園田が、頭《こうべ》を垂れたのがわかった。先ほどまでの、高《たか》をくった物言いが影をひそめていた。

「そうまで仰られますなら、両三日、お待ちいたしましょう。はは、この証文を表沙汰にせぬことは、内海さまのご要望でございましたしね」

そのとき、襖ごしに息を殺していた気配が、摺り足で離れていった。


白金村の縄手を、今里村のほうへとった。

午前の日がだいぶ高くなっていた。ひばりの鳴き声が、田畑の彼方に聞こえた。

玄の市は、胸を締めつけられた。悲しみすら忘れるほどの虚しさを覚え、頭がぼうっとした。不意に、ひと筋の涙が頬を伝った。

なんということだ、信夫。つまらぬぞ……

と、重たいため息を吐《つ》いた。

ふと、玄の市は、自分がどこを歩いているか、わからなくなっていることに気づいた。饅頭笠をわずかに持ち上げた。景色を見廻すような仕種をした。

遠くのひばりの鳴き声、かすかな風のそよぎ、草や土の臭い、日射しの差す方角を感じとろうとした。そのとき、

「玄の市」

と、男の太い声が、前方から投げつけられた。

ざら、と地面に草履《ぞうり》を摺る音が鳴った。男がひとり、羽織を翻《ひるがえ》し、四、五間《けん》ほど前方の道に立ちはだかったのがわかった。さっき、襖ごしに息を殺していたあの男だと気づいた。険しい気配が、ひりひりと伝わってきた。

「おや、これは。さきほどは」

玄の市は、歩みを止めた。杖を強くにぎり締めた。

「さきほどは？　知っていたのか」

と、男は首をひねり、考える素ぶりになった。

「瞽相手に、襖の陰へ身をひそめても、あまり役にはたちません。瞽から身を隠そうとするなら、呼吸やら臭いやら足音やら、響き、ゆれ、気配、何もかもを消さねばなりませんよ。瞽にわからないのは、骸《むくろ》ぐらいです。ただし、骸は襲ってはきませんが」

「そういうものか」

「そういうものです。あなたの恐ろしげな覚えも、伝わってきますよ」

「九柳典全《くりゅうてんぜん》と申す。五年前、国元を出て出府し、垢離取り川の先の中目黒で道場を開き、門弟をとってわが暮らしの方便にしておる。小平家下屋敷の大殿さまに少々所縁《ゆかり》があり、下屋敷にお出入りを許されている」

「さようで、ございますか」

「よって、むろん、内海信夫どのも存じ上げておる。内海どのが突然亡くなられ、わたしも驚いている。気の毒なことだ。今日は、たまたま下屋敷を訪ねて、おぬしを見かけた。驚いた。それであのような真似をした。許せ」

「驚いた？　とは、何に驚かれたのでございますか」

「玄の市の国は、われらと同じ大和だな。おぬしの風貌、骨柄《こつがら》が、国の者を思わせる。大和は山の国だ。おぬしの風貌には、国の山の息吹《いぶ》きが感じられる」

玄の市は、五尺六寸少々の体軀《たいく》である。ただ、背丈の割には骨柄が太く、歳をとって肉がつき、いくぶん丸味をおびた風貌になっていた。

「おぬし、いつ国を出た」

「先ほど、襖の陰でお聞きになったのではございませんか。国を出たのは、遠い昔のことでございます。歳をとり、どこの国だったか、いつ国を出たのだったか、もう覚えておりません」

九柳の草履が鳴り、羽織の裾《すそ》がかすかに震えた。

「玄の市、おぬし、元は大和小平家の侍だろう」

「侍なのか侍ではないのか、どちらでもよろしいではございませんか。元がどこの誰であろうと、今のわたくしは官金を営みます座頭でございます。何とぞ、つまらぬ瞽の素性など、お気になさいませんように」

「見えぬだろうが、わたしはおぬしより、二寸ほど背が高い。若きころは、竹のような身体つきだった。力をつけねばと、厳しい鍛錬に励んだ。大和一の、いや西国一の、いや諸国一の武芸者になろうと思って、剣術の稽古に励んだ。今年、五十一になった。歳はとったが、わが身体には、若きころと変わらぬ力が漲《みなぎ》っておる」

「それは、さぞかしご立派なお姿でございましょうね」

「わたしと同じ歳で、小平家の家中に岸井玄次郎という男がいた。わたしより二寸ほど背の低い、山国の者らしいずんぐりとした、頑丈そうな身体つきの男だった。その岸井玄次郎は、身分の低い家柄ながら、無類に剣が強いと評判だった。のみならず算勘の素養があって、遠からず、お家の勘定方に登用されるという噂になっていた。家中一の秀才、しかも武芸においても俊英と言われていた」

玄の市は動かず、白金村の景色を眺めるかのように顔を投げていた。

「あれは、十六のときだった。なんの因果の報いか、岸井玄次郎は目を患って瞽者になった。家中一の秀才だろうと俊英だろうと、目が見えなくては役にたたぬ。岸井玄次郎は国から姿を消した。あるとき、忽然《こつぜん》とな。おそらく、おのれを無用の者と思ったのだろう。もう三十五年も前のことだが」

九柳の草履が、ざら、と鳴った。

「わたしは岸井のことなど、関心はなかった。勝れた技芸を持っていても、それを使えぬ瞽に、お家の用がないのは当然だと思っていた。岸井が姿を消してから、ずっと忘れていた。思い出したことも、なかった。玄の市、なぜ、おぬしを見かけて驚いたか、わかるか」

玄の市は唾を呑みこんだ。ごくり、と喉が鳴った。

「九柳典全は、小平家を離れて浪々の身となったときに変えた名だ。その前は青木《あおき》十郎右衛門《じゅうろうえもん》。玄の市、青木十郎右衛門の名に聞き覚えはないか」

玄の市の脳裡に、若き日がよぎった。木刀が玄の市の顔面を襲った。咄嗟《とっさ》に首をかしげ、それをかろうじてよけた。

「おぬし、岸井玄次郎だな。玄の市を見かけて、まさか、と思った。歳をとり、身なりも姿形も変わっているが、三十数年、思い出したこともなかった岸井玄次郎が甦った。あの岸井玄次郎が、江戸で金貸を営む座頭になっていたとはな。内海どのは、おぬしから金を借りていたのか。なるほど、それで、と思った……」

九柳さま――と、玄の市は歩み始めた。

「何度も申し上げました。すぎたことは、覚えておりません。国のことも、青木十郎右衛門さまのお名前も、それから、岸井玄次郎さまというお方も」

「隠すほどのことではなかろう。岸井玄次郎、おぬし、瞽になり、座頭になったことを恥じておるのか。それとも、わたしに敗れたことを忘れたいのか」

「すべては、天命でございます。天命に従い、わたくしは今、金貸を営んでおります。金貸は金貸らしく、金のこと以外は、何も考えておりません。ただそれだけでございます」

四、五間の間はたちまち消え、玄の市は、九柳の傍らを通りかかった。

刹那《せつな》、九柳は一歩退いて半身になった。同時に柄《つか》をとり、一歩を素早く退きつつ抜刀し、日射しの下に一刀を、ぶうん、とうならせた。白刃《はくじん》がきらめき、

「ええい」

と、雄叫《おたけ》びが白金村の田面《たづら》を流れた。

白刃は傍らをゆく玄の市のうなじに、ひた、と吸い寄せられた。

束の間、二人の動きが止まった。ひばりの鳴き声が聞こえた。遠くの田で土を起こしていた百姓が、そんな二人を見ていた。

咄嗟に首をかしげ、かろうじてよけたとき、玄の市はそれが見えなかった。それが精一杯だった。肩を激しく打たれ、膝からくずれ落ち、横転した。苦渋の悲鳴を上げていた。失笑が、あちこちから聞こえた。

「玄の市、わたしの恐ろしげな覚えが伝わってくる、と言ったな。それは逆だぞ。おぬし、人のことは気づいても、おのれのことには気づいておらぬようだ。瞽のくせに、おぬしの険しい気が凄いのだ。だから、仕方なくこちらも用心せざるを得なかった。おぬしは、自分の恐ろしげな覚えに用心しておるのだ」

九柳が言った。

「九柳さま、瞽相手に、お戯《たわむ》れを」

玄の市は、杖の先で石ころを道端へ転がした。そして、九柳の白刃の下から、ゆっくりと離れていった。

第一章　お慶《けい》

一

「……そうなんですよ。じつは、迷い猫みたいに勝手に居ついちゃって、困っているんです。けれど、いくところがないと言うのに、追い出すわけにも、いかないじゃないですか」

唄《うた》や和助《わすけ》が、月代《さかやき》にのせた置手《おきて》拭《ぬぐい》の向きを整え、ちょっと照れ臭そうに眉尻をさげた思案顔を見せた。

「ふうむ。今日はいなくなるだろう、明日はどっかへいって仕舞うだろう、と言っているうちに、かれこれ半月になる。よく持っているな」

錦《にしき》修斎《しゅうさい》が、端座《たんざ》していても長身を思わせる面長《おもなが》な顔をほころばせた。

「どうせ、ただの不良娘の家出に違いないから、なにもできないだろうと思っていたら、わたしがやってあげる、と言って飯の支度をしますし、掃除や洗濯もちゃんとやりますしね。案外、普通の娘なんです」

「和助、困った困ったと言いながら、お慶を気に入っているのじゃないのか。おまえがお慶の話をするときは、なんとなく浮ついて見えるぞ」

と、分厚い胸を反らして軽くからかったのは、鍬形三流《くわがたさんりゅう》である。

「冗談はやめてください。どこの誰かもわからない不良娘に、こっちは手を焼かされっ放しなんですから。先日も家主に、お慶の身元はわかっているのか、一緒に暮らすのならそうと人別《にんべつ》に書き入れないといけない、きちんとしないと御番所のお叱りを受けることになると、小言をだいぶ言われましたよ」

「そりゃあ、それが家主の仕事だから言うよ。家主にはどう言ったんだ」

「仕方がないので、親類に頼まれてしばらく預かっている、お慶は親類の娘だと、今のところは言いつくろって……」

「言いつくろいつつ、半月も一緒に暮らしているのだから、お慶との相性は、案外に悪くはなさそうじゃないか？」

「そりゃあ、まあ。不良娘にしては、可愛いところがありましてね。なんとなく、続いています。色白だし」

和助が、頬のゆるむのを隠すように唇を結んだ。

修斎と三流は、にたにた顔を見合わせた。

すると童女から小娘になりかけのお類《るい》が、男たちのやりとりに、旺盛な好奇心を隠さなかった。

「ねえ、何、なんなの？　それってもしかしたら、和助さんとお慶さんが、懇《ねんご》ろになったってことなの？　懇ろって意味はね……」

「お類、およしなさい」

隣の壬生美鶴《みぶみつる》が少々はねっかえりのお類を、いつもの口調でたしなめた。

「だってだって、若い男とうら若き娘が、ひとつ屋根の下に一緒に暮らして、間違いの起こらないほうが、変じゃありませんか。ねえ、和助さん。間違いは起こりますよね。お布団は、ひと組だけなのでしょう？」

「そんなこと、あなたが気にしなくていいの」

「いいじゃありませんか。そりゃあ、美鶴さまは、どんなお誘いにもほだされない石の心をお持ちだけれど、普通、男と女が二人きりになると、ねえ？」

「まあ。誰が石の心よ。何が普通よ。知ったふうに。あなたが言うほど、人は単純さんとお慶さんがお二人だから……そうですよね、天一郎《てんいちろう》さん」

「あら、単純だなんて、心外だわ。わたし、本当の事を言っているだけです。和助

ではないのです」

と、お類は天一郎に向いた。

築地川《つきじがわ》の、西土手沿いに建つ土蔵である。

金網で補強した格子窓つきの頑丈な樫《かし》の引戸を入って、小広い前土間に続いて式台ほどの段差の一階板床がある。板床を上がったところに、東側の表戸に向いて、二階の切落口《きりおとしぐち》へ、人がすれ違える幅の広い板階段がのぼっている。

元は商家の土蔵だった板床は十分に広いが、階段裏から北側の半分以上を、買いおきの紙束や売れ残りの読売の束が山積みになって占めている。

階段より南側に、屏風《びょうぶ》や衝立《ついたて》で仕きった小さな寝所と台所、西側には竈《かまど》のある土間が落ち、土間奥に背戸の板戸が見えている。背戸を出ると、采女《うね め》ヶ原《はら》の馬場があって、貸馬師らと共同で使う井戸や雪隠《せっちん》がある。

南の壁ぎわには、筆と硯《すずり》、何かを書きかけの半紙や文鎮《ぶんちん》などがおかれた黒柿の文机《ふづくえ》が二台、板床に茣蓙《ござ》を敷いて並んでいた。

文机の周りは、日記、物語、歌集などの読本《よみほん》や絵双紙《えぞうし》、様々な読売が、ひとつの

文机のほうには乱雑に散らかり、もう一方には整然と山積みになっていた。

その土蔵一階の、黒柿の文机の傍らに、六人の男女が、南部鉄の火鉢を囲んで藺《いぐさ》の円座に端座していた。

「読売は一本箸で飯を食い」

と、世間からいい加減でいかがわしいと侮《あなど》られ、そしられる読売稼業を営む《末成《な》り屋》の、絵師の錦修斎、彫師と摺師の鍬形三流、置手拭を着けて売子をしている唄や和助、そして、《末成り屋》主人・水月《みなづき》天一郎の、男は四人である。

その朝、四人がこの末成り屋の土蔵で、次に売り出す読売の相談をしているところへ、美鶴とお類が訪ねてきたのである。

美鶴は、築地に上屋敷をかまえる姫路《ひめじ》酒井《さかい》家江戸家老・壬生左衛門之丞《さえもんのじょう》の娘。お類は、同じく酒井家江戸屋敷の勤番《きんばん》で、壬生左衛門之丞の相談役を務める島本文《しまもとぶん》左衛門《ざえもん》の孫娘である。

酒井家江戸家老の娘、と言うより二十歳《はたち》をすぎた妙齢の息女《そくじょ》ながら、美鶴は形《なり》を小袖《こそで》と袴の男子のごとくに拵《こしら》え、すっと背筋ののびた痩軀《そうく》に、いつも目にも鮮やかな朱鞘《しゅざや》の二刀を佩《お》びている。

一輪のしのぶ髷《まげ》に結った髪の下の、薄く眉墨を刷《は》いたきれ長の目、ひと筋の鼻《び》梁《りよう》に続く赤い唇には、奔放さと愁い、そして気高さが刻まれ、それが美鶴の容顔《かんばせ》に、不思議な艶《つや》めきを与えている。

美鶴の麗《うるわ》しき容姿と男勝りの剣は、築地界隈の勤番侍や若侍の間では、ああ、あの酒井家江戸家老の……と知れわたっている。

隣のお類は、やっと十三か四。人形のように可愛い顔だちを、片はずしの髪形と薄化粧の目尻に刷いた紅で無理やり大人びさせているが、少々生意気で無邪気な好奇心の旺盛な、まだ小娘である。

美鶴が、上屋敷の裏戸から築地川の土手沿いを一町もいかない古びた土蔵で営むいかがわしき読売屋へ、近ごろ出入りをしているらしい、と噂を耳にした島本文左衛門が、美鶴の身を案じ、

「あれもこれもだめ、と申すつもりはありません。しかし、由緒ある壬生家のご息女なのですぞ。せめてお類を伴いなされ。ならば……」

目をつぶりましょう、と諭《さと》して以来、美鶴のお供役に孫娘のお類をつけた。

島本文左衛門には、壬生家息女の美鶴が、世間からいい加減でいかがわしいと侮られそしられている、《末成り屋》とかいう読売屋などに、なにゆえ出入りし始めたのか、一向に解《げ》せない。

それは、未熟な若い年ごろの美鶴の、遠からず冷める物好き、あるいはゆれ動く女心、あるいは人としての性根《しようね》にかかわる何かかも知れず、それは本人の美鶴以外にわかることではなく、ましてや老侍の島本に解せるはずはなかった。

ただ島本は、いずれにせよこれ以上は無駄か、と詮索《せんさく》は諦《あきら》めながら、じつのところ、自分のふる舞いの性根にかかわる何かが、当の美鶴本人にすら定かではないのではないか、という気がしてならなかった。

六人が囲む火鉢には、五徳《ごとく》にかけた鉄瓶が、ゆるやかに湯気をたちのぼらせている。桜のちらほらと咲き始める季節がきて、もう寒くはないが、客がきたときいつでも茶が出せるように、まだ火鉢に炭火を入れている。

「……そうですよね、天一郎さん」

お類に向けられた天一郎は、「ふむ」と、小さな笑みを浮かべ、お類から美鶴へ見かえった。

水月天一郎は、元は御先手組《おさきてぐみ》三百石の旗本《はたもと》・水月閑蔵《かんぞう》の倅である。

様々な事情があって武士を捨て、築地川土手沿いのこの土蔵で、修斎、三流、和助と共に、読売屋稼業を営み、早や足かけ九年になる。

絵師の錦修斎は御家人《ごけにん》の部屋住み・中原修三郎《なかはらしゆうざぶろう》、彫師と摺師の鍬形三流が同じく御家人の部屋住み・本多広之進《ほんだひろのしん》、売子の唄や和助はこれも御家人の部屋住み・蕪城和助《かぶらぎわすけ》で、水月天一郎が、この三人を率いる《末成り屋》の主人である。

町民風体《ふうてい》にさっぱりと剃った月代に小銀杏《こいちょう》を結い、やや鷲鼻の尖った鼻、眉尻の上がった奥二重の目、ひと筋に結んだ幾ぶん太めの唇と少々骨張った顎が、この男の風貌に聞かん気な童子を思わせる気性を感じさせた。

誰が言い出したかは知らないが、《末成り屋》の天一郎より、《読売屋天一郎》と築地界隈では少しばかり知られている。

美鶴は、すまして知らぬふりを見せた。

天一郎はその笑みを、再び和助へ移した。

「しかし、お慶の着る物や、毎日の暮らしに要る物は、どうしている。素性の知れない不良娘が勝手に居ついたと言っても、男と女だ。和助とは一緒にできない面倒なことも、何かとあるだろう」

「そうだよな。二、三日なら和助のものを代用にということもできるが、半月ともなると、そうもいかぬだろう」

修斎が胸の前で、長い腕をくねらせるように組んだ。

「じつは、それなんですがね。昨日、ちょっと気になることがあったんです」

和助は自問するように、首をかしげた。

「いえね。昨日、店に戻ると、お慶が真新しい帷子《かたびら》を着て、台所仕事をしているんです。それも麻の単衣《ひとえ》じゃなくて、なでしこの花柄模様を袖や裾に染めた、木挽《こびき》町《ちょう》あたりの裏店のおかみさんが着るような代物じゃない、値の張りそうな生絹のなんです。それはどうしたんだって質《ただ》したら、尾張町《おわりちょう》の布袋《ほてい》屋で、柄が気に入ったから買ってきちゃった、いいでしょうって言うんです」

「尾張町の布袋屋と言ったら、大店の呉服問屋じゃないか。生絹の帷子だと、古着屋でだって安くは買えない。ましてや尾張町の布袋屋なら、相当、高価な帷子に違いあるまい。和助によくそんな金があったな。しかも、それを素性もわからぬお慶にわたしていたんだから、太っ腹じゃないか」

三流が、和助の肘を突《つつ》いた。

「まさか。そんな金があるわけないじゃないですか。わたしが、末成り屋の中で一番給金の安い売子なのに。ねえ、天一郎さん」

「うん、まあ、そうかな。和助はわれら三人より五つ六つ、歳が若いし、女房も子もおらぬし。わたしも同じだから、給金は和助とさほど変わらぬぞ。ともかく、末成り屋をつつがなく営んでいくことが肝心要《かんじんかなめ》だ。むろん、和助がお慶を女房にもらうなら、そのときはもう少し、考えるつもりだ」

修斎と三流が、ふむふむ、とそろって頷《うなず》いた。

「くく……みなさん、お給金が安そう。そうですよね。末成り屋さんが、そんなに儲《もう》かるとは思えませんもの。この襤褸《ぼろ》の土蔵だし」

お類が土蔵を見廻し、両拳で口をふさぎ、また、くく……と笑いを嚙み殺した。

「儲かると思えませんなんて。あなた、知りもしないで」

美鶴がまた、お類をたしなめた。

「あらあら、美鶴さま、そんなことを言いながら、天一郎さんは末成り屋さんでどれだけ稼いでいるのか、気になさっていたじゃありませんか。天一郎さんが貧乏そうで可哀想だわって」

修斎、三流、和助の三人がそろって、あは、と噴き出した。

「お類さん、そのとおりだ。希《まれ》に儲かるときもあるが、残念ながら、そういう事は続かない。末成り屋は年がら年中、元手のやり繰りにあくせくしているよ」

天一郎は、お類へ苦笑を投げた。

「それはね、天一郎さんが売れ筋を追わないからですよ。天一郎さんのお人柄がよろしいのはいいんですけれど、ほかの読売屋さんみたいに、もっとえぐい事をやらないと、世間受けしないいんじゃないいんですか。末成り屋さんの読売は、ちょっと、大人しいんです。品がいいんです。よく言えばね。でも、品がいい読売なんて、読売らしくありませんもの」

くく、くく、とお類は笑っている。

「じゃあ、お類、余所《よそ》の読売も買っているの」

「当然じゃありませんか、美鶴さま。余所の読売は、末成り屋さんの競争相手なんですよ。わたし、末成り屋さんを応援しているんですから」

「子供のくせに、生意気ね」

と言いながら、美鶴は笑いそうになるのを堪《こら》えている。

「ありがたい事で。ねえ天一郎さん」

和助が調子を合わせた。

「まことに、お類さんの眼識はあたっている。ありがたく、肝に銘じるよ。だが、それはそれとして、和助、布袋屋の帷子の代金は、どうした」

「それでね。代金はどうやって工面したんだ、と訊いたら、お金は持っているよって、言うんです。こっちは何しろ、末成り屋の安給金の売子ですから……」

「安給金は、一度言えばわかる」

「ですから、朝夕の飯の支度代を二、三日おきにわたしていただけでしたが、聞くところによると、お慶は自分の金をずいぶん出していたようなんです。このごろ、晩飯がちょこっと豪勢だなとは、感じていたんですがね」

「どれほど、お慶は持っていたんだ」

三流が訊いた。

「それがですね、ほらって、壁と柱の間の隙間《すきま》から、唐桟《とうざん》の相当値の張りそうな財布を抜き出したんです。この家は用心が悪そうだから、ここに隠していたの、と言って」

「ふむ、確かに。あそこの店は、柱と壁の間にだいぶ隙間がありそうだな。隠し場所には、困らないだろう」

修斎が口を挟んだ。

「仕方がないじゃないですか。安給金なんですから」

美鶴が小さく嘆き、お類は遠慮なく高らかに笑った。

「財布の中には、幾ら入っていた」

「小判に金貨、銀貨合わせて、まだ七両以上、残っていました。それに袖から巾《きん》着《ちゃく》を出して、それには銭屋で両替したらしい銭が、じゃりん、と音がするくらい入っているんです。この半月、いろいろと使い、帷子の代金を差し引いた残りが、それなんです。で、ほしい物があったらこれで買っていいよって、言うんです」

「と言うことは、十両以上は持っていたと思われるな。凄いじゃないか、和助」

十両と言えば、およそ四斗《と》三升《しょう》入りの米俵を、穀物商人が十八、九俵ほど仕入れる金額である。町奉行所の同心が、三十俵二人扶持《ぶち》の年給の世である。

「ただの不良娘が持っている金額ではないな。お慶は一体、どういう娘だ」

「だから訊きましたよ。おまえ、誰だって。誰の金だって。そしたら、急にしょんぼりして、それは訊かないでと、言うんです。でも、このお金は自分のお金だし、怪しいお金じゃないから、安心して使っていいんだよと」

「訊かないでか。わけあり娘なのだな」

「天一郎さん、どうしたらいいんでしょうね」

「不良娘でも、お金持ちそうだし、相性も悪くないんだから、いっそ、女房にしたらどうだ」

「それがいい。女房にしてしまえよ」

修斎と三流がからかい、和助はちょっとむきになった。

「修斎さんも三流さんも、他人事だからいい加減なことを言いますが、犬や猫じゃないんです。そんな、簡単にはいきませんよ」

「そのとおり、われらには他人事だ。和助が、自分でどうにかするしかない。どういう経緯《いきさつ》であれ、お慶とかかわりを持った和助にも、少しはなすべき務めがあるはずだ。まずはお慶の事情を訊き出して、手を貸してやるか、手をきるか、どうけじめをつけるかは和助次第だ。もし、われらに手伝える事があるなら、言ってくれ。いつでも手伝ってやる」

天一郎が言うと、修斎と三流は、ふむふむ、ともっともらしい顔つきを頷かせた。

お類が、はしゃいで言い添えた。

「なんだか、お慶さんて、謎めいた方ですね。和助さんとお慶さんのために、わたしたちもお手伝いしますわ。遠慮なく仰ってください。ねえ、美鶴さま」

「そうね。わたしたちにも、役にたてることがあればね」

美鶴は、お類の気楽そうなはしゃぎぶりを、横睨みにして言った。

二

築地川西土手の堤道に沿った一画に、板屋根や筵《むしろ》屋根の粗末な掛小屋やあばら屋が、肩を寄せ合い固まっている。煮売屋、縄暖簾《なわのれん》、盛り場で稼ぐ大道芸人、物乞い同然の門付《かどづ》け芸人らが、勝手に住みついているねぐらなどがある。

末成り屋の土蔵は、その一画の板屋根と筵屋根の間から、漆喰《しっくい》の剝《は》げかけた土壁とのっそりとした瓦屋根を、築地の空へ持ち上げている。

土手道の東対岸に武家屋敷の土塀がつらなり、西側は采女ヶ原の馬場があって、馬や飼葉《かいば》の臭いが、あたりにはたちこめている。

土蔵戸前の三段の石段を下り、土手道を一町近く南へとれば酒井家上屋敷裏手の土塀に突きあたり、四半町ばかり北は、萬年橋《まんねんばし》の西詰である。

萬年橋の西詰から、木挽町《こびきちょう》三丁目と四丁目の境の木挽町広小路へ往来が東西にのび、三十間堀《さんじっけんぼり》に架かる新《あたら》シ橋《ばし》を数寄屋橋《すきやばし》御門のほうへ渡ってしばらくいくと、尾張町と新両替町《しんりょうがえちょう》四丁目の辻へ出る。

新両替町は俗に銀座町とも言い、銀座町の四丁目から一丁目、京橋、日本橋南の大通りと続き、日本橋の手前で大通りより東へはずれた楓川《もみじがわ》沿いが、土手蔵の建ち並ぶ本材木町《ほんざいもくちょう》の往来である。

材木問屋《朱雀屋《すざくや》》は、その本材木町の往来の一丁目に、土蔵造りの大店をかまえている。

朱雀屋は、元は京にあった室町以来の古い材木商だった。京のお公家《くげ》や町家の旦那衆の御用達として財を成したのが、四代前の明暦《めいれき》のころ、三男が分家して江戸に出て、この本材木町に朱雀屋を開いたのが始まりだった。

江戸の隆盛と共に朱雀屋の商いは盛んになり、お上《かみ》や諸侯、神社、寺院の御用を も務め、本所《ほんじょ》や深川《ふかがわ》、浅草《あさくさ》の別店を含めて、今では数百人の使用人を抱える江戸屈指の材木問屋である。

その朱雀屋の、土蔵造り総二階のかまえの裏手に、五代目主人・清右衛門《せいえもん》一家が暮らす住居がある。

高い黒板塀に囲われた庭に、鯉を放した池があり、老松《おいまつ》や孟宗竹《もうそうちく》の緑が彩りを添え、苔《こけ》の生えた二基の石灯籠《いしどうろう》に、まだ午前の日が降っている。

沓《くつ》ぬぎから上がる濡れ縁の明障子《あかりしょうじ》に、少し隙間があって、その隙間から病に伏せる主人・清右衛門の布団が見えていた。

女房のお津多《つた》が、清右衛門の痩せた上体を布団の中で起こし、煎《せん》じた薬を飲ませていた。清右衛門は、ゆるく湯気ののぼる薬を飲み乾《ほ》すと、深いため息を吐いてお津多に碗を戻した。

「具合は、いかがですか?」

薬の碗を戻すとき、お津多は決まってそう言う。そうとしか言わない。清右衛門は少し煩《わずら》わしく、うむ、とひと息を吐いたばかりで、熱っぽい身体を起こしているだけでも気だるさに耐えられず、再び布団に横たわった。

お津多は、庭のほうへ横向きになった清右衛門の痩せた身体に、布団をかけた。

五十をすぎて、清右衛門は病を得た。医師の診たてで、労咳《ろうがい》とわかった。年が明けた正月に喀血《かっけつ》し、それからずっと伏せる日々が続いている。

庭で小鳥が、のどかにさえずっていた。

この春は迎えることができた。来年はどうなるか……

清右衛門は思い、鳥のさえずりに静かに耳を傾けた。表店のほうから、奉公人たちの働く声が、小さく聞こえてくる。

すると、後ろでお津多が煎じ薬の碗を、かちゃ、かちゃ、と鳴らしながら、横たわった清右衛門の静けさを破った。

「本当に、旦那さまがこんなときに、あの子には困ったものです。このままですと朱雀屋の看板に疵《きず》がつきかねず、商いに障《さわ》りが出ます。一体、どういう了見《りようけん》なんでしょうね。わたしには手が負えません」

お津多の強い語調が、清右衛門の癇《かん》に少々障ったが、このごろはいつものことなので、黙っていた。

「あの子のせいで、まるでわたしが苛《いじ》めて、この家から追い出したみたいに、ご近所の噂になっているんですよ。わたしはご近所では、鬼の継母《ままはは》です。人の気も知らず、どこで誰と遊び呆けているのか、先が思いやられます。旦那さまがご病気なのに、そのうえ、あの子の身に何かが起こって、突然、よからぬ知らせがきやしないかと、気が気じゃありません。わたしの何が、いけないのかしら」

清右衛門は、明障子の隙間から庭をぼんやりと眺めた。お津多はひとしきり愚痴をこぼし、気が済んだらさがってゆく。それを待っていた。

「わたしにあてつけて、家出なんかして。これでは、苛められているのはわたしのほうです。あの子は、わたしが旦那さまの後添《のちぞ》えに入ってから、わたしのことをずっと嫌っていました。殊に、五年前に健吉《けんきち》が生まれてからいっそう邪慳《じゃけん》になって。まだ十三歳でしたけれど、あのころからなんだか恐いくらいでした」

お津多は少し涙声になっていた。洟《はな》をすすりつつ、続けた。

「わたしが継母だからって、そんなに嫌うことは、ないではありませんか。赤ん坊のときから育ててくれた前の母親が恋しい気持ちはわかります。でもね、前の母親だって、あの子と血のつながった母親では……」

「やめなさい、お津多」

背中を向けていた清右衛門が、お津多を止めた。力ないため息を吐き、身体の怠《だる》さを堪えて言った。

「お真矢《まや》が、おまえを嫌っているはずがないじゃないか。赤ん坊のころから、あの子を実の子として育ててきた。あの子の気だてのよさや優しさは、知っている。お真矢がおまえを邪慳にしているというのは、気のせいだ」

「いいえ、気のせいではありません。あの子はわたしが跡とりの健吉を産んだものですから、きっとわたしに恨みを持っているんです」

「またそれを言う。その話はするなと言っているだろう」

「でも、旦那さま、健吉は……」

「おまえは朱雀屋の女房なのだ。わたしがこんなことになって、ときにはわたしの名代《みようだい》を務めなければならず、大変なこともあるだろう。だがな、材木問屋の商いは大番頭の太兵衛《たへえ》に任せていれば大丈夫だ。おまえは朱雀屋の女房として、どっしりとかまえ、健吉の母親の務めを果たしなさい。わたしの看病には、人を頼んでもかまわないのだから」

お津多は、黙りこんだ。不満を押し殺したかのように、お津多の吐息は、かすかに震えていた。

「お真矢が、こんな真似をする子だとは、思いもしなかった。わたしたちの育て方が、間違っていたのかな。お真矢の行方は、まだわからないのか」

清右衛門の背中が、また気だるそうに言った。

「萬八《まんぱち》さんに頼んで、手わけして捜しています。もうすぐ、見つかると思います。身体に障りますから、あまり心配なさらずに……」

「萬八か。あの男なら顔が広いから、遠からず見つけてくれるだろうと思っていたが、もう半月がたった。案外、ときがかかっている。いつまでも、このままにはしておけない。そろそろ、御番所にご相談申し上げるときかな」

苦しそうな早い呼吸を繰りかえすたびに、清右衛門の薄い背中がゆれた。

「御番所に届けたあとに、あの子が何事もなかったみたいに戻ってきたら、きっとお叱りを受けるでしょうね。朱雀屋の継母に苛められた可哀想な家出娘と、読売が面白がって書きたて、朱雀屋の看板に疵がつくのでしょうね」

「読売が面白がって何を書きたてようと、気にするな。仕方がない。そういう事もある。朱雀屋の看板なら、疵がついても直せばいい。それより、お真矢の身はかけがえがない。無事に戻ってくる手だてを、こうじなければな」

「ええ、ええ、本当に、そうですわね。それが肝心な事です。旦那さまの仰るとおりに、いたします」

お津多は、清右衛門の寝間を出た。

多数の下男下女や端女《はしため》の働く台所へ戻る途中の通り庭で、この春六歳の健吉が、子守役を言いつけた下女のお留《とめ》と遊んでいた。

「健吉、おっ母《か》さんは出かけますからね。お父《と》っつあんはご病気ですから、お部屋にいっちゃあいけませんよ」

「うん、いかないよ」

「お留、ちゃんと子守をするんですよ」

「はい、おかみさん。いってらっしゃいませ」

お留が、日ごろより厳しいお津多に、びくびくして背を丸めた。

お津多は台所へいってから、自分の部屋へ戻った。女中のお蝶《ちょう》を呼んで、お出かけ用の着替えを手伝わせた。

手箱を開けると、仕舞っていた金子《きんす》が少々物足りなかった。

あ、そうか、おととい——と、ご近所のつき合いに思わぬ入用があって、手箱の金子から間に合わせたことを思い出した。お蝶に、

「お蝶、大番頭さんを呼んでおくれ」

と、言いつけた。「はい。ただ今……」と、大番頭の太兵衛を呼びにいった。

ほどなくして、襖ごしの廊下にお蝶の声がした。

「おかみさん、大番頭さんをお呼びいたしました」

「太兵衛でございます」

「お入り」

襖が開けられ、廊下の太兵衛が膝をついて部屋のお津多のほうへ躙《にじ》り出た。

太兵衛は三十代の半ばに朱雀屋の筆頭の大番頭に就いて以来、主人・清右衛門の右腕となって、十五年以上もお店の商いを支えてきた。

主人の清右衛門と同い年の五十を二つすぎ、少々薄くなった髷《まげ》に白髪がまじり、肉がついて丸くなった身体には、気の荒い手代らを束ねる貫禄もついていた。

お津多は太兵衛に向き合うと、奉公人のくせに、と思いつつ、その貫禄に気おくれを覚えるのが癪《しゃく》だった。

「お蝶は、さがっていなさい」

お蝶をさがらせてから、お津多は平静を装って太兵衛に言った。

「太兵衛さん、今日、入用があります。すぐに用意しておくれ」

「ほう、今日、ご入用でございますか。先日、お手元金をご用意いたしましたが、あれでは不足でございますか」

「あれと今日の入用は、別件です。三十両、そこまではかからないと思いますが、念のため、お願いできますか」

「三十両？　大金でございますね。それほどの大金ですと、わたくしの一存で動かすのはむずかしゅうございます。何にご入用なので、ございますか」

「太兵衛さん。今、それほどの金子が要ると言えば、お真矢の件以外にないじゃありませんか。旦那さまは、お真矢の事でひどく悩んでおられます。一刻でも早くお真矢を見つけなければ、旦那さまのお身体に障ります。わたしも、心配でならないんです。ですからね、今日これから、霊岸島《れいがんじま》の萬八さんに……」

「ああ、霊岸島の萬八さんですか。もう半月ですが、萬八さんのほうでも、なかなか埒《らち》が明かないようでございますね」

「仕方がありませんよ。気まぐれに家出をして姿を消した娘の行方が、幾ら顔の広い萬八さんだって、簡単に見つかるはずがないんです。何が狙いでどう動いているのか、小娘の考えが読めないんです。だからって、身内の者は、家出に飽いたらそのうちに戻ってくるだろう、と手を拱《こまぬ》いて待っていることなんてできません。身内の者のつらさは、他人にはわからないでしょうけれど」

「わたくしは、真矢お嬢さまを、まだ寝がえりも打てない赤ん坊のときから存じ上げております。旦那さまや先代のおかみさんが慈しまれ、わたくしとて、真矢お嬢さまを他人と思ったことは、一度たりともございません。いえ、旦那さまとおかみさんのお嬢さまでございますから、奉公人のわたくしにとりましては、身内以上のお方でございます」

「身内以上？　赤ん坊のときから知っているから、前のおかみさんの後釜に坐ったわたしとは違う、と仰りたいんですか」

「滅相《めっそう》もございません。どうか、悪くおとりになりませんように。わたくしが思いますには、真矢お嬢さまが家出をなさって早や半月がたち、そろそろ、町方《まちかた》のお役人さまにご相談申し上げる潮どきではないのかなと……」

「今さら、何を仰っているの。お真矢の将来に汚点を残さぬよう、朱雀屋の看板に疵がつかぬよう、商いに障りが出ぬよう、表沙汰にせずお真矢を捜し出すことに、旦那さまとわたしと、太兵衛さんの三人で決めたんじゃありませんか。使用人たちには、お真矢は親類の家にいっていることにして、口入屋《くちいれ》の萬八さんなら、顔が広く手下も大勢いるので、頼むことにしたんでしょう」

「ですが、お出入りを願っているお役人さまに、これこれと事情を話せば、表沙汰にならぬようにとり計らっていただけます。萬八さんに頼んで埒が明かないなら、そちらの手だてを考えても、よろしいのではございませんか」

「太兵衛さんほどの人が、わからないことを。お役人さまに頼んでも、お役人さまがお真矢捜しをなさるわけではないんです。お役人さまに命じられた手先やその下っ引が、萬八さんのような方に手を廻して、結局は、そういう方がお真矢捜しをするんです。だから、お役人さまに頼んでも、同じことなんです。違いは、間に入ったお役人さまに仲介料を撥ねられるだけです」

お津多は、太兵衛を小馬鹿にするような笑みを投げつけた。

「だったら、萬八さんのような方に、直に頼んだ方が、事情がわかりやすいし、こちらの望みも伝えやすいでしょう。そのほうがずっと簡単じゃありませんか？」

はい――と、太兵衛はこたえるしかなかった。

萬八には、お真矢捜しの手間賃の前わたし金や、その都度の費えなどでお津多の言うままに、もうだいぶ支払っている。さらに三十両もの大金とは、一体何にかかる金なのだ、と太兵衛は思いつつも、お真矢の身が案じられてならなかった。

お真矢の行方を捜すために、三十両ごとき、病床の旦那さまも亡くなられた前のおかみさんも、惜しまれるはずはなかった。

「太兵衛さん。お真矢を捜すために、入用なんです。四の五の言わずに、言ったとおり、用意してくださいな。それとも、主人の女房のわたしでは、言うことが聞けないんですか」

「とんでもございません。では、ただ今ご用意を」

と、太兵衛はさがった。

三

四半刻《しはんとき》(三十分)後、お津多は女中のお蝶を供に朱雀屋を出た。

本材木町の通りから、楓川の海賊橋《かいぞくばし》を渡って坂本町《さかもとちょう》、南茅場町《みなみかやばちょう》をすぎ、亀島川《かめじまがわ》に架かる霊岸橋を渡った。

口入屋の萬八の店は、新川《しんかわ》の一《いち》ノ橋《はし》北詰の茶碗鉢店《ちゃわんばちだな》にある。

店の前土間に入って案内を乞うと、顔見知りの若い衆が、お津多に応対した。

「おかみさん、おいでなさいやし。親方がお待ちでございやす。こちらへ」

「お蝶、わたしは親方と大事な話があるから、おまえはここで待っているんだよ」

と言い残し、若い衆の案内で、店裏の住居へ案内された。

「親方、朱雀屋さんのおかみさんが、お見えになられやした」

若い衆が障子戸の外から言った。

「入ってもらえ」

野太い声がかえってきた。

明障子を両開きにした部屋の一角で、萬八が諸肌《もろはだ》を脱いで俯《うつぶ》せになり、女房が灸をすえていた。艾《もぐさ》の燻《くすぶ》る臭いがお津多の鼻をついた。

「おかみさん、済まねえ。ちょいと頭痛がしやして。おかみさんが見える前にひとすえ、と思いやしたもんで。存外にお早いおこしで」

「今朝、萬八さんから知らせをもらって、気が急《せ》きましてね。早すぎましたか」

「いえいえ、とんでもございやせん。早速のご足労、畏れ入りやす。もういい。みなさがってろ。おかみさんに、すぐ茶の支度をしてな」

着物の両袖に手を通して身なりをなおしている萬八と向き合い、お津多は着座した。そして、特に丁寧に赤い紅を塗った唇を、歪《ゆが》ませた。

「口入稼業は、気を遣うことが多いですから、あれこれ気遣って、頭の痛くなるもめ事は、つきないでしょうね」

「それほどでもありやせんが、やれやれ、すっきりしやした」

萬八は手を扇《あお》がせ、艾の臭いを払った。

お津多は萬八の仕種をにやにやしながら見つめて、煙草盆《たばこぼん》を引き寄せた。

着物の袖からとり出した煙草入れの、銀の鉈豆煙管《なたまめギセル》を指先でつまんだ。

煙草盆の刻みをつめて火をつけ、吸い口を、赤い唇の間にねっとりとからめた。

ふう、と心地よさそうに薄い煙を吹き出し、

「病人がいますから、家では吸いづらいんです。ごめんなさい」

「どうぞ、存分に」

萬八が薄笑いをかえした。

お津多は、二度、鉈豆煙管を吹かし、灰吹きに吸い殻を落とした。赤い紅のついた吸い口を指先でぬぐい、「それで、萬八さん」と、呼びかけた。

そこへ若い衆が茶を運んできて、お津多と萬八の言葉は途絶えた。

「おかみさんと大事な話がある。おめえら、呼ぶまで顔を出すんじゃねえぞ」

若い衆の足音が廊下を去ってから、お津多は続けた。

「わざわざ使いを寄こしたんですから、小娘は見つかったんでしょうね」

「へい、見つけやした。いや、今度ばかりは手間がかかりやした。二、三日もすり

ゃあ、すぐに見つかるだろうと高をくっていたのが、ぷっつりと消息が途絶えちまったもんで、少々慌てやした。素人の小娘が、しかも大店のお嬢さん育ちが、あっしらのような玄人《くろうと》にわからねえ隠れ場所があるはずがねえ。そう思っていたのが、灯台下暗しでやした」

「で、小娘はどこで見つけたんですか」

「遠くじゃありやせん。三十間堀の木挽町でやす。木挽町二丁目の卯ノ吉《うのきち》店の、読売屋の売子をやっていやがる、冴《さ》えねえ男の店に転がりこんでおりやした。小娘のくせに、どんな手管《てくだ》でたらしこみやがったのか、名前はお慶と変えて、そいつと若え夫婦の所帯みてえに暮らしていやがるそうですぜ」

「若い夫婦の所帯、みたいに？」

「築地川の萬年橋に近い土手沿いに、門付け芸人や大道芸人らが住みついたぼろ小屋の固まったごみ溜みてえな場所がありやす。中にこれもぼろの土蔵が、ぽつんと建っておりやして、その土蔵で、末成《うらな》り屋とかいう、ふざけた屋号の読売屋を営んでおりやす。相手の男は、その末成り屋で、唄や和助という呼び名で、売子をやっている男でやす」

「末成り屋の、唄や和助ね。小娘とは、どういうかかわりの男なんです」

「和助によると、親類の娘をわけありで預かっているとか、適当に誤魔化しておりやすが、怪しいもんだ。そこら辺の詳しい事情はわかりやせん。何しろ、小娘を見つけたのは昨日の昼でやすから。尾張町の布袋屋で、小娘が上等の帷子を買っていやがった。手下が、偶然、布袋屋の前を通りかかって、それを見かけた。あとをつけて、木挽町の和助の裏店にたどり着いたってえわけでさあ」

お津多は、宙へ目を泳がせつつ、銘豆煙管を指先で玩《もてあそ》んだ。そして、

「尾張町の布袋屋と言えば、老舗《しにせ》の呉服問屋ですね。家出娘が、布袋屋で上等の帷子を買う金を持っているなんて。了見が、小憎らしいわ」

と、不快を露《あら》わにした。

「和助は、やくざな男なんですか」

「どうせいかがわしい読売屋でやすから、築地あたりの破落戸《ごろつき》でしょう。末成り屋は、そういうやつらのたまり場だと思いやすぜ。土蔵のあるそこら辺は、南小田原町で座頭金を営む、玄の市とかいう座頭が地主らしいとか聞きやした。玄の市というう座頭も取り立てのえげつない、怪しい野郎のようでやす。和助が、どういうやつらとつるんでいやがるのか、そこは気にはなりやすが」

「萬八さん、ちょっと面倒なことに、なりそうなんです」

言いかけたお津多は煙管を玩んでいた指先を止め、束の間、沈黙した。

「小娘がいなくなって、早や半月。古狸《ふるだぬき》の大番頭が主人にけしかけているみたいで、このまま萬八さんに任せておかずに、町方に相談するときだと言い始めましてね。町方が乗り出してきたら、萬八さんも動きにくくなるでしょう。だから、おちおち待っていられないんです。和助も末成り屋も、座頭の玄の市も、どうでもいいんです。こちらは、小娘さえ……」

「ふむ。町方に乗り出されちゃあ、まずいな。裏街道にも、裏街道なりの人目がありやしてね。町方が乗り出してきたら、途端に人目が増える。人目が増えた分だけ目だつってわけでさあ」

「ですから、町方が乗り出す前に、済ませてくれますか」

萬八は胸の前で腕組みをし、指先で顎をさすった。

「おかみさん、本当に、いいんですかい」

「いいから、わたしがここに、いるんじゃないですか。しつこく言わないでくださいよ。約束の前金が要るかと思って、持ってきているんですよ」

お津多は懐の財布を抜き出し、白紙で包んだ十五両を萬八の前においた。

「三十両の半分の、前金十五両。始末が済んだら、残りの十五両を払います。これでいいんですね」

「畏れ入りやす。女がこうと決めたら、男より腹が据わっている。おかみさんを見ていやすと、つくづく、そう思いやすぜ」

「で、いつ？」

「今夜か、明日の夜には、おかみさんのお思いどおりに、なっておりやす」

萬八は紙包みを懐にねじこみつつ、眉間《みけん》に険しい皺《しわ》を刻んだ。

「本材木町の大店・朱雀屋のゆく末を左右する仕事の手間賃が、わずか三十両は安すぎやすが、これを機に、朱雀屋さんと末永い縁が結ばれりゃあ、目先の端金《はしたがね》よりはるかに大きな恩恵をこうむらせていただけるはずだと、あっしは睨んでおりやす。おかみさんのお望みにかなうよう、働いて見せやすぜ」

「そうなれば、萬八さんの面倒は、ずっと見させてもらいますから」

お津多と萬八は、黒く光る眼差しを一瞬交わした。それからひそひそとした笑い声を艾の臭いが残る部屋にもらしたが、お津多の目は笑っていなかった。

半刻後、一ノ橋の河岸場で萬八が頼んだ船は、箱崎《はこざき》川の永久橋をくぐり、浜町《はまちょう》川の河口をすぎたところで、中洲《なかず》の川縁に、ざざ、と乗り上げた。

川縁から石垣堤の板梯子《いたばしご》をのぼって、明るいうちから賑やかな中洲の町中へ上がった。

中洲は、西北の箱崎川、西南の箱崎支流、そして大川《おおかわ》に囲まれた埋めたて地の三角の島になっている。明和《めいわ》八年の埋めたてが始まる前は、三俣《みつまた》と呼ばれていた三角洲だったが、去年より中洲という繁華な歓楽地になった。

島の石垣堤に沿って、料理屋、水茶屋、私娼をおいた女郎屋の二階家が甍を並べ、軒に吊るした色とりどりの提灯がつらなっている。

管弦に太鼓の音が響き、酒宴の唄声や嬌声《きょうせい》や男女の戯《ざ》れ合う笑い声が、昼間から大川へ流れていく。石垣下の大川縁には、屋根船や賑やかに提灯を飾りつけた屋形船が、舳《へさき》を石垣のほうへ向けて繋《つな》がれている。

往来には、昼間から酔っ払いがふらつき、客引きの男や女の声が、あちこちで飛び交っていた。

「萬八の親方、ここんとこ、お見限りじゃござんせんか」

「ああ、野暮用が続いてな。そのうち顔を出すぜ」

どこかの若い者と愛想《あいそ》よく交わし、萬八はすれ違っていった。

やがて、水茶屋の提灯を吊るした軒と隣のこちらは料理屋の軒の間の、人がすれ違えるほどの路地へ、萬八は入っていった。

路地を真っすぐいくと大川に出て、路地の途中を折れると、粗末な板屋根の切見《きりみ》世《せ》になっていた。切見世の路地の入り口に、片開きの板戸と畳一枚ほどの番小屋があって、番小屋の男が女郎を見張っている。

番小屋の男が萬八と目を合わせ、どうも、というふうに声もなく頭を垂れた。髷にあたりそうなほど低い軒を並べる切見世の路地の奥に、荒壁の土蔵がある。

萬八は、土蔵の引き違いの板戸を叩いた。のぞき窓が開き、

「おれだ。権太郎《ごんたろう》はいるか」

と、のぞいた男に言った。

閂《かんぬき》がはずされ、引戸がたてつけの悪い音をたてた。

土蔵の中は板敷で、そこは盆筵《ぼんむしろ》を敷いた丁半博奕《ばくち》の賭場《とば》になっていた。壁の上のほうに小さな明かりとりしかなく、天気のいい昼間でも薄暗い中に、五、六本の蠟燭《ろうそく》たてに蠟燭が灯《とも》され、脂ぎった顔つきの十数名の客が、盆筵を囲んでいた。

中盆《なかぼん》の丁の声がとおり、客のため息やざわめきがからみついた。

「権太郎親分は、あちらに」

入り口の男が、盆筵の奥の長火鉢を前にして、長煙管を吹かしている権太郎を差

した。才槌《さいづち》頭に出張った広い額の、権太郎の風貌はすぐわかる。窪んだ半開きの目が、よ、というふうに手をかざすと、権太郎は長煙管を軽くふって見せた。

萬八が、盆筵ごしに萬八へそそがれていた。

権太郎は、長火鉢の縁に両肘をつき、煙管を咥《くわ》えた格好で、萬八が近づくのを待っていた。傍らに、金箱が見えている。

周りの子分らが萬八に会釈《えしやく》を投げ、「こちらへ、親方」と座を空《あ》けた。

「権太郎、例の仕事が決まったぜ。急ぎで、やってくれるかい」

萬八は座につくと、顔を近づけ、小声になった。それから、権太郎の胡坐《あぐら》のわきに白紙の包みをおいた。

「前金だ。半分の十二両。二割の仲介料、三両を引いてある。仕事が済んだら、残りの半分を払う。承知だな」

権太郎は、才槌頭の出張った額の下の、半開きの目を横目にして萬八を睨んだ。見慣れた萬八でも、権太郎の風貌は不気味だった。

「承知した。小娘ひとり、ちょろいもんよ。場所は……」

そう言って、白紙の包みを掬《すく》いとるように掌の中にとった。

「木挽町二丁目の、卯ノ吉店だ。小娘が、読売屋の売子の唄や和助という男の店にしけこんでけつかるのさ」

「読売屋の売子？　どこの読売屋だ」

「末成り屋という読売屋だ。築地川の萬年橋の近くに土蔵があって、そこでだいぶ以前から読売屋を始めていやがったらしい。知らなかったがな」

「和助は、誰ぞの手下かい」

「和助も末成り屋も、昨日、初めて聞いた名だ。どうせ、築地あたりの三下《さんした》か破落戸に違いねえぜ。和助の始末はそっちの勝手だ。ただし、金にはならねえ」

権太郎は、しばし沈黙した。才槌頭を細かく震わせ、しきりに何かを考えているふうだった。

「萬八の、ちょいといいかい」

煙管で天井を差した。

土蔵は、太い梁《はり》がむき出しの暗い屋根裏を見せているが、奥の半分は屋根裏部屋になっていた。屋根裏部屋にのぼる板梯子が、かかっている。

権太郎は、手下らに「番をしてろ」と言いつけ、先に梯子をのぼっていった。切落口《きりおとしぐち》をのぼると、屋根裏の隙間のような部屋に布団を敷いて、数人の男らが花札を囲んでいた。部屋の片隅では、月代ののびた浪人風体がごろ寝をしていた。

権太郎が、賭場の用心棒に雇っている侍らしかった。

賭場のほうの壁に縦格子の窓があって、格子ごしに階下の盆筵と客の様子が見おろせた。一台の燭台《しょくだい》が、部屋を煤《すす》ばんだ薄明かりにくるんでいる。

「おめえら、萬八の親方と話がある。ちょいとはずせ。先生、かまわねえから、一杯やってきてくだせえ。何かあったら、呼びにやらせやす」

侍が、黒鞘の刀をつかんで起き上がり、男らに続いて梯子をおりていった。男らの姿が見えなくなると、権太郎が言った。

「萬八の、小娘の名は、お真矢、だったな」

「そうだ。歳は十八。和助にはな、お慶という名を使ってけつかる。ふん、けっこう、したたかな小娘だぜ」

「お真矢でもお慶でも、かまわねえが、小娘の顔をこっちは知らねえ。小娘を間違いなくお真矢だと、どうやって確かめる」

「おめえは何も確かめる必要はねえ。木挽町の和助の店へいって、そこにいる小娘を引っさらって、簀巻《すま》きにして海へ沈めてくりゃあいいのさ。わけはねえだろう」

「わけはねえ。わけはねえが……」

格子ごしに、階下の盆筵を見おろした。蠟燭の火が盆筵を白く浮かび上がらせ、壺ふりの動きを見守っている。

「五二《ぐに》の半」

客らのどよめきとため息が漏れ、駒札《こまふだ》が、かちゃかちゃと鳴った。

「賭場には、いろんな客がくる。客がくると、噂も入る。本材木町の材木問屋の朱雀屋に、お真矢という十八の娘がいるそうだ。朱雀屋は、お上やお大名、神社仏閣などの御用も務める大店だ。その朱雀屋のお真矢が、ここのところ、店の中で姿が見えなくなった。店の者によると、親類の家にいっているらしい。どこの親類かはわからねえ。その一方で、わけありの家出だという噂があるとも聞いた」

権太郎は萬八へ向きなおり、

「萬八の、そんな噂は聞いてねえかい」

と、出張った額の下の半開きの目を光らせた。

「聞いてねえ。それがどうした」

「いやさ、この仕事、三十両は安すぎやしねえかと、思ってよ」

「安いか安くねえか、おめえが判断することさ。おれは、三十両でこの仕事をおめえに仲介した。安い、合わねえと思うなら、断りゃあいい。だがな、権太郎。俎《まないた》の上の魚が鯛《たい》だろうと鯔《ぼら》だろうと、料理人の仕事は同じだぜ。料理の仕上がりだけを考えることだ。それが玄人の仕事人だろう」

権太郎は才槌頭を縦格子へかしげ、萬八から顔をそむけた。

「断りゃしねえ。受けた仕事は、注文どおり、きっちり果たしてやるさ。仕事が済んでから、あとのことは考えるとしよう」

「そうかい。安心したぜ。仕事が済んだあと、もし、大店の朱雀屋になんぞ用があるなら、おれが仲介してやってもいいぜ」

萬八は冗談めかして言ったが、才槌頭は、ぴくり、ともしなかった。

四

銀座町三丁目、料理茶屋《藤井《ふじい》》の二階座敷に、大和小平家の隠居・了楽と、朱雀屋の女房お津多の二人が、豪勢な膳を前にして、寄り添っていた。

ほかに人目はないため、お津多は遠慮なく了楽にしなだれかかり、「大殿さま……」と、了楽の持つ杯に徳利の酒を、たらたら、とついだ。

「ふむ。お津多とこうして呑めるときが、こよなく楽しい。心地よく酔える」

了楽は、お津多の肩を抱いていた手を、ゆるやかにさげ、お津多の臀部《でんぶ》へあてがって、まさぐるようになでた。

お津多は身をよじらせたが、了楽の手を拒まず、ただ甘ったるく言った。

「およしになって、大殿さま。人に見られては、困ります」

「わしが呼ぶまで、誰もきはせぬ。おまえとこうして会うのも、久しぶりだ」

了楽は、ずる、と音をたてて片方の杯をすすった。

「この春の、新年のご挨拶に白金村のお屋敷へ、お訪ねして以来でございます。大殿さまがお見限りだったのでは、ございませんか。もう、桜がほころび始めておりますよ」

「年が明けて、むずかしい事が何かと続いた。ようやく今日、ときが持てた。お津多、日暮れまでにまだ間がある。亭主が病に伏せっておっては、その若さで孤閨《こけい》とは、寂しかろう」

うははは……

了楽が磊落《らいらく》な笑い声を、座敷にまき散らした。

お津多は、了楽とこうしていると、乱れてゆく気持ちを抑えられなかった。

だが、倅・健吉のために、という思いが、乱れてゆく気持ちの言いわけになった。

子を思う母心、と了楽と会うたび、お津多は自分に言い聞かせた。

連子格子の窓にたてた障子戸に、七ツ（午後四時）すぎの夕日が射していた。

宴は、了楽の供侍の梶山井八と園田克彦も相伴《しょうばん》にあずかり、半刻前に始まった。

銀座町の町芸者を揚げて唄と踊りを楽しんだあと、了楽が二人の供侍に、「呼ぶまで下がっておれ」と命じた。

了楽とお津多は、ようやく二人になった。

お津多の供の女中のお蝶には、「夕六ツ（午後六時）すぎに藤井に迎えにきておくれ。それまではいいね」と、少々の金を与え、言い含めて自由にさせていた。

お蝶も最初は恐ろしかったが、たびたびあることなので、もう慣れた。

おかみさんのお相手は、お大名のご隠居さまなのだから、滅多な事はあるまいと思っていた。

「大殿さま……」

お津多は、了楽に身をすり寄せた。

「はは、酒がこぼれるではないか」

了楽は笑いながら、杯を乾した。それから、

「その前に、お津多、明日、いや明後日までに、百両、用意してくれぬか」

と、事もなげに言った。

お津多は、了楽の肩に顔をすりつけた。

「よろしゅうございます。大殿さまのご用命とあらば、朱雀屋はいかようなことでも、ご助力させていただきます」

「例によって、この借財は、上屋敷に知られてはならぬ。むろん、証文は書くし利息も従前どおりだが、おまえの裁量で収めてもらわねばならぬ」

「承知いたしました。でも……わずか百両ほどを、なんのためのご入用なのでございますか」

「それよ。さしたる入用ではないのだがな。長年、わしに仕えてきた内海信夫という、わしより七つ年長の側役がおる。ふむ、おったと言うべきか。その男が、半月ほど前、急な病を得て亡くなった。心の臓に、持病を抱えておった。突然の事で手の施しようがなかった」

「それは、お気の毒でございます」

「人の定めだ。いたし方あるまい。ところが今朝、南小田原町で官金を営んでおる玄の市という卑しき座頭が、わが屋敷に内海を訪ねてきた。梶山と園田が応対いたし、内海が亡くなった事情を伝えたところ、三月前、内海が玄の市より百両の借財をしておることがわかった。わが側役、という立場を利用してだ」

南小田原町の玄の市と言えば……と、ふと、お津多は思い出した。

昼間、霊岸島の萬八から聞いた、和助が売子をやっている築地川沿いの読売屋の土蔵の地主が、確か、南小田原町で座頭金を営む玄の市だった。

読売屋は末成り屋。末成り屋の唄や和助。和助の店に、お慶という名でお真矢は身を隠している。

妙な偶然に、一抹《いちまつ》の不安がよぎったが、馬鹿ばかしい、とお津多はふり払った。

「借財の事情は、今となっては不明だ。だが、長年、仕えた家臣の事情ゆえ、知らぬ顔はできぬ。と言って、一家臣が小平家の立場を利用し、主《あるじ》の与《あずか》り知らぬところでいかがわしき借財をしていたと、上屋敷に知られては、国元の内海家に咎《とが》めがおよびかねぬ。そうなっては、不意の病で亡くなった当人が無念であろう。生きてさえおれば、当人が始末をつけていたに相違ないのだ。なんとかしてやりたい」

了楽は、お津多の身体をまさぐりながら、続けていた。

「つまらぬ事情だが、お津多、どうか頼む」

「はい、お任せを……」

「そうだ。わが娘・夕紀《ゆき》を健吉の許嫁《いいなずけ》にする一件も、本腰を入れて進めねばな。

武家ではないが、朱雀屋は江戸屈指の材木問屋。しかも、京の本家は室町より続く由緒ある老舗と聞けば、わが小平家にとって不足のない家柄。小平家の当主・時之介どのも、きっと、異存はあるまい。夕紀は大店・朱雀屋の内儀《ないぎ》となって、末永く何不自由なく暮らせるのだからな」

了楽には、側室の産んだ夕紀という、国元の大和で暮らしているこの春十歳の娘がいる。一方の健吉は、六歳である。

「お夕紀さまと倅・健吉が、夫婦になれば、小平さまとわたしども朱雀屋との結びつきは、いっそう固まります」

「もしも、病の亭主が亡くなったときは、倅が朱雀屋の跡を継ぎ、おまえは後見役の立場になる。すなわち、朱雀屋の実情はおまえの肩にかかっておるわけだ」

「倅・健吉が、朱雀屋を継ぎました暁には、大殿さまのお手元金に、ご不自由はおかけいたしません」

「まことに心強い。差しあたり、明後日の百両を、よろしく頼む」

「お任せを」

その途端、お津多の乱れる気持ちをたしなめるように、こつん、と胸が鳴った。

またお金が要る、と思った。

大番頭の太兵衛との遣りとりが、脳裡に浮かんだ。病の床に横たわって、自分に背を向けている夫・清右衛門の姿がよぎった。

大和小平家の先代の了楽が家督を嗣子《しし》・時之介に譲り、白金村の下屋敷に居住することが決まった五年前の折り、下屋敷を大幅に改築改修することになった。その材木御用を、材木問屋の朱雀屋がたまわったのである。

しかし、小平家は数年来、台所事情の逼迫《ひっぱく》が続き、改築改修費用の捻出に困っていた。朱雀屋は小平家の求めに応じ、改築改修を賄《まかな》う材木の代金を、きわめて低利の年賦《ねんぷ》で了承した。

小平家と朱雀屋との親しい交わりは、そのとき以来だった。

そんなころ、夫・清右衛門の体調の思わしくないことが多くなり、お津多が清右衛門の名代として、問屋仲間の寄合や、取引き先との談合などの席に出る機会が増えていた。

三年ほど前、お津多は、小平了楽を供応する酒宴に、そのときも体調が思わしくなかった清右衛門に代わって出たことがあった。

お津多と了楽が懇ろになるのに、それからさして、ときはかからなかった。

そのとき、了楽は四十を一つ二つ廻ったばかりで老いる歳ではなかったし、何よりも、大和小平家七万三千石の由緒ある血筋に、お津多は惹かれた。

倅の健吉が、三歳になっていた。お津多が二十五の歳に産んだ倅・健吉は、明暦の世より続く老舗材木問屋・朱雀屋の中で、五代目主人・清右衛門の女房の座を盤《ばん》石《じゃく》にする証だった。

自慢の倅だった。亡くなった前の女房は、跡継ぎを産めなかった。朱雀屋には娘のお真矢がいたが、自分は跡継ぎを産んだ。お津多は、朱雀屋の跡継ぎの母親となった自分を誇らしく思った。

だが、そうではなかった。健吉が生まれてから、それを知った。

健吉が、一歳、二歳、と成長するにつれ、娘のお真矢を憎らしく思う気持ちが募っていった。そんな事は許せない、あってはならないことだと、お津多は強く思うようになっていた。

了楽と懇ろになったとき、お津多に後悔はなかった。自分は、朱雀屋の跡継ぎの母親になる、その思いがお津多の心をゆさぶった。小平家が、健吉の後ろ盾になれば、お真矢なんかに負けはしない、とお津多は思った。

三年前、了楽より、側室の娘・夕紀と倅・健吉の祝言の話を持ち出され、お津多は有頂天になった。自分の倅が、側室の子とは言え、由緒あるお大名の血筋を引く女房を迎えると思うと、たとえようもなく晴れがましかった。

同時に、お真矢を邪魔だと、消えてほしいと真剣に願うようになったのも、そのころからだった。

了楽との仲は、店の誰にも気づかれてはいない。清右衛門も大番頭の太兵衛も、気づいていないはずだった。

朱雀屋ほどの大店の女房が、ひとりで出かけることはできなかった。出かける折りは、女中のお蝶がいつも供をする。お蝶だけが知っている。言うまでもなく、十分に手なずけているけれど。

懇ろになってから、了楽はお津多に借金をしばしば申し入れてきた。

しかも、小平家本家が朱雀屋へ借財があるため、本家のある上屋敷には知られぬよう、小平家と朱雀屋の名は出さず、了楽がお津多より借り受けるという証文を交わす体裁をとった。

むろん、お津多は断らなかった。拒む理由は、なかった。

どういう形であれ、隠居の了楽に金を融通することは、小平家に恩を売るのだから、朱雀屋に損はないと、お津多なりに考えた。

その金は、朱雀屋の内蔵の金箱から、こっそりと持ち出した。

ただ、二十両、三十両から始まったのが、借金の申し入れ額は、だんだんふくらんでいった。およそ三年の間に、お津多が了楽に融通した額は、小平家が表だって朱雀屋より受けている借財を、すでに大きく上廻っていた。

その間、了楽は一度も返済しなかった。とき折り、お津多は了楽と交わした証文の束を見て、一体どうなるのだろう、と冷や汗が出た。

またお金が要る、と思ったのは、内蔵の金箱からこっそり金を抜きとるときの後ろめたさを、思い出したからだ。百両はわずかではない。お津多にとっても朱雀屋にとっても、大金だった。

夕刻六ツ、《藤井》に迎えにきたお蝶を従え、銀座町の人通りの中を戻った。

今日、遅くとも明日、それは終わる。そうなれば、お津多の後ろめたさも、雲散《うんさん》霧消《むしょう》するに違いなかった。きっと上手くいく。上手くいかないわけがない。それだけの事をしているのだから。

そう祈るように思うお津多の胸の奥で、不安と昂揚がせめぎ合った。

京橋を渡り、竹河岸の通りに折れた。炭町《すみちょう》の通りを本材木町の往来へとっていたとき、白魚橋《しらうお》の北詰の袂《たもと》に人だかりが見えた。

薄暗くなってきた通りの人だかりの間から、置手拭を着けた読売屋の、襟に差した小提灯の小さな明かりが見えた。小紋模様の着物を尻端折りに、三尺帯の粋な姿で、売物の読売を字突きで叩き、節をつけて唄っていた。

同じ拵えの三味線ひきが二人ついて、売子の唄に調子を合わせていた。

飛んだこんだ飛んだこんだ、大ごと大ごと。当代人気役者、色事《いろごと》の大評ばん。かの四世松下早五郎《まつしたそうごろう》が処《ところ》へいでまするばけものの次第。評ばん評ばん。美しき後家《ごけ》のばけものじゃ。ばけもののくせに後家も後家でござる。早五郎も早五郎でござる。惚れて惚れて惚れぬいた。はなしまつ代、かみ代はんこう代、わずか四文《もん》。飛んだこんだ飛んだこんだ、大ごと大ごと……

売子のかざしている読売の、薄い朱色の紙が、当代人気役者の色事を、何かしら殊さらにあおっていた。

「おかみさん、また松下早五郎の色事でございますね」

人だかりの後ろに立ち止まったお津多に、女中のお蝶が話しかけた。

「そうですね。ずいぶん評判にはなっていますね」

当代人気役者の四世松下早五郎が、急死した弟子の後家と懇ろになった、と近ごろちょっと評判になっていた。

「どこの読売でも早五郎の色事ばかり、売り出しています。同じ種を扱って、売れるんでしょうか」

言いながら、小柄なお蝶は人だかりの後ろから背伸びをし、読売屋の節廻しと三味線の調子のよさに身体をゆすっていた。

女にしては背の高いお津多は、背伸びをせずとも、人だかりの後ろから三味線ひきと売子の様子が見えていた。お津多は売子を見つめ、

「でも、馬鹿ばかしいわね」

と、思わず呟いた。

すると、それが聞こえたかのように、売子の目とお津多の目が合った。売子の目が、お津多に微笑みかけた。なぜかお津多は、はっとした。

思わず人だかりから離れ、本材木町の往来へそそくさと歩んでいった。

五

和助が、木挽町二丁目の卯ノ吉店に戻ったのは、六ツ半（午後七時）をすぎたころだった。

「戻った」

ごとん、と表戸の腰高障子を引いた。

「お帰り。お疲れさまあ」

お慶が、竈《かまど》にかけた鍋の湯気を浴びながら、大きな目を和助へ向けた。白い歯並びと笑みが、仕事のつかれをほぐした。

「もうすぐ戻るころだろうと思って、煮物を温めなおしていたの。すぐご飯にする？　それともお酒、呑む？」

お慶のほつれ毛が、湯気に濡れて白い頬についていた。

行灯《あんどん》のそばに膳の支度ができていて、布巾がかけられていた。

「酒はいい。飯にする。腹が空いている」

「じゃあ、着替えてから、手を洗ってきて」

うん――と、和助は読売の売子用の、派手な着物を洗いたての紺帷子に替え、股引足袋《たび》などを脱いで、路地の井戸端へ手を洗いにいった。

汁物の甘い匂いが、井戸端へも和助を急かすように漂ってきた。

その夜の膳は、うどときくらげ、鯉《こい》の膾《なます》の鉢、長芋《ながいも》とせり、椎茸《しいたけ》を甘辛く煮た平皿、それに豆腐とちくわの汁物の椀、それに人参と大根の漬物だった。

膳についた和助は、今夜のご馳走に目を瞠《みは》った。膳を挟んで坐ったお慶が、

「どうぞ」

と、お櫃《ひつ》のご飯をよそった碗を盆に載せ、差し出した。

椿《つばき》の花柄模様の明るい帷子に、幅広の帯を、きりり、と締めて若いお慶に似合っていた。半月がたって、近ごろは照れ臭くはなくなったものの、妙な気分であることには、変わりなかった。

これが、嫁を迎えたときの気分なのか、と和助は思った。

「今夜もご馳走だ。お慶のお金を、また出したんだな」

「ちょっとだけね。なるべく、和助さんのお金で済ますように心がけているけど、物足りないな、と思って。ここにおいてもらっているんだから、気にしないで。和助さんはお仕事をしているんだもの。滋養をつけないとね」

お慶は、くす、と童女のように微笑んだ。ただ、お慶の膳はなかった。

「お慶は、もう済ませたのかい」

「うん。お腹空いたから、先に食べちゃったの」

肩をすくめ、さらりと言った。和助には、それがお慶らしい、のどかで自然なふる舞いに思えた。こういうことでいいのか、と思う一方、お慶がいいと言うのだか

らいいのか、という気分でもあった。

晩飯を済ませ、あと片づけが終わると、夜更けの静けさが、和助とお慶をしっぽりと包んだ。

遠くの夜空に、犬の遠吠えが起こった。ぴぃぃ、ぴぃぃ、と按摩の呼び笛が、木挽町の土手通りのほうをゆっくりと流れていく。

和助の肩に凭《もた》れかかったお慶が、和助の持ち帰った薄い赤紙の読売を読んで、くすくす、と笑った。和助は煙管を咥《くわ》え、煙を吹かしていた。お慶の玉結びの髪のおくれ毛が、白いほっそりとしたうなじにかかっていた。

「面白そうじゃないか」

「ちょっと面白い。松下早五郎って、以前、中村座でお芝居を観たことがあるわ。花のある役者よね。お弟子さんのおかみさんと、懇ろになっちゃったんだ。でも、惚れちゃったんだから、仕方がないわね」

くすくす、と笑っている。

「亡くなった弟子の後家さんを、力を落とさないように、と慰めているうちに、お互い憎からず思うようになったんだろう。当代の人気役者のことは、みんな気になるから、この種はよく売れた」

「飛んだこんだ飛んだこんだって、言い方がおかしいわね。この文句は、誰が書いたの」

「わたしだよ。天一郎さんに褒められて、これでいこう、と決まったのさ」

「天一郎さんって、末成り屋のご主人？　和助さんにお給金をくれる……」

「そうだ。築地界隈では、読売屋の天一郎と、名前の知られた人なのだ。元は旗本の倅で、ほかに錦修斎さんと鍬形三流さん、そしてわたしが唄や和助。わたしたち三人も、元は御家人の倅たちだ。末成り屋は、わたしたち四人で営んでいる。天一郎さんは、末成り屋の頭《かしら》と言ったほうがいい」

「読売屋天一郎さんに錦修斎さん、鍬形三流さん、和助さんが唄や和助？　みんな、元はお侍さんだったの」

「みなそれぞれ事情があって、刀を捨て、読売屋になったのさ」

「なんだか、楽しそうなお仲間ね」

お慶は読売をおき、和助にぴたりと身体を摺り寄せて言った。

和助は、ふむ、と頷き、煙管を煙草盆の灰吹きにあてた。

「お慶、そろそろ休もうか」

「うん、休もう」

お慶は、和助にぴたりと身体を擦り寄せたまま、繰りかえした。

和助が、唄や和助、と名乗り、末成り屋の売子になったのは十九のときだった。実家は芝三才小路《しばさんさいこうじ》の御家人・蕪城家で、和助は四男の部屋住みである。それまでの和助は、文金風《ぶんきん》の髷を頭の上に突きたて、かき上げた鬢髪《びんぱつ》もけばけばしく、踝《くるぶし》まである長羽織に黒鞘の一刀を落とし差し、懐手に駒下駄をからからと鳴らすいかにもの悪姿で、木挽町の広小路界隈を徘徊《はいかい》する悪童だった。

文金風の悪姿を、髷から着物まで町家の兄さん風体に拵えなおし、刀を捨て、末成り屋の売子を始めてから足かけ七年がたっていた。

和助は、この春、二十五歳になった。天一郎と修斎が、三十一歳。三流が三十歳で、和助が四人の中では一番若い。

半月前の二月のある夜、和助は銀座町で十七、八の可愛い娘に声をかけた。どうせだめで元々、と、軽い気持ちで自分の店に誘ったのだった。

すると、娘はなんの屈託も見せず、木挽町の和助のみすぼらしい裏店についてきて、その夜、二人は互いに名乗りもせぬまま同衾《どうきん》した。

娘は、そうなるのが当然のように、和助を受け入れた。

ところが、夜が明けても、娘は出ていかなかった。和助の読本などを勝手に読んで、くすくす笑ったりして面白がった。

その日、末成り屋は休みだった。末成り屋は四日おきに休みと決めているが、仕事柄、休みはないも同然だった。まれに「明日は休みにするか」と天一郎が言い出し、「そうするか」と誰かが応じて、臨時の休みになる場合が殆《ほとん》どである。

それがたまたま、娘の泊りこんだ翌日だった。

「おまえ、どうするつもりだ」

和助は、不審に思って質した。

「どうしようかな。わかんない」

と、娘はこたえた。そして、「お腹すいた」と、和助を呆《あき》れさせた。

仕方なく、和助が朝飯の支度をし、娘に飯を食わせた。よほどひもじかったらしく、飯を三杯もお代わりした。

朝飯のあと、和助は名前も知らないことに気づいて、やっと訊いた。

「おまえ、名前は」

「ううんと、何にするかな。お慶がいい。お慶にする」

お慶にするだと、ざけんな、と和助を怒らせたが、お慶はまったく頓着《とんちゃく》しなかった。家はどこだと訊いても、忘れた、とどこまでもふざけていた。

色白の、きゅっと締まった背丈のある身体つきに、器量は悪くなかった。愛くるしい顔だちだった。

身を売る商売女には、まったく見えなかった。むしろ、お嬢さん育ちの不良娘が親と喧嘩でもした挙句に家出をし、夜の銀座町あたりを、ゆくあてもなく彷徨《さまよ》っていたかのように思われた。

親がさぞかし、心配していることだろう。おれが人買いでなくて、よかったんだぞ。人買いだったら、今ごろはわけのわからぬ船に乗せられ……

などと思う一方で、まあいいか、とも思った。和助は、気楽な性分である。末成り屋の中で一番軽く、調子がよく、それがまた和助の愛嬌《あいきよう》になっていた。

読売屋の売子に、気性が向いていた。

ともかくそれ以来、お慶はどこかの迷い猫みたいに、和助の九尺《くしやく》二間《にけん》の貧しい裏店に居ついた。

半月がたち、桜の花がほころび始めるころになっても、お慶は和助の店にいた。

ただ、もうどこかの迷い猫みたいにではなく、まるで、若い押しかけ女房が和助と所帯を営んでいるかのようにだ。

和助はこのごろ、そんなお慶を見つめ、ふと、不安を覚えた。なぜ不安を覚えるのか、わからなかったが。


「お慶、お慶、起きろ」

和助は、腕の中でそよ風のような静かな寝息をたてるお慶にささやきかけ、小さくゆさぶった。お慶は、なかなか目を覚まさなかった。

「お慶、お慶……目を覚ませ」

和助はお慶の背中を、軽く叩いた。

お慶は、「ううん？　もう朝なの」と、寝ぼけた。

和助はお慶の細い身体を力をこめて抱き締め、耳元に顔をつけて言った。

「いいかい、お慶。店の外に人がいる。中の様子をうかがっている。盗人《ぬすっと》か、押しこみかもしれない」

お慶にささやきながら、そんなはずはない、と和助は思った。九尺二間のこの粗末な裏店を、盗人も押しこみも、狙うはずがなかった。狙う物などなかった。ひょっとしたら、自分の腕の中のお慶以外は、と。

お慶が目を覚まし、和助の顔の下で、こくり、と顔を頷かせたのがわかった。

和助にこたえるように、ぎゅっとしがみついてきた。細い身体が、小刻みに震え始めた。

店は、漆黒の暗闇に包まれていた。その暗闇に、路地の気配がひりひりと不気味に伝わってきていた。

「よく聞くんだ。裏の板塀の破れた穴を、知っているな」

お慶は頷いた。

「今すぐ裏へ出て、その穴から逃げるんだ。木挽町の広小路を築地川の萬年橋の袂までいき、橋の手前を右へ折れて四半町ほどいけば土蔵がある。その土蔵が末成り屋だ。天一郎さんがいる。大声を出して天一郎さんを起こし、和助に聞いたと言ってわけを話すんだ。天一郎さんが匿《かくま》ってくれる。天一郎さんに任せればいい。暗いけど、ひとりでいけるな」

割長屋《わりながや》の店の裏は、隣の敷地を隔てる板塀の間が、人ひとりがやっと通れるほどの狭い空地になっている。板塀ぎわに雑草が生え、普段は犬や猫ぐらいしかうろつかず、まれに子供らが通ることもあった。

板塀が破れて、小さな穴ができていた。犬や猫が板塀をくぐって、いききし、子供も這って抜けることができた。大人の男は無理だが、お慶の細い身体なら、通り抜けられる。

「いいか。外へ出たら、後ろを見ずに、思いきり走るんだぞ」

お慶は、ぎゅっとしがみついたまま頷いた。

「そっと起きて、裏へ出ろ」

「番所にいって、人を呼ぼうか」

和助の腕の中で、お慶が懸命にささやいた。

「いや。真っすぐ末成り屋へ走るんだ。お慶、盗人や押しこみじゃない。狙いはおまえだ。人を呼んでも、どうせ間に合わない。おれのことより、天一郎さんに匿ってもらうことだけを考えろ。いいな」

「和助さん、ごめんね。わたしね、本当は……」

お慶のささやきが、泣き声になった。

表の板戸を、ごと、ごとごと、とはずす音がした。

「今はいい。ここは、任せろ。いくぞ」

和助は布団の中からお慶を抱き起こし、裏側の腰障子を開けた。雨戸をそっと引いて、真っ暗な空地へ先に顔を出し、人の気配がないことを確かめた。

「お慶、またあとでな」

さあ――と、お慶の細い背中を、暗い外へ押した。
そのとき、表の板戸がはずれ、腰高障子が引き開けられた。

六

真夜中の九ツ（午前零時）をすぎてから、権太郎は五人の手下と用心棒の川勝朱《かわかつしゅ》明《めい》を従え、中洲の石垣を河原へおり、歩みの板に繋いだ茶船に黙々と乗りこんだ。

茶船は、網代の掩蓋《えんがい》がとりつけてあり、姿を隠すことができた。

手下のひとりが舳《へさき》で提灯を掲げ、ひとりが艫《とも》の櫓《ろ》を操り、船は中洲から箱崎の入堀、亀島《かめじま》川とたどり、稲荷《いなり》橋の下から南八丁堀《みなみはっちょうぼり》を京橋川のほうへ向かって、三橋のひとつの真福寺《しんぷくじ》橋をくぐり、三十間堀へ入った。

だいぶ遠廻りだが、永代《えいたい》橋のほうは船番所があるし、日本橋のほうから楓川をとるのは南茅場町《みなみかやばちょう》の大番屋や本材木町の三四《さんし》の番屋があるため、用心した。

途中で咎められたら、竹川町《たけかわちょう》の水油仲買商・大和屋の番頭と手代で、今宵、中洲の茶屋で行われたお得意先の供応の戻りとこたえるよう、口裏を合わせていた。

そのため、みな羽織を羽織っていた。

途中で咎められることなく、紀伊國《きのくに》橋をすぎ、木挽町と三十間堀町の土手蔵のつらなる入堀を船は櫓の音を軋《きし》ませた。

ほどなく、舳の手下が掩蓋をのぞき、権太郎に言った。

「親分、ここら辺に船をつけやす」

「よかろう。みな支度にかかれ」

男らが羽織を脱ぎとった。尻端折りをし、手拭で頬かむりになり、短い棒の得物《えもの》を帯に差した。その間に、船は水草をかきわけ、岸辺に舫《もや》う船の間へゆっくりとすべりこんだ。

岸辺の水草が、さわさわ、となびく。舳の男が提灯を消した。

「いいか。騒ぎ出す前に、口をふさぎ、ふん縛れ。娘は簀巻きにして海に沈める。やむを得ねえときは、おれが指図するからよ。それまでは、余計な血は流すんじゃねえ。いいな。先生、あっしが言うまで、刀を抜いちゃあ、だめですぜ」

手下と川勝が、そろって首を頷かせた。

岸辺から木挽町の土手に上がり、土手蔵の間の路地を抜けた。木挽町の往来は夜更けの闇に閉じこめられ、寝静まっている。夜空の星だけが、眠っていなかった。

手下のひとりが、簀巻きに使う簀を肩にかついでいる。

用心しいしい、木挽町の往来を横ぎり、二丁目の小路をとった。その小路に、卯ノ吉店の路地へ折れる木戸がある。

「親分、ここでやす」

手下が、路地を差した。

「おう、いけ」

先導の手下に、権太郎と四人の手下、しんがりに用心棒の川勝が続いて、どぶ板を鳴らさぬように路地へ入った。

寝こみを襲えばわけはねえ。たとえ逃げても、小娘の足ならすぐに追いつき、路地の外へは一歩も出さねえ、と権太郎は、高をくくった。

七人の不気味な足音のほかは、あたりに物音ひとつしなかった。路地は、深い眠りに落ちていた。

先導の手下が一戸の前に立ち止まり、権太郎へ頷きかけた。

手下は板戸を両手でわずかに持ち上げ、ごと、ごとごと、とゆっくりと板戸をはずしにかかる。引戸一枚の腰高障子が現われると、手下は障子に耳を寄せ、中の物音を探った。

「大丈夫だ。寝静まっていやす」

「うむ、さっさと、やっちまえ」

声を低くして指図した。

手下が、そっと腰高障子を引き開けた。狭い土間と、土間続きの四畳半に布団の影が認められた。手下らは、得物を手にかざし、互いに目配せを交わした。ひとりが狭い戸をくぐり、二人目、三人目、と続いた。

先頭の男が四畳半へ上がり、二人目、三人目、と続いた。


その瞬間、暗がりの中に影が跳ね上がった。四畳半の畳が、ぎし、と音をたてた。

続いて、先頭の頭へ布団がかぶさってきた。

「わあっ」

寝入っていたはずの男が、起き上がっていた。

「曲者《くせもの》っ」

と、男が叫んだ。布団をかぶった先頭を、蹴り飛ばした。どど、と畳がゆれ、布団をかぶったまま土間へ転がり落ちていった。

二人目は男の影へ得物をふるったが、得物は暗がりを打つばかりだった。咄嗟に、わきを抱えられた。身体が浮き上がり、ぶん、と竈の横の流し場へ投げ捨てられた。

がつん、ばり、と流し場が鳴り、逆さまに転倒した。

だが、和助は三人目の得物を躱《かわ》せなかった。

二人目を投げ捨てた瞬間、顔面に得物をしたたかに受け、よろけた。

続けて二打、三打と浴びて、堪《こら》えきれずひっくりかえった。

それでも、得物をかざして上からのしかかってくるところを、蹴り上げ、突き飛ばした。

「とりゃあ」

と、必死に起き上がった。

そのとき和助は、土間の人影が抜刀するのが見えた。刹那《せつな》、どおん、と腹に強烈な一撃を受けた。息ができなくなり、たちまち気が遠くなっていった。くずれ落ちながら、斬られたのだと思った。

お慶とはもう会えないのだ、と和助は思った。

「あ、誰か、塀の外に逃げやす」

裏の雨戸を開けた手下のひとりが言った。

「追え」

「だめだ。穴が小さすぎやす」

追った手下が言った。

「畜生、逃げやがったか」

権太郎が路地へ飛び出すと、裏店の住人が騒ぎに目を覚まし、ぞろぞろと出てきて、路地をふさいだ。

「あんたら、何やってんだ。この真夜中に、なんの騒ぎだい」

「番所の役人を呼ぶぜ」

住人らが騒ぎだした。

路地をふさがれ、権太郎は舌打ちした。川勝が刀を納め、「峰打ちだ」と権太郎に言った。権太郎は、住人らへ声を凄ませた。

「てめえら。ぐだぐだ騒ぐんじゃねえ。いい度胸じゃねえか。この野郎が博奕の借金を踏み倒してずらかろうとしやがるから、焼きを入れてやったのさ。このごみ野郎には、これからまだ用があるんだ。退《ど》け」

腹を抱えてうずくまっている和助の襟首をつかんで、路地へ引き摺り出した。

「ど、どこへ連れていくんだよ」

「どこへ連れていくか、知りてえのかい。なら、てめえも一緒にくるか。いいか。邪魔するやつは、あとでたっぷりと礼をさせてもらうぜ。五体満足でいたくねえやつは、町役人でも町方役人でも、好きなだけ呼んできやがれ」

権太郎の脅しに、住人らは途端に怯《ひる》んだ。誰も声を出さなくなり、どぶ板を鳴らして次々と店に引っこみ始めた。

恐いよ、いやだね、とひそひそ声だけが暗い路地に残った。

「この野郎、和助だろう。おれたちに気づいて、小娘を逃がしやがったか。くそ、ただの三下じゃあねえな。代わりにこいつを連れていく。縛り上げろ」

築地川も土手道も暗闇に包まれていたが、星空の下に土蔵の影が認められた。お慶は、寝間着代わりの浴衣《ゆかた》の裾をたくし上げ、素足の脛《すね》も露わに戸前の石段を駆け上がった。

土蔵の樫の引戸を、繰りかえし、懸命に叩いた。引戸は分厚く重たげで、お慶の力では小さな音しかたてなかった。

「天一郎さん、天一郎さん、起きて。和助さんが、大変なの……」

とんとんとん、としか樫の引戸は鳴らなかったし、ゆらぎもしなかった。

「天一郎さん、末成り屋さん……」

お慶の甲高《かんだか》い声が、暗闇の土手道に響きわたった。

ごろ、と突然戸が引き開けられ、まぶしい光がお慶を驚かせた。

お慶はふり上げた拳を止めて、手燭《てしょく》をかざした背の高い男を見上げた。

「あ、あの……」

言いかけたお慶に、先に男が言った。

「もしかしたら、お慶さんか」

そのひと言で、木挽町から駆けに駆けてきたお慶の、苦しいほどの不安がかすかにやわらいだ。

「そう、お慶よ。読売屋の、天一郎さん？」

荒い息の間から言った。

「そうだ。和助に何があった」

「和助さんが、天一郎さんのところへ逃げろって。人がきたの。たぶん、わたしを狙って。和助さんが、わたしの身代わりになって残ったの。和助さんをすぐに、助けてあげて。きっと、恐ろしいやつらよ。和助さんが、危ない目に……」

「すぐに、卯ノ吉店へいく。相手は何人だった」

「わ、わからない。でも、大勢の人の足音がしていた。叫び声も聞こえた」

そう言ったお慶の頬に、ひと筋二筋と涙が伝った。

「お慶さん、入れ」

天一郎はお慶を土蔵の中に入れ、戸前の暗がりを見廻して人の気配がないことを確かめると、どん、と引戸を閉めた。

そして、竈のある土間のほうへ戻り、土間のそばの床板をはずした。

床板の下から、桐油紙《とうゆがみ》でくるんだ刀と思われる得物をとり出すのを、傍らにおいた手燭の小さな明かりが照らした。

お慶は天一郎が桐油紙を解《ほど》き、きゅっ、きゅっ、と黒鞘の大小を腰に佩びるのを目を瞠って見つめた。

「お慶さん、すぐ近くに煮売屋の小屋がある。ここよりも狭くて汚いが、煮売屋の亭主がお慶さんを匿ってくれる。戻ってくるまで、そこにいるんだ」

天一郎は言いながら、帷子を身軽な尻端折りにした。しかし、お慶は首を左右に童女のように激しくふった。

「天一郎さん、わたしも一緒にいく。和助さんを助けなきゃあ、ならないの。わたしのために、きっと、ひどい目に遭わされているわ。わたしが和助さんを、助けないといけないの」

お願い、わたしもいく――と、お慶は涙をこぼしながら言った。

「わかった。お慶さん、もう泣くな」

天一郎は、床下から同じく桐油紙にくるんだ刀をとり出した。紙を解き、二刀をお慶へ差し出した。

「和助の刀だ。これを持ってついてくるんだ。和助にわたせ」

お慶は和助の刀を胸に抱きしめ、大きく頷いた。

「いくぞ」

「うん」

天一郎の後ろから、お慶は再び跣《はだし》のまま駆け出した。

七

明けの七ツ（午前四時）前、外はまだ、夜の帳《とばり》が町を閉ざしていた。

生暖かい南風が、土蔵の勝手口の板戸を、とき折りゆるがした。一階板床の一角を屏風で囲った天一郎の寝所に、お慶がぐったりとした様子で眠っている。

修斎と三流は、半刻ほど前、相次いで駆けつけていた。

天一郎は竈に火を熾《おこ》し、湯を沸かして茶を淹《い》れた。修斎と三流の膝の前に茶碗を出すと、修斎が言った。

「天一郎、初瀬《はつせ》さんに内々に頼んでみてはどうだ」

初瀬十五郎《じゆうごろう》は、南町奉行所の定町廻《じようまちまわ》り同心である。

初瀬と末成り屋は、町方と読売屋の、魚心《うおごころ》あれば水心《みずごころ》ありの間柄である。妙な腐れ縁が、それなりにある。

「それは考えられる。だが、賊の手口がひどく荒っぽいのは、人の命を奪うことをなんとも思っていないからだ。つまり、賊は玄人だ。お慶は、賊の狙いは、自分だと言っていた。お慶はわけありの娘だ。お慶の事情にからんで、和助は、巻き添えを食った。それは間違いない」

修斎が頷いた。

「だが賊は、狙いのお慶をとり逃がした。和助を殺さずにさらったのは、別の狙いがあったからだろう。初瀬さんに相談するにしても、相手の狙いを確かめてからにしたい」

「それもそうだな」

三流が口を挟んだ。

天一郎は、熱い茶をひと口含んで、屏風の囲う寝所を見やった。

「まずは、お慶の事情を訊いて、それからどうするかだが……」

修斎と三流も、天一郎に倣って、屏風のほうへ向いた。

お慶は、ひどくとり乱していた。散々泣きながら、末成り屋へ逃げてきた経緯を語ったが、お慶自身が抱えている事情を訊ける状態ではなかった。

疲れ果てて眠ってしまい、天一郎が寝所に運んだのだった。

お慶の乱れが収まるまで待つしか、今はなかった。

「賊に襲われて、お慶はさぞかし、恐かったのだろうな」

「可哀想にな」

「木挽町から真っ暗な夜道を、ここまで跣《はだし》で駆けてきた。真夜中に、戸を激しく叩いて、お慶の呼ぶ声が聞こえたので、驚いた」

三人は顔を見合わせ、気だるく笑った。

「狙いをはずした賊が、またお慶を狙って、今度はここへくるかも知れぬぞ」

修斎が言った。

「かも知れぬではなく、必ずくる。和助は、賊がお慶を狙っているのに気づき、お慶をここへ逃がした。われらに託せばなんとかなると、機転を働かせたのだ」

「だとすれば、お慶がわれらに匿われている、とわかってしまえば、和助は始末されるのではないか」

「賊は玄人だ。狙った仕事を済ますまでは、手札を捨てはしない。少なくとも、お慶を狙う値打ちがある間は、和助に手は出さない」

「和助は、そこまで読んだか」

「気の廻る和助らしい。そうに違いない」

三流が、語気を強めて繰りかえした。

「賊は、どんな手を打ってくるのだろう」

「わからぬが、外に、誰かきたぞ」

天一郎が、表戸の暗がりを睨んだ。

修斎と三流が、え？　という顔つきになったとき、樫の引戸を叩く不穏な音が聞こえた。続いて、男の低く用心した声が、

「ごめんくださいやし。ごめんくださいやし。こちらは、末成り屋さんとお見受けいたしやす。ごめんくださいやし……」

と、戸の外で言った。

「きたか？」

「ふむ。やはり玄人だ。やることが早い」

天一郎は脇差《わきざし》を腰に佩《お》び、大刀を提げて立ち上がった。戸口のほうへ進み、続い

て立ち上がった修斎と三流へ、用意はいいか、というふうに目配せした。

むろん、二人も二刀を腰に佩びていた。刀を使う覚悟は、できている。修斎は六尺の用心槍《ようじんやり》を手にし、三流は手燭を手にして、天一郎の左右に並びかけた。

また、表の戸が不穏な音をたてて、叩かれた。

「鍵はかかっていない。入れ」

天一郎が、張りのある声を投げた。

ごろごろ、と樫の引戸が重たげに開き、生暖かい風が、土蔵の中へ吹きこんできた。三流のかざした手燭の炎が風に乱れつつ、戸前に佇んでいる二人の男を照らし出した。

手拭を頬かむりにして顔を隠し、着流しを尻端折り、素足に草履、そして、二人共に長どす一本を落とし差しにしていた。のそりと、先に前土間に入ってきた男は兄貴分らしく、後ろの男よりいくぶん年かさだった。

兄貴分は、得物を携えた天一郎らを見廻し、「えへへ……」と、薄っぺらな笑い声を寄こした。

「畏れ入りやす。読売屋の末成り屋さんに、間違えございやせんか」

と、見廻した目を天一郎に止めて言った。

「そうだ。そちらは」

「差し障りがございやして、こちらの名前ははばからせていただきやす」

「そちらの差し障りは知らぬ。そちらが訪ねてきたのだから、名乗れ」

六尺以上の修斎が、二人を見おろして言った。

「まだ夜も明けぬこの刻限にいきなり訪ねてきて、名乗りもせぬとは胡乱《うろん》だな」

三流が言い、五尺四寸少々の、肩幅が広く、分厚い胸を反らした。

「まあまあ、そう尖《とん》がらずに。末成り屋のご主人の天一郎さんは、どちらさまで」

「わたしだ。用を聞こう」

「はは、やっぱりね。そうじゃねえかと、思いやした」

兄貴分が仁義をきるような格好で、膝を折った。

「ご主人、お上は抜きで、このたびの一件の収めどころについて、ざっくばらんに申し上げやす。ご主人のお仲間の唄や和助さんを、うちでお預かりしておりやす。和助さんをお戻しする代わりに、お預けしておりやすお慶をおかえし願えやす。お慶はうちの娘でございやす。こちらの和助さんとうちのお慶。双方、元の鞘に納まって、それで落着としていただけやせんか」

「お慶がうちの娘とは、どこのうちだ」

「でやすから、うちがどこかは、差し障りがございやすので、はばからせていただきやすと、申し上げておりやす。もっとも、ちょいとした手違えで、和助さんをお預かりする折り、少々手荒な扱いをいたしやした。うちの親分は、世間の道理をわきまえておられやす。手荒な扱いの詫び代と薬代を添えて、和助さんはお戻しいたしやす。何とぞそれで、ご了見、願えやす」

「世間の道理をわきまえてだと。笑止だな。和助は、無事なのだろうな」

修斎が、強い口調で質した。

「ご心配は無用でございやす。すこぶるお元気、鼾《いびき》をかいてお休みでございやす。ただし、こののちも、すこぶるお元気でいられるかどうか、そいつは、末成り屋さん次第でございやす。よもや、お仲間を見捨てるような真似はなさるめえと、親分もあっしらも、思っておりやすがね」

「和助に手を出したら、おまえら、ただではおかぬぞ」

三流が語気を荒らげた。

「こいつは、勇ましいことで。その拵えをお見受けしやすに、末成り屋のみなさんは、もしかしたら元はお侍で？　ふん、どうりで。けど、末成り屋さんがその気なら、あっしらも容赦しやせんぜ。あっしらは、お慶をおかえしいただきゃあ、和助さんに遺恨はございやせん。和助さんを、無事お戻しすることを、お約束いたしやす。ご主人、いかがで？」

「われらの仲間の和助に所縁あるお慶は、われらにも所縁がある者だ。兄さん、いいかい。われらに所縁ある者を、どこの誰かもわからぬ、なんの狙いかもわからぬ兄さんの親分にわたすわけにには、いかんだろう」

天一郎は、外連《けれん》なく言った。

「なんだと」

兄貴分が表情を険しく歪めた。ちぇっ、と舌打ちをした。後ろの若い男は、いつでもやってやるぜ、というかまえを見せた。二人共に、いかにも喧嘩慣れしている仕種だった。

「落ち着け、兄さん。まだある。と言って、われらの仲間を見捨てるわけにもいかぬ。少々、ときをくれ。ときがいるのだ」

「餓鬼《がき》みてえなことを言いやがって。ときを稼いで、その間に妙な細工でもしようってえのかい。そうは問屋が卸さねえぜ」

「玄人を相手に、妙な細工が通じるとは思っていない。兄さんらは、金で雇われたのだろう。どれほどの金額で雇われたかは知らぬが、こちらは三百両出す用意がある。三百両で和助を買う。お慶は渡すわけにはいかぬ。つまり、兄さんらの仕事は必ず縮尻《しくじ》るということだ。だが、たとえ縮尻ったとしても、和助を無事かえせば、三百両になる」

「さ、三百両？」

兄貴分の顔に、束の間、戸惑いが見えた。返事をしかねている様子だった。後ろの男は、訝しげに天一郎を見つめていた。

「むろん、これはお上の邪魔の入らない取り引きだ。悪い取り引きではあるまい。それぐらいの勘定は、できるだろう」

「辛気《しんき》臭え。てめえの口車には、乗らねえぜ。てめえらごときに、三百両ができるわけがねえくせによ」

「読売屋は、大名にも大店の商人にも、表や裏に様々な伝《つて》がある。伝を使って金を用意するまでの、ときがいると言っているのだ。これほどの取り引きを、親分に知らせず、兄さんが勝手に打ちきるつもりか」

兄貴分は、そこで力を抜き、折った膝をのばした。そうして、不満の色を浮かべて、暗い土蔵をゆっくりと見廻した。

と、屏風を囲った寝所から、お慶のうなされている声が聞こえた。

兄貴分の目が、屏風を囲った薄暗い一角に止まった。

「あれはわたしの女だ。たまたま今宵、泊りにきていただけだ。気にするな。お慶はもうここにはいない。安全な場所に移した。この先も、兄さんらはお慶の顔を見ることは、決してないだろう」

ふん、と兄貴分は鼻先で笑った。

「お上は、抜きだな」

「そう言っただろう」

「ときは、どれくれえだ」

「一両日、明後日の夜までには。間違いない」

「よかろう。親分に話してはみよう。親分が不承知なら……」

と、兄貴分は表戸の明かりとりを見かえった。明かりとりは、まだ漆黒の闇に閉ざされている。

「明け六ツ（午前六時）までには、和助の手首を落として届けてやる。承知なら、明後日の夜までに三百両を支度して待ってろ。金と和助をどのように受けわたしするか、こっちから知らせる。いいな」

「いい。だが、受けわたしの前に、和助の無事を確かめるぞ」

天一郎は、二人が土蔵を出ていくまで動かなかった。

修斎と三流も、黙って動かなかった。築地川の向こうの、武家屋敷の誰かが飼っているのだろうか、鶏の鳴き声が、夜明け前の静寂《しじま》の中に聞こえていた。

しばらくして、修斎はぽつりともらした。

「やつら、承知するかな」

「必ず、承知するさ。金のためなら。明後日の夜までは、和助は無事だ」

「三百両は、どうするのだ」

三流が言った。

「無理だ。ときを稼ぎたかった。ああ言うしか、思い浮かばなかった。つい、思いつきで言った」

「師匠に、相談してみようか」

「幾ら師匠でも、三百両は無理だ。腹をきってても出てこない。明後日の夜まで、二昼夜半ある。それまでに和助を……」

三人のため息がそろった、そのときだった。

「三百両、わたしが用意する」

三人の後ろで、喉を嗄《か》らしたがらがら声が言った。

ふりかえると、束ね髪が蓬髪《ほうはつ》のように乱れ、細帯を締めた浴衣の裾をだらしなく引き摺ったお慶が、寝起きの眠そうな目をしょぼつかせて佇んでいた。

「お慶、起きたのか」

天一郎が言った。

「天一郎さん。三百両あれば、和助さんが助かるのね。大丈夫。わたし、三百両、持ってる。家に……」

お慶が、しょぼしょぼした目をこすりながら、ががら声で言った。

天一郎も、修斎も三流も、空いた口がふさがらなかった。

第二章　中洲《なかず》

一

築地川が東の海のほうへ流れる川沿いをゆき、西本願寺門前から門跡《もんぜき》橋を越えたところが、波除《なみよけ》稲荷の見える南小田原町である。

築地界隈で名の知られた座頭・玄の市は、新道へ折れる角の、黒板塀が囲い見越しの松が板塀の上に風情のある枝をのぞかせる小さな敷地に、瀟洒《しょうしゃ》な二階家をかまえていた。

この二階家で、玄の市は辰巳《たつみ》の芸者上がりで気風《きっぷ》のいい女房のお久《ひさ》と、下女の若いお糸《いと》の三人で暮らし、官金、すなわち座頭金を営んでいる。

玄の市はこの春五十一歳。女房のお久は、十ほど若い四十すぎである。

朝が始まって間もない六ツ半すぎ、玄の市の前に、天一郎とお慶、修斎、三流の四人が神妙に坐っている。

お慶は、お久の世話で顔と身体を洗い、髪もとかし、お久の着物を借りて身綺麗に整え、薄化粧の十八歳の初々しい娘に戻っていた。

「お慶、ちょいとごめんよ」

玄の市は言って、指の節くれだった手をのばし、お慶の腕や肩、髪や顔にそっと触れ、姿形を確かめた。

「ふむ。人の器量は、男も女も、だいたい匂いでわかるがね。細かいところは触ってみないと、確かめられない。悪かったね、お慶。可愛い娘だ。和助さんが身体を張って助けたのは、わかる。男とは、そういうものだ」

玄の市は、少し毛ののびてきた坊主頭をなでた。

毎朝、暗いうちから起きる玄の市は、すでにひと仕事を済ませている。

玄の市は算盤ができるし、文字は書けるし、紙に記した墨の跡を指先でなぞって文字を読むこともできた。座頭金の金勘定や帳簿づけは、お久の手を借りずに、ほとんど玄の市がひとりでやった。

また、杖を突きながらではあっても、目明きに劣らぬほどの速さで、道を駆けることもできた。夜は明かりが要らず、目明きよりはるかに動きは速かった。

玄の市と四人は、二部屋ある二階の玄の市の仕事部屋にいた。

窓にたてた障子戸が一尺ほど開けられ、暖かな南風が流れてきた。

「木々から木々へと飛び交う鳥のさえずりや、吹きすぎる風や雨の音、人の声や足音、獣の彷徨《さまよ》う気配が景色を見せてくれます」

と玄の市の言う、川沿いの通りと川向こうの武家屋敷の広い庭の景色が、二階の出格子の窓から眺められた。

天一郎が、昨夜の経緯を、お慶の言った三百両まで話したところだった。玄の市は、坊主頭をなでた手を膝へ落とし、軽く玩《もてあそ》ぶように打った。そして、

「ほう。すると、お慶は和助のために、三百両を用意するというのかね」

と、感心したふうに言った。

うん、とお慶は頷いた。

「それは凄い。三百両といえば、家禄百俵ほどのひと廉《かど》の武家が、十年は暮らせるお金だ。十八の娘がそれを用意できるというのは、尋常な事ではない。先だって、和助さんの裏店にお慶が住みついたと、天一郎さんから聞いたとき、これは普通の家の娘ではないだろう、と感じていた。そうだな、お慶」

うん、とお慶はまた頷いた。

「お慶の家はどこで、家業は何をやっていて、なぜその家を出て、和助さんの裏店に住みついたのか、わたしにわかるように、話してくれるかい」

お慶は、どう話せば、と考えるかのように、伏せた目を傍らへ流した。

「天一郎さんたちは、お慶の素性を聞いたのですか」

「わたしたちも、まだ聞いていません。お慶の気持ちが落ち着いてからと思っていました。ここへくるまで、賊の動きに気をとられていましたので」

「六ツまでに、和助さんの手は届かなかった。まずは助かりました。二日と半日の猶予ができた。その間に、できることがある。お慶、みなに話しておくれ。和助さんの命がかかっている」

「和助さんが、あんな目に遭ったのは、わたしのせいなんです」

「そうだ。お慶のせいだ。だがな、おまえのせいでも、悪いのはおまえではない。負い目を感じたとしても、おまえが責めを負うのでもない。悪いのは、責めを負うのは、和助さんやおまえに悪さを働いた者だ。ここにいるのは、みな和助さんの友だ。すなわち、和助さんが身体を張って助けたおまえの、みな味方だ」

わかるな――玄の市が言い、お慶は頷いた。

「名前は、お真矢。歳はこの春、十八になりました。お慶は、和助さんに名前を訊かれて、咄嗟に思いついてお慶にしただけです。家は、本材木町一丁目の材木問屋の朱雀屋です。お父っつあんは清右衛門、おっ母さんはずっと昔に亡くなって、新しいおっ母さんは……」

束の間、言い澱《よど》んでから、「お津多さんです」と言った。

「お父っつあんとお津多さんの間に、弟の健吉ができて、健吉は六歳です。お店は本所と深川、浅草にも別店があって、毎日数百人の奉公人が働いています。でも、使用人の顔を全部は知りません。今、お父っつあんは病気になっちゃって、療養中なんです。けど、看病はお津多さんや下女がするし、お店は大番頭の太兵衛さんに任せていますから、わたしがいなくても、大丈夫なんです」

お真矢の声が、頼りなげにか細くなった。

「ただ、お父っつあんの身体の具合だけが気がかりで、心配でなりません。なのにわたしは、家出なんかして、病気のお父っつあんにいっそう心配をかけるばっかりの悪い娘なんです」

むむ、と息を殺した玄の市の喉が震え、修斎と三流のため息が聞こえた。本材木町にある材木問屋・朱雀屋の名を知らぬ者は、江戸にはいなかった。江戸屈指の、しかも京に本家のある、由緒ある商人の家柄である。この娘は何をたわ言を言っているのだ。

お慶はお慶ではなく、朱雀屋の娘・お真矢だと？　この娘は何をたわ言を言っているのだ。頭がおかしいぞ、と普通なら言いそうなところである。

だが、お慶が、朱雀屋の娘のお真矢だと言うと、そうだったのか、と即座に思ってしまうところが、お慶らしかった。いや、お真矢らしかった。

むむ、とうなりながら、玄の市が言った。

「朱雀屋のお真矢さんだね。なら、これからはお真矢と呼ぶよ」

「はい。天一郎さん、修斎さん、三流さん、お慶なんて言って、ご免なさい」

「お慶でなく、お真矢か。和助が聞いたら、お慶もいいが、お真矢もいい名だと、言うだろうな」

天一郎が言うと、修斎と三流は声もなく笑った。

「お真矢、順番に話しておくれ。朱雀屋のお嬢さまが、どうして、家出なんかしたんだい。おまえは、お父っつあんやおっ母さんに心配をかけるだけの、悪い娘だったのかい。それとも何か、家出をしなければならない事情があったのかい」

玄の市が、さり気ない口調でお真矢を促した。

「健吉が生まれてから、一年、二年ぐらいたったころからです。わたしがお店の中で、邪魔にされ、憎まれているのを感じ始めたんです。初めは、ただ感じるだけでしたから、気にしないようにしていました。でも、それから二年、三年とときがたって、あるとき、わたしがいると健吉によくない事が起こるかもしれない。だからわたしは、邪魔に思われ、憎まれているんだって、わかったんです」

「お真矢がお店にいると、健吉によくない事が起こるかもしれない？　健吉は、朱雀屋の跡とりだね。その跡とりの弟に、お真矢のせいで、よくない事が起こるのかい。よくないとは、どんな事だい。お真矢には、思いあたる節があるのかい」

お真矢は沈黙し、少し考える様子を見せた。

「健吉は、朱雀屋の跡とりです。けれど、お店の仕組や決め事については、わたしにもよくわからないところが、あるんです。お店の仕組や決め事は、お父っつあんと大番頭の太兵衛さんの二人で相談して決めて、お津多さんも口を挟めないんです。ただ、わたしは幼いころから、町内の手習所に通わされ、近所のお店の男の子らにまじって読み書きと算盤を習わされました」

「そりゃあ、朱雀屋のお嬢さまなのだから、読み書き算盤ぐらいできるようにと、商人のお父っつあんの考え方なのだろうし、跡とりができなければ、お真矢が婿を迎えて、朱雀屋を継ぐこともあり得たからだろう。だが、跡とりの、弟の健吉が生まれたわけだな」

「本当に、お店の事はよくわからないんです。健吉が生まれるまで、わたしが大人になったらお店を継ぐんだろうなって、わたし、ぼんやりと思っていたんです。全部、お父っつあんと太兵衛さんが……あ、あの、わたしが小さいころは、亡くなったおっ母さんも一緒になって、お店の事を決めていましたから、なんとなく、そうなるんだろうな、お店を継ぐのは大変なんだろうなって」

「お真矢のおっ母さんは亡くなり、お津多さん、という後添えを、お父っつあんは迎えたのだな。新しいおっ母さんが、跡とりの健吉を産んだ。お真矢はそのとき、幾つだったんだい」

「十三歳です」

「十三歳なら、そろそろ、大人の娘の心がまえができるころだ。お父っつあんと太兵衛さんは、跡とりの事で、お真矢に何か言ったのかい。それとも、お父っつあんと太兵衛さんの様子や、お真矢へのふる舞いが、変わってきたとか」

「何も変わりません。今までどおりでした。ただ、お店の奉公人たちの間では、跡とりを産んだお津多さんの話が、よく出ました。これからはお津多さんが健吉の後ろ盾になって、お店の重要な役割を担っていくだろうとか、そういう話が交わされるようにはなっていました」

「お真矢は、朱雀屋を継ぐのは健吉になって、何か思うことが、あったのかい。いやだなとか、健吉を憎らしいとか……」

「健吉は弟なんです。可愛い弟なんです。弟がお店を継ぐのはあたり前の事ですから、憎らしいなんて、思ったことはありません」

お真矢は、少し強い語調で言った。

その語調に気づいたのか、玄の市は小さく笑った。

「はは、そりゃあそうだ。で、お真矢のせいで、健吉によくない事が起こるかもしれない。だからお真矢を邪魔に思い、憎んでいるのは、誰なんだい。邪魔にされている、憎まれている、とわかったきっかけが、あったのかい」

お真矢は、こたえなかった。考えている、素ぶりだった。

「うん？　どうした、お真矢」

「誰がとかは、わかりません。見たわけじゃないから。でも、そうなんです、きっと……去年の両国《りょうごく》の川開きのとき、お店の奉公人たちや、お津多さんや健吉と一緒に、花火を観に出かけました。そのとき、大勢の人通りの中を両国橋のほうへ向かっていた土手道で、花火が夜空に上がり、わあっ、てみんなで見上げていたら、いきなり誰かに背中を押されて、大川に飛びこんじゃったんです」

「大川へ、落ちたのかい？　それは大変じゃないか」

「少しは泳ぎはできるけど、大川は見た目よりずっと流れが速くて、波も黒くて大きいんです。波間に浮かんで、土手のほうを見たら、みんなわたしのほうを指差して騒いでいるんです。けど、誰も助けてくれなくて。花火遊びの屋根船の船頭さんらに助けられて、溺れずに済みました。あのとき、このまま死んじゃうのかもしれないと思って、とても恐かった」

「雑踏の中で偶然ぶつかったのではなく、誰かにわざと押されて、大川へ落とされたと、思うんだね」

「わからない。ただ、わたしの背中を、誰かの手が突いたのは覚えています。あの掌の感触を、覚えています」

「それだけかい」

「お店の出入りは、表店ではなく、お店のわきの路地から、裏手の住まいへ通るんです。路地も朱雀屋の敷地ですから、材木が積んであったりたてかけてあったりしています。二月の初め、路地を通りかかっていたとき、たてかけてあった材木が突然がらがらと倒れかかってきたんです。肩を打って転んだだけでしたけれど、気づくのが少し遅れたら、下敷きになるところでした」

「今度は材木か。路地に誰かを、見かけたのか」

「いいえ。でも、物音に気づいてお店から人が出てくるちょっとの間に、男の人の後ろ姿が、路地を曲がって出ていくのは見ました」

お真矢は、こくり、と細い喉を震わせ、唾を呑みこんだ。

「お父っつあんは、二、三年前から具合が思わしくなく、寝たり起きたりが、続いていました。それが、年が明けてから起きられなくなって、とても具合が悪いんです。そしたら同じころ、変な噂がお店に流れ始めたんです。わたしがいると、せっかく生まれた跡継ぎの健吉が、跡とりになれず、このままだと由緒ある朱雀屋の血筋が絶えてしまう、という噂です」

「うん？　跡継ぎの健吉が、跡とりになれないとは、どういうことだろう」

「わたしにも、わからないんです。お店の事は、お父っつあんと大番頭の太兵衛さんの二人で、全部とり決めていますから」

「お父っつあんか太兵衛さんに、訊ねなかったのかい」

「病気のお父っつあんに余計な心配をかけたくなかったから、太兵衛さんに訊きました。そんな噂を聞いたけどって。そしたら、太兵衛さんは、それはお父っつあんの決めることで、自分がとやかく言うことではない、噂など気にせず、これまでどおり、由緒ある朱雀屋の長女として暮らしていればいい、そのときがくれば、お父つつあんが話すはずです、と言うだけでした」

「ふむ。もしも、跡とりの健吉さんがお店を継げない事情があるとしたら、大番頭としてはそう言うのは当然だ。しかし、どういう事情だろうかね」

玄の市は首をひねり、うなるような吐息を吐いた。

「そのあと、材木がいきなり倒れる災難に遭いかけたんです」

「路地を曲がって出ていった男の後ろ姿に、心あたりは？」

「いいえ、知らない人です。ちらっと見ただけだし……けれど、そのときわかったんです。わたしがこのまま朱雀屋にいたら、いつかは、大川に落ちたり、いきなり倒れてきた材木の下敷きになったりして、死ぬんだろうなって」

お真矢の伏せた瞼《まぶた》が、細かく震えている。

「恐くなって、胸がどきどきして、どうしていいのか、わけがわからなかった。夜寝たら、もう二度と目が覚めなくなったらどうしようとか考えて、恐ろしくて夜も眠れなかった。だから、病気のお父っつあんには本当に申しわけなかったけれど、もう朱雀屋にはいられないと、思いました」

そして、潤んで赤くなった目を上げた。

「わたしはいないほうがいいんだって。たぶん、跡とりの健吉のためにも、わたしは消えたほうがいいんだって、ここから逃げなきゃって……」

「家出か」

修斎が頷きつつ、ぼそ、と呟いた。すると、傍らの三流が訊いた。

「和助は、銀座町でお真矢に声をかけたと言っていた。そのとき、和助とは初対面だったのだろう。初対面の男でも、恐くなかったのか」

「和助さんは初めてかもしれないけれど、わたしは、二、三回、ううん、もっと多く、うちの近所や、京橋とか銀座町でも、和助さんが読売屋さんの売子をやっていたのは、前から知っていたの。いかがわしい読売なんて買っちゃあいけないって、お父っつあんに言われていたから買わなかったけれど、和助さんの売り口上は面白いなって、思っていたの。調子がよくて、浮き浮きしちゃうのよね」

修斎と三流が顔を見合わせ、笑いを堪えて口元を歪めた。

「だから、銀座町で和助さんに、姉さん姉さんて、声をかけられたとき、あの調子のいい読売屋の人だって、すぐにわかったわ。知らない人、という気がしなくて、この人ならいいかって、思ったの。家出はしたけれど、いくあてはなかったし、それにちょっと、どうでもいいやって気にもなっていたし。和助さんはお調子者みたいだけれど、とっても優しくて、わたし、ぐっすり眠っちゃった」

修斎と三流、そして玄の市が、堪えきれずに笑い声をはじけさせた。

「なるほど。そういうきっかけも、人の縁かも知れないね。いくあてのない若い娘が、かどわかしではなく、偶然、和助さんに声をかけられた。相手が和助さんだったから、お真矢にとっては、案外、いい縁だった。そうですね、天一郎さん」

「はい。お真矢は縁に恵まれ、和助に助けられたのです」

天一郎は、お真矢から目を離さずにこたえた。

「お真矢、昨夜の襲撃は、おまえを大川へ落としたり、材木をくずしたりした誰かが、お真矢の命を狙って企《たくら》んだことが、今わかった。おまえの身は、師匠の家に預かってもらう。だから、もう安全だ」

「そうしなさい。この家にいれば安全だ」

玄の市が、坊主頭をさすりながら言った。

「わたしは、明後日の夕刻まで、和助の居どころをできるだけ探ってみる」

「天一郎、われらも探るぞ」

「いや、修斎と三流はここにいて、みなを守ってくれ。万が一、賊がここを嗅ぎつけて、不測の事態が起こっては困る。それにこういう事は、読売種を探す仕事でわたしは慣れているし、修斎と三流は目だちすぎるからな」

六尺を超える長身痩軀に、総髪を後ろに束ねて背中に長く垂らした修斎が背中を丸め、五尺四寸の分厚い胸を反らした三流が、肉の盛り上がった両肩の間に太い首を埋《うず》めた。

「だが、天一郎、ひとりで探るには、江戸は広すぎるぞ」

三流が、訝しげに言った。

「確かに江戸は広いが、やつらのねぐらは、そう遠くではない。土蔵にきた手下が不承知の場合は返事を明け六ツ前に持ってくると言っていた。ということは、あの刻限から六ツまでに土蔵とねぐらを往復できる場所だ。船を使っても、そう遠くではないだろう」

「なるほど」

それから――と、天一郎はお真矢へ向いた。

「お真矢、朱雀屋へはわたしがいく。お真矢を邪魔に思い、憎んで、命を狙っているのは、おそらく朱雀屋の中の誰かだ。その誰かに気づかれてはならない。お真矢が信じることができる人物はいないか」

「大番頭の太兵衛さんに、会ってください。手紙を書きます。きっと、わたしたちの力になってくれます」

「大番頭の太兵衛さんは、信用できるのか」

「太兵衛さんは、お父っつあんの右腕となって朱雀屋を支えてきた、忠義に厚い大番頭さんです。わたしには、もうひとりのお父っつあんのような人なんです。家出をするとき、太兵衛さんにだけ、しばらく家を出ます、ひとりで大丈夫だから心配しないで、お父っつあんの事をお願いしますって、書置きを残してきました。でもやっぱり、心配していると思います。太兵衛さんに、わたしの無事を……」

「わかった。だが、和助の命を買う三百両を用意してもらうことになる。見知らぬわたしがいきなり現われ、間違いなく味方だと明かす、お真矢と太兵衛さんだけに通じる符丁《ふちょう》のようなものはないか」

「……それなら、大和小平家のご隠居さまにないしょに御用だてした金の始末を、わたしが案じていると、言ってください。太兵衛さんは、間違いなくわたしの代わりだと信用してくれます」

「大和小平家のご隠居さまとは、小平了楽さまのことかい。白金村の下屋敷にお住まいの大殿さまの、ご当主・小平時之介さまのお父上の了楽さまかい」

玄の市が急にそわそわした口調で訊いたので、周りの四人は意外に思った。

「玄の市さん、小平了楽さまをご存じなんですか」

「いや。名前だけだ」

「朱雀屋は小平家下屋敷の改築改修の折り、資材の御用をうけたまわって、それ以来、愛宕下の上屋敷にお出入りを許されています」

「そうなのかい。朱雀屋は、小平了楽さまに金子を御用だてしているんだね。それもないしょの御用だてと言ったね」

「はい。小平家は、朱雀屋に下屋敷の改築改修にかかった借金が残っていますから、了楽さまへの御用だては、表沙汰にならぬようにと了楽さまのご要望らしくて……」

「はあ、表沙汰にならぬように、かい」

玄の市は低く呟き、指の節くれだった掌で坊主頭を撫でた。

障子戸を開けた窓から暖かな南風が吹きこみ、玄の市の坊主頭を、弄《いじ》るように撫でた。階段を上がってくる足音がして、

「旦那さん、朝ご飯の支度ができました。みなさんもどうぞ」

と、下女のお糸が言った。

だが、玄の市は、坊主頭を撫でながら、物思いに捉われていた。

二

楓川の両岸には、白い漆喰《しっくい》の土手蔵がずらりと並び、河岸場に繋がれた船が川縁につらなっている。真っすぐな川筋の南方には新場《しんば》橋などの橋が見え、北側には海賊橋が架かっている。

反り橋を足早に往来する人通りが、つきなかった。

数棟並ぶ朱雀屋の土手蔵に隣り合わせて、柵の囲う作業場があった。積み重ね、たてかけた材木の間で、職人らが製材作業に立ち働いている。

木を打ち、鋸《のこぎり》を引き、職人らの声が飛び交い、作業場は賑やかだった。

川面には、筏《いかだ》に組んだ丸太が運ばれてきたり、製材された真っ白な材木を人足らが川船に積み上げ、出荷されていく様子も見えた。

春三月の、のどかな日和《ひより》になった。

朱雀屋の土手蔵と土手蔵の間の路地から、楓川を見下ろす石垣堤へ出たところに、二人の男が佇んでいた。

ひとりは五十代の半ばごろの年配で、お仕着せの着流しに地味な紺羽織を着けた、朱雀屋の大番頭・太兵衛である。

今ひとりは、細縞《ほそじま》の単衣を尻端折り、下の黒の股引が長い足に似合う天一郎。帯の後ろの結び目に小筒《ささえ》を差し、手には菅笠《すげがさ》を提げ、太兵衛を見守っている。

太兵衛は、天一郎が届けたお真矢の手紙を読んでいた。手紙を読み進めるうち、白髪まじりの髷が小刻みに震え始めるのに、天一郎は気づいた。

やがて、手紙を読み終え、はあ、と天一郎に聞こえるほどのため息を吐いた。

「よかった。安堵いたしました。お真矢さまは、よちよち歩きの幼いころから、可愛らしく賢いお嬢さまでしたから、よもや間違いはあるまいとは思いつつ、この半月、お真矢さまのご無事を神仏に祈る日々でございました。願いが通じました。ありがたいことでございます。早速、旦那さまにご報告いたさねば」

太兵衛は、手紙を丁寧に畳み、「これはこちらに……」と、かざして見せ、前襟に差し入れた。ざわ、と草履を鳴らし、天一郎へ向きなおった。

「そういたしますと、お嬢さまは今、末成り屋さんのお店に、おいでなさるのでございますね」

「末成り屋は、お真矢さんを狙った賊に、場所を知られております。今朝のうちに別の場所へ移し、不測の事態に備えてわが仲間がお真矢さんの警固についております。身柄は安全ですが、念には念を入れ、お身内の朱雀屋さんにも、当面は隠れ場所は明かしません。いかがわしき読売屋を信じて、ご了見願います」

「異存はございません。旦那さまにも、さようにお伝えいたします。そもそも、身内のわたしどもがいたらぬため、お嬢さまが朱雀屋を出られる事態を招いてしまいました。お嬢さまの身柄の安全さえ守っていただければ、わたしどもに異存など、あろうはずがございません」

天一郎は頷き、間をおいた。そして、言った。

「まずは、わが仲間の和助の命を、三百両で買わねばなりません。三百両を、朱雀屋さんに無心いたします」

「承知いたしました。すぐにご用意いたします。三百両、お持ちください」

「金は、明後日午後、いただきに上がります。それまでは、和助を救い出す手だてを、われらなりにこうじるつもりです」

「それで、よろしいのですか。お嬢さまの身代わりにされた和助さんの、お命をお救いするための三百両です。朱雀屋は喜んでご用意させていただきます」

「ありがたい。ですが、何をするかわからぬ相手です。三百両を用意して、確かに和助が無事に救い出せるとは限りません。手を拱《こまぬ》いて待っているわけにはいきません。金は最後の手だてです。太兵衛さん、そこでうかがいたい」

「は、はい。どのようなことを……」

太兵衛が、天一郎の勢いに気圧《けお》され、目をしばたたかせた。

「お真矢さんは、跡とりの健吉さんが生まれて一年か二年がたったころより、朱雀屋の中で自分が邪魔に思われ、憎まれているように感じ始めたと、言っておりました。去年の両国の川開きの折り、お真矢さんが大川端《おおかわばた》で誰かに背中を押され、大川へ落ちた一件をご存じですか」

太兵衛は、知っている、というふうに小さくうな垂れた。両手を膝に揃え、実直な奉公人を思わせる仕種で、じっと川面を見おろしていた。

「今年の二月の初め、お真矢さんがお店の路地を通りかかったとき、路地にたてかけてあった材木が倒れかかり、危うく下敷きになるところだった一件は？」

「聞いております」

「見知らぬ男が、そのとき路地から去るのを、お真矢さんは見ております。それは？」

「それも、はい……」

「お真矢さんは、たまたま無事だった。けれども、このままでは、朱雀屋の中で自分を邪魔に思い憎み始めた誰かに、今度は命を奪われるのではないかと、恐れたのです。お真矢さんはどうしてよいか、わからなかった。自分を邪魔に思い、憎み、亡き者にしようとしているその誰かが、お真矢さんにはわからなかったからです」

太兵衛は、川面へ投げた眼差しを、わずかに天一郎へ動かした。

「ですから、お真矢さんは、家出をして朱雀屋から姿を消すしか、身を守る手だてがなかった。十八の娘がです」

「おいたわしい……」

「まことにいたわしい。ですが、太兵衛さん。妙だと思われませんか。大川に落とされたり、材木の下敷きになりかけたり、そんな出来事があって、誰かが自分を亡き者にしようとしていると感じた。だが、お真矢さんにはその誰かがわからない。しかも、その誰かは、数年も前からお真矢さんを邪魔に思い、憎んでいるのです」

天一郎は、太兵衛の物思わしげな横顔を見つめた。

「いかに数百人の奉公人を抱える大店とは言え、すべては朱雀屋さんの中の出来事です。確かではなくても、もしや、と疑われる者はいる。太兵衛さんが仰ったとおり、お真矢さんは、賢いお嬢さんです。つまり、お真矢さんは、本当はその誰かがわかっている。本当は、すでに気づいている。気づいていながら、言い出せない。だから、朱雀屋から家出をなさったのではありませんか」

太兵衛は唇を結び、首を左右にふった。

「太兵衛さんは、大番頭として、朱雀屋のことはすべてご主人の清右衛門さんと相談して、決めてこられたと、お真矢さんからうかがいました。太兵衛さんなら、お店の中でお真矢さんを邪魔に思い、憎み、亡き者にしようとしているその誰かに、心あたりが、おありなのでは？」

「商いのこと以外は、お嬢さまのことまでは、わかりかねます」

うな垂れて、絞り出すようにこたえた。その言い方に、奉公ひと筋に生きてきた太兵衛の頑《かたく》なさが、にじみ出ていた。

「もうひとつ、うかがいます」

太兵衛の横顔が、ゆっくりと頷いた。

「ご主人の清右衛門さんの具合が悪くなって、年が明けてから起きられなくなった。同じころ、変な噂がお店に流れ始めたそうですね。お真矢さんがいると、せっかく生まれた跡とりの健吉さんが、跡とりになれず、このままだと由緒ある朱雀屋の血筋が絶えてしまう、という噂です」

「さあ、それは……」

「ご病気の清右衛門さんに余計な心配をかけたくなかったから、お真矢さんは太兵衛さんに訊ねた。太兵衛さんは、跡とりはご主人の決めることで、自分がとやかく言う筋ではない、噂など気にせず、これまでどおり、朱雀屋の長女として暮らしていればいい、そのときがくれば、ご主人が話すはずと、言われたそうですね」

「そのとおりで、ございます」

「人によって、商いに向き不向きがあるのはわかります。倅だからと言って、必ずしもお店を継ぐとは限らず、娘婿が家業を継ぐ場合がないとは言えません。だとしても、健吉さんは、お真矢さんがいると、なぜ、跡とりになれないのですか。由緒ある朱雀屋の血筋が絶えてしまうとは、どういう事情を差しているのですか」

「わたくしは、奉公人でございます。詳しい事情は、何も存じません」

「太兵衛さん、読売の種を探りにきたのでは、ありません。わたしの仲間の命がかかっているのです。賊の手がかりが、ほしい。その噂は、本当なのですか。それとも根も葉もない……」

「わたくしに申し上げる事は、何もございません。何とぞ、お許しを願います。お仲間の和助さんの命を救う三百両を、ご用意いたします。それが五百両でも、千両かかっても、朱雀屋はご用意いたします」

太兵衛の殻は固かった。喉まで出かかった言葉を、呑みこんでいるのがわかった。

それは、大番頭の太兵衛さんでさえ口に出せない事なんですね、と言いかけたのを、天一郎は思い止《とど》まった。

材木を積んだ荷船が朱雀屋の船寄場《ふなよせば》を離れ、海賊橋をくぐっていく。それを目で追っていると、やおら、太兵衛が言った。

「あの、確かな事では、ございませんが。霊岸島町の一ノ橋の北詰に、茶碗鉢店がございます。その店に萬八という者がおり、口入屋を営んでおります。お店の一季や半季の下働きの使用人などの、斡旋仲介《あっせんちゅうかい》を頼んでおります」

「霊岸島町の萬八、ですね。口入屋を営んでいる萬八が、この一件になんのかかわりがあるんですか？」

「いえ、何も。ただ、世間の表裏に通じておる者で、ございます。ひょっとしたら、萬八を探れば、手がかりが見つかるかもしれないと、思うだけでございます。それ以上のことでは……」

と、太兵衛は頑なに固い殻を守っていた。

三

新川に架かる一ノ橋を渡った人通りの中で、「親方」と、萬八は後ろから声をかけられた。

橋の方へふりかえると、一ノ橋から小走りに近づいてくる置手拭の男が、萬八へ愛想のよい会釈を寄こした。細縞の着物をいなせに尻端折りにして、下の黒の股引姿が、長い足に似合っていた。日には焼けているが、色白を思わせる、どちらかといえば優男《やさおとこ》だった。ただ、大きな目がきりっとして、鋭かった。

男は萬八の前に、ひょいひょい、と駆け寄り、

「親方、請け人宿の萬八さんでやすね。太助《たすけ》と申しやす」

と、置手拭に手を添えて愛想笑いを見せた。

男の白い歯並びが乾いた唇の間にのぞき、腰にぶら下げた菅笠がゆれていた。

萬八は、太助だと？　知らねえぜ、と首をひねった。

「お出かけでやすか？」

「あたりめえだ。出かけているからここにいるんだ。てめえなんぞ、知らねえぜ。

気安く声をかけやがって」

萬八は、太助を睨みつけた。萬八より二寸ほど背の高い太助は、相すいやせん、というふうに背中を縮めたが、薄笑いは止めなかった。

「あっしは、馬喰町《ばくろちょう》の吉田屋《よしだ》という地本問屋《じほん》で、読売を売っておりやす」

「馬喰町の吉田屋？　聞いたことがあるな。吉田屋で読売を出しているのかい。それがどうした。読売屋が、おれになんぞ用かい」

「いえね。先日、本材木町の材木問屋・朱雀屋さんのことで、ちょいと妙な噂を耳にしやしたもんで、噂が本物かどうか、訊き廻っているところなんで」

「朱雀屋の噂だと。それが本物かどうか、嗅ぎ廻っていやがるのかい」

「へい、まあ。萬八の親方も、朱雀屋さんに出入りなさっているとうかがいやしたもんでね。その噂について、ちょいと親方のお話を聞かせていただけねえかな、と出てこられるのをお待ちしておりやした」

「店の前で、おれが出てくるのを見張っていやがったのかい。気色の悪い野郎だ。おめえ、太助と言ったな」

太助は、へいと首をふった。

「いいか。朱雀屋は、お上のお歴々の御用達を務める五代続く老舗だぜ。柄の悪い読売屋が、嗅ぎ廻る相手じゃねえ。どんな噂か知らねえが、朱雀屋の噂を読売種にして売り出すつもりなら、やめとけ。いい加減な噂に飛びついて朱雀屋を怒らせたら、おめえら読売屋ごとき、たちまち潰されちまうぜ」

「親方、そんな脅かさねえでくだせえよ。あっしらもこれが仕事なんでやす。みんな噂話が、殊に名門やら老舗やらの、世間に名の知られた方々の噂が好きなんでやす。あっしらがちょいと突《つ》いたって、名門や老舗の方々は痛くも痒《かゆ》くもありやせんや。親方なら、ご存じじゃねえですか」

萬八は、少し、噂というのが気になっているふうだった。いきかけた身体を斜《はす》にかまえたまま、にやにや笑いを太助へ投げた。

「まあ、おめえら読売屋は、銀蠅《ぎんばえ》みてえに糞にたかるのが、仕事だからな。よかろう。いいから、言ってみな。どんな噂でえ」

「へい、畏れ入りやす。じつはね……」

太助が、背中を丸めて、土手の柳の下の萬八にささやきかけた。

周辺の町地は、下り酒を扱う問屋や仲買が多く、新川を樽《たる》を満載した艀《はしけ》がいき交い、足しげく往来する人の姿も忙《せわ》しなげである。

「朱雀屋の、お真矢という娘の噂なんでやす。お真矢が半月かそこら前、親類の家とかにいっているそうなんでやすが、どうやらそうじゃなく、お真矢はとんだ不良娘なうえに、おっ母さんと折り合いが悪く、おっ母さんと喧嘩をして家出をしたと。けど、老舗の朱雀屋の娘が家出というのは体裁が悪いものだから、親類の家にいっているることにしている、という噂でやす」

萬八が、ふん、と鼻を鳴らした。

「と言いやすのも、おっ母さんのお津多さんという人は、七、八年前、前のおかみさんが亡くなってから後添《へ》えに入えった若い継母だから、お真矢は気に入らねえとか。しかも、お津多さんは、五年前、跡継ぎの健吉という倅を産んで、朱雀屋じゃあ、次の六代目のおっ母さんと一目おかれているのが、それもお真矢は気に入らねえらしいとか、その噂には尾鰭《おひれ》がついておりやす」

「なんでえ、そんな噂かい。それぐれえなら、よかろう。いくら隠しても、隠しきれるものじゃねえしな。現に、おめえみてえな銀蝿が、糞の臭いを嗅ぎつけてたかってきたんだしよ。お真矢って娘はな、老舗の朱雀屋の糞さ。面汚《つらよご》しだ。親父が大病して寝こんでいるっていうのに、築地あたりの不良らとつるんで、遊び呆《ほう》けていやがる。親父の看病は、おかみさんに任せっきりときた」

「ははあ、それで家出でやすか」

「そうさ。しかも、親父の病は、ここだ。もう長くねえって聞くぜ。おまけに、お真矢の素行の悪さに悩まされてよ。気の毒な話じゃねえか」

と、萬八は出張った腹の上の胸を指先で突いて見せ、赤い唇を歪めた。

「金持ちの娘だから、何をやっても許されて、みなにちやほやされているが、貧乏な家の娘だったら、とっくに中洲の女郎屋いきだぜ。おかみさんのお津多さんは、継母だから、きつくは言えねえ。それをいいことに、わがままのし放題さ。お津多さんはできた人で、そんなお真矢の仕打ちに、じっと耐えているがよ。親不孝なお真矢には、今に罰《ばち》があたるに違えねえ」

「なるほど。ところで親方、お津多さんの産んだ跡継ぎの健吉さんのことで、健吉は朱雀屋の長男なのに、まだ跡とりに決まってねえ、というのは本当でやすか」

「馬鹿ばかしい。そんなわけはねえだろう。健吉が跡とりに決まっているさ。ほかに誰がいるってんだい」

「そうっすね。お店は、男名前じゃねえといけねえ。健吉以外に男はいねえんだから、健吉が跡とりに決まっていまさあ。ただ、そんな噂が聞こえやすと、朱雀屋さんのご主人は、お真矢に婿養子を迎えてと、考えているんじゃねえかと……」

「それはな、主人の前の女房が、京のお公家筋の家柄のいい生まれらしく、一方、後添えのお津多さんは、霊岸島界隈の平名主《ひらなぬし》の娘さ。たとえ平でも、名主の娘なら立派なもんじゃねえか。ただな、京のお公家筋と比べりゃあ少々分《ぶ》が悪い。お津多さんにとっちゃあ、面白くねえだろう。家柄だの血筋だのと、勝手な事を言い触らすやつらはいるのさ。おめえらだって、老舗の朱雀屋だから読売種にしようってんだろう」

萬八は、嘲《あざけ》るように笑った。

「前のおかみさんも、むろん知っているぜ。おれに言わせりゃあ、お津多さんのほうがずっとよくできたおかみさんだ。少々気位《きぐらい》の高えのと、一度嫁入りして、嫁入り先と折り合いが悪く、出戻りというのが評判を落としているが、そのほかは、前のおかみさんと比べて、お津多さんに見劣りするところはひとつもねえ。器量だってまずまずだし」

そう言って、何かしら苛《いら》だたしげに、ずる、と雪駄《せった》を鳴らした。

「お津多さんの産んだのが跡とりの健吉で、前のおかみさんは、できの悪い不良娘のお真矢じゃねえか。それを見ても、京の公家の血筋だろうが、霊岸島界隈の平名主の娘だろうが、人は家柄や血筋じゃあわからねえってえのは明らかだ。他人は、面白がっていろいろ比べて、言うがな」

「あの、親方、朱雀屋の跡とりが決まってねえという噂で、健吉に跡とりが決まらなきゃあ、朱雀屋の血筋が絶えるとも言われているそうでやすね。そりゃあ、どういう事情なんでやすか」

「読売屋、おめえ、よく知っているな。そんな噂をどこで聞いた」

「ちょいと、小耳にはさんだだけでやす。噂の出どころは、ご勘弁願えやす」

「そいつは、万が一の話だぜ。万が一、お真矢が朱雀屋のおかみになったら、きっと、わがままのし放題で商いを台なしにして、今にお店は潰れ、血筋も絶えてしまうだろう、というような話じゃねえのかい。主人も病気なんだから、あとに憂えが残らねえよう、健吉を跡とりに決めて後見人をたてりゃあいいのに、さっさとやらねえから、妙な噂が流れ、お津多さんの気苦労が絶えねえんだ」

「なるほど、そうか。これで腑《ふ》に落ちやした。お津多さんがここら辺の名主さんの娘なら、親方もよくご存じなわけだ。するってえと、親方はお津多さんと、幼馴染みでやすか？」

「まあな。だが、顔は知ってたが、幼馴染みじゃねえ。新川の貧乏な人足の倅で、餓鬼のころからやくざ暮らしだったおれなんかとは、口もきいてくれねえどころか、そばにも寄れねえお嬢さまだった」

「ははあん、お嬢さまにも、上には上があったわけでやすね」

「ちぇ、冗談じゃねえぜ」

萬八は吐き捨てた。それから、太助へ顔を向け、

「読売屋、訊きてえのはそれだけかい」

と、眉間に皺を寄せて言った。

「ありがとうございやす。読売ができやしたら、一冊、差し上げやす」

「いらねえよ。読売なんぞ、便所紙にもならねえぜ。それより、こっちにも訊きてえ事がある。いいかい」

「なんなりと。あっしのわかる事でやしたら……」

「おめえ、築地の読売屋で、《末成り屋》というのを、知っているかい」

「末成り屋、でやすか。その名前は聞いたことはありやす。確か、築地川沿いの采女ヶ原の近くじゃねえですかね。その末成り屋がどうかしやしたか」

「ちょいと気になることが、あっただけさ。末成り屋を知っているのかい」

「相すいやせん。名前以外は、何も知りやせん。江戸中にごみみてえな読売屋が、幾つもありやすからね。どうせごみのひとつですよ。うちの読売は、そんなごみを相手にしていられやせんから」

入り日前の西日が、築地川沿いの粗末な掛小屋の板屋根に降りそそいでいた。

天一郎は〈酒〉と大きく記し〈めし、御吸物〉と書き添えた二枚の油障子戸を軒にたてかけた間から、地面がむき出しの狭い土間に踏み入った。

その煮売屋の土間は、香ばしい煮炊きの匂いにくるまれていた。

土手の柳や桂の木々が、春の夕日を浴びて赤く燃えていた。

その土手側へ設《しつら》えた竈のそばに、手拭を吹き流しにかぶった亭主がいた。

亭主は、竈にかけた鍋から上がる湯気に浅黒い顔をなでさせながら、いつものように、天一郎へ黄ばんだ歯を見せた。

「らっしゃい。今日は早いね」

天一郎は菅笠をとり、「うん」と亭主に頷きかえした。

狭い土間には、筵ござを敷いた長腰掛が二台並んでいて、流しの芸人の仁三郎《にさぶろう》と山三郎《さんざぶろう》が、ひとつにかけていた。

二人は、煮つけの鉢とちろりを間におき、ぐい飲みをぼちぼちとあおっていた。

傍らに、三味線がおいてある。

仁三郎は土間に入った天一郎に、亭主よりも早く気づき、手をかざして見せた。

山三郎がふりかえり、亭主に続いて言った。

「よ、天一郎さん。末成り屋さんが珍しく閉まっているんで、どうしたのかねと、仁三郎と話していたところなんですよ」

「今夜は、お囃子《はやし》の仕事はなし、のようですね」

仁三郎が言い添えた。

仁三郎と山三郎は、築地川沿いの掛小屋に住みついた、流しの芸人である。

和助が置手拭をかぶって襟の後ろに小提灯を差し、流行《はやり》唄の節に合わせて読売を売る際の、三味線のお囃子役を、二人にはいつも頼んでいる。

「ちょいとわけありでね。しばらく末成り屋は、休業するよ」

天一郎は、もうひとつの長腰掛にかけ、竈のそばの亭主に、酒と煮つけと、二人にも新しい酒を頼んだ。

「そうですか。残念ですね。昨日売り出した四世松下早五郎と後家さん種は、なかなかの売れゆきだったではありませんか。和助さんも、明日も売りまくるから、頼むと、昨日の別れぎわに仰っていたのになあ」

「そうそう、わたしらもそのつもりでいたのに、がっかりです」

「急なとりこみ事が入ってね。そっちの始末がつき次第、再開するよ」

まあ、つごう――と、天一郎は二人のぐい飲みにちろりをさした。

「あの、とりこみ事と言やあ、昨日の晩、和助さんになんぞ、あったんですか」

山三郎が、あたりをはばかるように声を落とした。むろん、馴染みの亭主以外にはばかる客はいない。

「そのことで、二人に頼みたい仕事があるのだ。読売の仕事じゃない。流しを装って、ある人物を探ってもらいたいのだ。ただし、少々危ない仕事だが、やってくれないか」

と、天一郎も声を落とし、二人を見廻した。

仁三郎と山三郎は顔を見合わせ、すぐに頷き合った。

「承知しました。で、天一郎さん、手間代は……」

「へい、お待ちどおさん」

亭主が、煮つけの鉢と新しいちろりを運んできた。

四

翌日、三田南代地町《みたみなみだいちちょう》を北へはずれ、樹木谷《じゅもくだに》のわき道をすぎた老増町《おいますちょう》の手前にある松秀寺《しょうしゅうじ》の山門を、玄の市はくぐった。

午後の心地よい日射しが、ふわふわ、と玄の市の坊主頭に降りかかり、境内の木々の間では、小鳥が鳴き騒いでいた。やはり、境内のどこかで桜の木が花を咲かせているらしく、ほのかに匂った。

玄の市の麻裏つきの草履が、参道に敷きつめた石ころを踏み締めた。

小鳥のさえずりのほかは人の声もない、静かな境内だった。

参道の途中の片方に水場があり、正面の本殿を前にしたあたりで、玄の市は歩みを止めた。流れ落ちる水が、水場にか細い音をたてていた。

玄の市は、自分にそそがれた眼差しを確かめるかのように、坊主頭を節くれだった指でなでた。そのとき、聞き覚えのある咳払いがひとつ、聞こえた。

「玄の市さん、ここだ」

と、咳払いをした男が言った。

「ああ、やはり。そこにどなたかいらっしゃるのはわかっていましたが、梶山さまかどうかがわからなかったものですから、失礼いたしました」

玄の市は、水場のほうへ頭を垂れた。

「ここでは人目につく。こちらへ」

梶山井八は、素っ気ない口ぶりで言った。

「わたしに人目はわかりません。梶山さまのよろしいところへ、まいりましょう」

玄の市は、梶山の足音に従って歩みを進めた。

二人は水場より、木々の間の小道へ入っていった。小道を通ると、小鳥がばらばらと飛びたつ音がした。やがて、御堂の裏手らしき木陰で梶山は歩みを止めた。あたりは、ひんやりとするほど涼しく、桜の匂いが強く嗅げた。

「桜が、咲いておりますね」

玄の市は、杖を、ぐず、と地面に突き刺し、匂いを追って顔を遊ばせた。

「満開ではありませんが、わかりますか」

梶山がふりかえり、気だるそうに言った。

「匂いでわかります。生き長らえさせていただいて、今年も桜の咲く季節を迎えることができました。ありがたいことです」

「何がありがたいのですか。桜が咲いたことがですか。生きていることがですか」

「はあ？　あはは……何が、と訊かれましても、何がでしょうね。桜の咲くことが珍しいわけではないし、だいたい、わたしに桜の花は見えません。生きていてもさほど楽しくはありませんし、まあ、なんとはなしに、何にということもなく、ありがたい気持ちになる、とでも申しましょうか」

「桜は好きになれない。一度に鮮やかに咲き誇り、一度に潔く散ってゆく。そんな桜を称《たた》えぬ者はいません。だが、桜を見ていると、わたしは自分ひとりがとり残されたような、やりきれない気持ちにさせられる。だから……」

梶山は、おととい、下屋敷で玄の市に応対したときの横柄《おうへい》さが影をひそめ、ひどく消沈しているのが、見えない玄の市には感じられた。

「お使いの方が今朝ほど、梶山さまのご伝言を託《ことづ》かって見えられ、意外に思いました。おとといは、両三日と仰られましたから、ご返事をいただけるのは、わたくしは、早くて四、五日後、ひょっとしたらわたしのほうからまた、催促に出かけねばならぬのかな、と思っておりました」

今朝早く、小平家の使いという者が南小田原町の店に訪ねてきて、梶山井八の伝言を伝えた。伝言は、本日昼九ツすぎ、白金村の下屋敷ではなく、三田の松秀寺という寺にて面談の申し入れだった。

承知したと使いの者に伝えたときから、玄の市は訝しく思っていた。

面談は、内海信夫の借金返済の返事ではあるまいと、咄嗟に覚った。しかし、断る理由はなかったし、好奇心も少々そそられた。

「先日のご返事を、いただけるのでございますね」

そうではあるまいと思いつつ、玄の市は白々しく言った。

「玄の市さん、お会いしたのは、借金返済の一件ではないのです。わたしは、こうしなければならないのです。こうするしかないのです」

梶山の呼吸が乱れていた。自分を落ちつかせようとするかのように、大きく呼吸を繰りかえした。まさか、昼日中にこんなところで刃傷《にんじょう》におよびはしないだろうが、梶山の様子は尋常ではなかった。

「梶山さま、何をしなければならないと、仰るのでございますか」

「わたしは、玄の市さんに、ほ、本当の事を伝えなければならないと、思ったのです。内海信夫どのに、あの日、何があったのかを、話すべきだと……」

「さようですか。ということは、おととい お聞きした、内海信夫さまが、心の臓の持病を抱えておられ、それが元で半月ほど前に急に亡くなった、という事情は偽りだったのでございますか」

「あの場をとりつくろうため、そう言いました。わたしは小平家に仕える身です。そう言わざるを得なかったのです。真実は違う。偽りを申している自分が恥ずかしかった。本当です、玄の市さん。これでも、ぶ、武士ですから」

「さようでございますね」

「かようなところへ、お呼びだていたしたのは、主に仕える身ゆえ、南小田原町の玄の市さんの店へうかがう暇がなかった。白金村の屋敷にきていただいては、朋輩の目があります。本日、大殿さまは愛宕下の上屋敷にお出かけになり、お戻りは夕刻になります。昼間の一刻ほどならば、暇が作れます。それで、玄の市さんへ伝言を、気心の知れた使いの者に託《ことづ》けたのです」

梶山は、何かしら言いわけがましく、体裁をとりつくろっていた。玄の市は、何も気づかぬふりを装い、さり気なく促した。

「梶山さま、本当の事情を、お聞かせ願います」

「ですが、玄の市さん。わたしとしても、つらい。それをお話しするのは、長年、お仕えした大殿さまのご命令に、そむくことになるのですから。君臣の交わりは、たとえ間違った命《めい》であったとしても、主に従うことによって、君は君、臣は臣たり得るのです。だからこそ、武士と言えるのです。そうではありませんか」

「座頭に武士の心がまえを訊ねられても、おこたえできかねます。ただ、偽りを言われたことが、武士ゆえに恥ずかしかったのでございましょう。偽りを言うのも武士、言わぬのも武士なら、梶山さまのご事情のみをお考えになられれば、よろしいのではございませんか」

「わ、わたしの事情、でござるか」

梶山は、意外そうに訊きかえし、なおも、もったいをつけた。

「梶山さまは、朋輩の目をはばかり、大殿さまのご不在の隙に、わたしをこの場所に呼び出された。ということは、梶山さまのお心は、すでに決まっているのでございますね。主の命に従って偽りを言うのではなく、事の真実を明らかにすると」

「そうだ。武士に二言は、あってはならぬ。それはそうなのだが……」

玄の市は、おかしくなった。この男は玄の市に言ってほしいのだと、気づいた。自分からそれは言い出せぬ、というわけである。

小鳥がさえずり、木々の間を飛び交って、枝葉が騒いでいた。

「内海信夫さまは、わたしの所縁あるお方でございます。あり体《てい》に申せば、わが幼馴染みでございます」

「知って、おります。そうでなければ百両もの金を……」

「去年の暮れ、内海さまが突然、南小田原町のわが店を訪ねて見えたのでございます。三十四年ぶりの再会でございました。懐かしく、嬉しゅうございました。三十四年ぶりに友と酒を酌み交わし、楽しゅうございました。しかし、内海さまは、大殿さまの小平了楽さまのお側役を務めておられ、どうやら上屋敷の小平家のご本家に知られてはならぬ金策のため、奔走しておられたのでございます」

　玄の市は、木々のほうから梶山のほうへ顔を向けた。

「その金策については、梶山さまはご存じでございますね」

　梶山が頷いたのは、わかった。

「内海さまは金策に窮し、最後の最後に、三十四年前に別れた古き友のところへ、恥を忍んで訪ねてこられた。主に仕える武士の定めとは言え、可哀想な務めではございませんか。古き友が困っているのです。百両を利息なしで御用だていたしました。表沙汰にできぬ事情ゆえ、内海さまにお貸しした体裁をとりつくろって。しかし、実情は小平了楽さまに御用だていたしたものであることも、ご承知でございますね」

　梶山は、また頷いた。

「古き友に無利息で貸したとはいえ、貸しは貸しでございます。かえしていただかねばなりません。おといも申しました。どのような手だてを用いましても」

「わ、わかっております。大殿さまには、お伝えいたし、考えておこうと申されておられます」

「考えておこう？　それだけで、ございますか。さすがはお大名の大殿さま。大らかなご様子でございますね。しかしまさか、この借金は、亡くなられた内海さまご本人のものであるから、当家は知らぬと、卑しき座頭ごときは追いかえせ、という破落戸《ごろつき》まがいのお企みだったのでは、ございますまいね」

「た、戯《たわむ》れを、申されるな。そんなわけがない」

「ご無礼を申しました。お許しください。ただ、おとといは、百両もの借金を、ご存じなかったようにお見受けいたしましたが」

「それは迂闊《うかつ》だったのです。ほかの用にまぎれて、つい、忘れていたのです」

「では、三月前の借金を今は思い出されて、両三日と仰られた明日には、ご返済いただけるのでございますね」

「それがしが、大殿さまにお願いいたし、必ず……」

「よろしゅうございます。ならば、梶山さまのご尽力で、百両を返済いただきましたなら、少々の志を差し上げることにいたしましょう。それでいかがでしょうか」

梶山は、また咳払いをした。沈黙が流れ、梶山は、その沈黙に堪えきれぬかのように、声を低くして言った。

「こ、志とは、いい、いかほど……」

玄の市は坊主頭を撫でた。

「さようでございますね。本当の事が、どれほどの事かによります。梶山さまは、いかほどの事と、お考えでございますか」

「三十両っ」

ええ？——と、思わず声が出た。

玄の市の声に驚いて、数羽の小鳥が飛びたった。

「あいや、二十五両……せ、せめて二十両があればなんとか、なります」

梶山の口ぶりで、うろたえた様子が手にとるばかりにわかった。

「梶山さま、江戸では、三月あるいは四月で、利息は一割五分を超えてはならぬとお定めです。志として、百両の一割五分の十五両を差し上げます。それで不足だとお考えでしたら、わたしはこのまま帰らせていただきます。志の十五両で、わが幼馴染みの友・内海信夫さまの弔いを、お願いいたします」

小鳥のさえずりが聞こえ、桜の花がかすかに匂った。

玄の市は、三月前、内海信夫の肩や顔に触れた指の感触を思い出した。老いてはいても、若き日の友の面影が、指先に淡く甦った。

「わたしが話したことは、口外しないでいただきたい」

「十五両と、口外せぬことを、お約束いたします」

「二月の半ばすぎでした。あの日は、明るいうちから、大殿さまとお側役の内海どのとの激しい遣《や》りとりが、屋敷内に聞こえておりました。大殿さまの浪費が収まらず、ご本家に内密の借財が増える一方で、普段は穏やかな内海どのが、その日は珍しく厳しくお諫めになり、大殿さまはひどくご立腹なされ、内海どのへ、屋敷中に響きわたるほどの罵声《ばせい》を浴びせられておられました」

梶山の草履が、落ち着かぬように鳴った。

「夕刻に、一旦、収まったのですが、日が落ちてから再び、大殿さまの居室のほうで遣りとりが始まったのです。夜更けということもあって、そのときは昼間ほど大声ではなく、とき折り、大殿さまのお怒りの声は聞こえておりましたものの、双方共に抑えておられました。それからさらに夜も更け、遣りとりも聞こえなくなり、屋敷中が寝静まる刻限でした。突然、大殿さまの、無礼者、という怒鳴り声が聞こえたのです」

玄の市は、手の震えを梶山に覚られぬよう、杖を強くにぎった。杖の先で、足下の地面を数回、突いた。

「そ、そのあと、声が聞こえたような気がしました。気がしただけ、かもしれません。わたしは、長屋におりました。布団に入ったところでした。胸がどきどきと高鳴って、眠れなかった。そこへ、大殿さまのお呼び出しがあったのです。お呼び出しは、わたしと園田の、二人だけでした」

「おといの、お歳の若いもうおひと方で、ございますね。お二人で、大殿さまの居室へ、向かわれ、それからどうなったのでございますか」

梶山は、咳払いをした。

「二人だけが居室に入るように言われ、次の間より居室の書院に入りますと、大殿さまは廻廊に、手を羽織の後ろに組んだお姿で佇まれ、かすかな月明かりの射す内庭を、のどかに眺めておられました。こちらへこいと、顎で示され、お側へ寄りましたわたしたちに、あれを見よと、庭へ向きなおられました」

「庭には、な、何が見えたのでございますか」

「月が天高く、のぼっておりました。内海どのは、その月明かりの下に、俯せに横たわっておられたのです。血が、居室の畳と、廻廊と明障子、庭にもしたたっておるのが、黒く見えました。内海どのの亡骸は、灰色の庭石のような様子でした。無礼を働いたゆえ成敗いたした、と大殿さまは申されました」

「無礼とは、何をしたのでございますか」

「何も訊けませんでした。わたしも園田も、声が出ず、固まっておりましたので。声が出たとしても、何が言えたでしょう。所詮は家臣のわたしらに……しかし、無礼を働き成敗したとなれば国元の内海家にも差し障りがある、そうなっては気の毒ゆえ、内海どのは急な病で亡くなったことにして、屋敷のほかの者らに知られぬように計らえと、命ぜられました。隠して、隠しきれるものではありませんが」

「むごいな、信夫。身を賭《と》して仕えた末に、無礼者として死んだのか」

と、玄の市は呟いた。見えぬ目を閉じたが、心は閉じられぬことがわかった。

「大殿さまは、そこで、九柳典全どのを呼ばれました。庭の一隅の暗がりに控えていた九柳どのが、庭先に進み出て、内海どのの亡骸の傍らに、跪《ひざまず》きました」

「九柳典全？　九柳典全が、おったのでございますか」

「さよう。九柳どのをご存じですか」

「青木、十郎右衛門、でございましたね」

「やはり、ご存じでしたか。そう、青木十郎右衛門です。わけあって七年前、お家を離れて浪々の身となり、九柳典膳と名乗ったのです。当代ご当主の時之介さまが家督を継がれて、先代の了楽さまが大殿さまになられ、江戸の下屋敷住まいを始められますと、九柳どのも出府し、今は中目黒で、門弟数人を抱え、剣道場を開いております」

「どういうことだ……九柳典全が、その場に何ゆえおったので、ございますか」

「玄の市さん、わからないのです。今もって、われらには何があったのか、詳しくは知らされておりません。ただ、九柳どのが指図するから従うようにと、大殿さまは命じられた。それだけなのです」

その夜のうちに、内海どのの亡骸を火葬場へ運び――と、梶山が顚末を話す間、玄の市は、坊主頭をなで、思いを廻《めぐ》らせた。

ときがたちまちさかのぼっていき、少年だったころの、目が見えたころの岸井玄次郎と内海信夫の姿が、脳裏をよぎった。それから、木刀が耳のすれすれにうなりを上げ、玄次郎の肩を痛打した。

あのとき、肩に激痛が走り、ああ、と十五歳の玄次郎は叫んだ。試合場に横転した。あちこちから、失笑が聞こえた。

「わたしは、官金を生業《なりわい》にする座頭でございます。大和小平家とは、国を出た三十四年前に、縁と所縁を絶ったも同然の身でございます。内海信夫さまはわが幼馴染みではございましたが、それは遠き昔の事。内海さまの落命の真相が、病であろうと大殿さまのご成敗であろうと、なんのかかわりがございましょう。わたしは、お貸した百両をおかえしいただければ、よいのでございます」

「十五両の志は、いただけるのでしょうな」

「ご心配なく。約束は守ります。ですが、わたしにかかわりのない真相が、梶山さまはなぜ、十五両もの大金になると、お考えになったのでございますか」

「おととい、玄の市さんが帰られたあと、大殿さまにお伝えいたし……」

「考えておこう、と言われたのでしたね」

「そのあとの事でござる。大殿さまは、岸井玄次郎という者のことを、存じておられました。内海どのよりお聞きになり、童子のころにその名を聞いたことを思い出されたようです。むろん、国元の見廻り役の岸井家はわたしも知っております。岸井玄次郎どのは、岸井家を継がれた明次どのの伯父にあたると」

　梶山は、玄の市の身ぶりをうかがうかのように、間をおいた。

「幼きころより、群を抜いて頭がよく、習いもせぬのに算盤ができ、四書を諳《そら》んじ、十二、三のころには、遠からず勘定所の重き役目に就くだろうと、家中でその名を知らぬ者はなかったそうですな。しかも、武芸に優れ、城下の神陰《しんかげ》流の道場では、十代の半ばにして師をしのぐ腕に達し、お殿さまのご指南役よりも強いのではないか、と言われていたとか。ところが、岸井玄次郎どのは目を患われた……」

あはん、と梶山は咳払いをし、なおも続けた。

「十六のとき、そう、今から三十五年前です。岸井家を出られ、贅官《こかん》を求めて国を去られた。家中での岸井玄次郎どのの名は忘れられ、わたしも知りませんでした。江戸で官金を営む座頭になっていたとは思いもよらなかった、と大殿さまは仰っておられました。玄の市さん、あなたのことですな」

「ふむ。それで、なぜなので、ございますか。なぜ、内海信夫さまの死の真相が、売れる、金になる、とお考えなので。おこたえをいただいておりませんよ」

玄の市の語調が、だんだんと強くなっていった。言いようもない激しい怒りが、こみ上げてきたからだった。玄の市は、ようやく抑えていた。

「わ、わかりません。玄の市さんなら、買ってくれるのではないかと思った。そう思っただけでござる。国元に、妻と子がおります。老いた父と母もおります。父が病に罹《かか》ったと、昨日、国元の妻より手紙が届きました。母も弱って、だいぶ惚《ぼ》けておるようです。父の薬代やら、子にかかる金やら、借金が嵩《かさ》んでおるのです」

梶山の喉が、ごく、と音をたてた。

「おととい、大殿さまは、座頭ごときに言いくるめられおって、役たたずが、とわれらを罵倒《ばとう》なされました。腸《はらわた》の煮えかえる思いでしたが、ここで言いかえせば、

「内海どのと同じく、成敗されることを覚悟せねばならぬ、そうでなくともお務めを縮尻ることになるかもしれぬと思い、黙っておりました」

「考えておこう、ではなかったのですか」

「さがれと命じられたとき、ついでにそう言われたのです。昨夜ひと晩、国元の事を考え、眠れませんでした。夜が明けて、屋敷の気心の知れた下働きの者に、玄の市さんへ伝言を託《ことづ》けたのです。何が武士だ、何が君臣の交わりだ、そう思った。それが、本音でござる」

また沈黙が流れ、四十雀《しじゅうから》のさえずりだけが梶山のため息をくるんでいた。

「七年前、小平家でお家騒動があったようでございますね」

玄の市は言い、草地の枯れ枝を、杖の先でわきへはじいた。

「小平了楽さまが大殿さまとなられて、白金村の下屋敷にお住まいになられたのが五年前。大殿さまは、まだ四十代の半ば。そうしますと、家督をお譲りになられたのは四十前後。一方、時之介さまは二十歳をすぎたばかりとうかがっております。つまり十代の半ばで家督を継がれた。あのとき、内海さまも、お役目を退かれ、一度は、隠居の身になられたそうです」

「ああ、さようです。あれはひどい争いだった」

「梶山さま、まだ話は終わっておりませんよ。七年前、なぜお家騒動が起こり、どのように落着したのでございますか。お家騒動と了楽さまが家督をお譲りになられた事情に、なんぞ因縁がございますのか。それと、青木十郎右衛門はなにゆえ浪々の身となり、九柳典全と名乗り、江戸に下ってきたのでございますか」

「そ、それは……」

「なぜ、内海さまの亡骸のそばに、九柳典全がいたのでございますか。内海さまが大殿さまの成敗に遭った夜、なぜそんな事が起こったのか、何があったのか、知らされておらずとも、見てはいなくとも、梶山さまはご存じなのでは、ございませんか。それこそが、お話しいただかねばならない、真相なのではございませんか」

梶山は、沈黙した。呼吸が荒くなっていた。四十雀がさえずり、木々の間を飛び交っている。

「梶山さま、ここにはほかに、人はおりません。ただ、小鳥がさえずるのみでございます。わたしは梶山さまに呼び出され、ここまできたのです。全部、お話しいただけませんか。お話しいただければ、お望みどおり、三十両、志を差し上げます」

梶山は、うっ、と声をつまらせた。

「十五両の倍の三十両の志、お約束いたします」

と、玄の市は繰りかえした。

五

中洲の料理屋や茶屋の軒を飾る提灯に、午後の明るい日が降っていた。

客引きの声と、三味線に鉦《かね》や太鼓の酒宴の賑わいが絶えない昼間の通りを、菅笠をかぶった天一郎が前をゆき、流しの芸人・仁三郎と山三郎が、三味線をかついで続いていた。

「天一郎さん、そこの路地です」

天一郎の背中へ、仁三郎が言った。

「路地は煮売屋などの酒亭が、軒を並べておりやす。中には、梯子をのぼった屋根裏部屋に女をおいた酒場もありやす。路地の突きあたりから屋根に上って、屋根の上を猫みてえに伝っていけば、権太郎の土蔵のわきに回れやす。そこに土蔵の二階の窓がありやすから、窓の戸が開いてりゃあ、中がのぞけると思いやす」

と、それは山三郎が言った。わかった、というふうに天一郎の菅笠がゆれた。

「わたしらは、路地をひと廻りしています。なるだけ、ひと廻りするぐらいの間には、戻るようにしてください」

「もし、あぶない事態になったら、かかわりのないふりをして、普段どおり流し、先に帰ってくれ。また用を頼むことになるかもしれない。こちらから顔を出す」

天一郎は、前を向いたまま言った。

三人は通りをはずれ、路地へ入った。どぶ板が、奥の突きあたりの板塀までのびていた。軒行灯や軒提灯を吊るし、看板行灯をたてた、小料理屋、煮売屋、縄暖簾の酒亭や飯屋が、路地の両側につらなっていた。

通りの賑わいとは打って変わって、路地に人影はなく、行灯や提灯にもまだ火は灯されていない。ただ、どこかの店でじゃれ合う客と女の声が、昼日中に猥《みだ》らがましく聞こえていた。

突きあたりまで、様子をうかがいつつぶらぶらといくと、奥の片隅にごみ捨て場と雪隠があった。反対側の隙間に、稲荷の小さな祠《ほこら》が建ててある。

「じゃ、あとでな」

「天一郎さん。十分に、気をつけて……」

ふむ、と頷いた。ごみ捨て場の板枠を足場に、するする、と奥の店の屋根へ音をたてぬようにのぼっていった。

天一郎の黒の股引の長い足が軒端《のきば》の陰に消えてから、仁三郎と山三郎は目配せを交わし、きた路地へふりかえった。二人は三味線を抱え、

「よおゝい」

と、かけ声をかけた。途端に、路地は江戸気分に包まれた。

春はうたゝ寝気をのべ紙で、ふッて木枕気をつけて
よおゝい、させてにならしゃんせ……

仁三郎と山三郎は、昨日の夕刻から、早速、霊岸島の茶碗鉢店界隈を流すふりを装って、萬八の店を見張っていた。客の声がかかったときは、「相すいやせん、お先のお客さんがおられやすので」と、断った。

「そういうわけで、萬八が鍵をにぎっていると思う。殊に、萬八がひとりで出かけたら、どこへだろうと必ずいき先を突きとめてくれ。もし、そのどこかに怪しい場所があれば……」

と、昨日の夕刻、天一郎に和助の一件を聞かされ、仁三郎も山三郎も、これは和助を救い出すために一肌と、腹を据えていた。

見張りを始めて一刻半ほどがすぎた、夜の五ツすぎと思われるころだった。

萬八がひとりで店を出て、箱崎町、永久橋を浜町河岸のある北へ渡り、川口橋をすぎて、やがて中洲の賑わいの中へまぎれていった。

提げた提灯の明かりを見失わぬよう、あとをつけた。

萬八は、中洲の往来をゆき、ほどなく、けばけばしく提灯を並べ飾った茶屋と料理屋の間の路地へ、何やら忙しない足どりで折れていった。

二人はその路地の奥に、権太郎というやくざが仕きっている長屋女郎のいる切見《きりみ》世《せ》があり、賭場が開かれていることも知っていた。

「どうする？」

「いくしかないよ。和助さんの命がかかっているんだ」

仁三郎と山三郎は言い交わし、路地へとった。

提げた提灯が、番小屋のある路地の木戸をくぐるのが、ちら、と見え、二人はあとを追った。

番小屋の見張りの男に止められ、「これで遊べると、聞きましたもので」と、壺をふる仕種をすると、見張りは三味線をからげた二人の様子をひと睨みしてから、

「路地の奥だ」と、無愛想な口調で言った。

路地の突きあたりの土蔵へ、萬八の入っていく姿を、提灯の小さな明かりが照らしていた。

二人は賭場の客になった。丁方半方に分かれて真夜中の八ツ（午前二時）ごろまで遊んだが、あり金を使い果たし、すっからかんになった。賭場の若い者に、「お客人、またのおこしを」と背中を押され、土蔵を出るしかなかった。

路地の外の往来で、萬八が出てくるのを待った。

半刻ほどして、また提灯を提げて出てきた萬八を、霊岸島町の店に戻るまでつけ、それから末成り屋の土蔵へ、その報告にきたのだった。

仁三郎と山三郎は、萬八が才槌頭の権太郎らしき男と、賭場の奥の長火鉢のそばで長々と話を交わし、やがて、二人が板梯子をのぼっていくのを認めていた。

「土蔵の屋根裏の半分ほどを仕きって、屋根裏部屋らしき場所がありました。縦格子の窓があって、上から賭場を見張れるようになっています。部屋の明かりが、薄く見えました。和助さんはあの屋根裏部屋に、閉じこめられているんじゃありませんかね」

「権太郎は、ずいぶん物騒な男と、裏じゃ評判の破落戸です。金のためならなんでもやるし、人の命を虫けらほどにも思っていないと、みな恐れています。和助さんを見たわけではありませんが、権太郎ならやりかねません」

和助が権太郎一味に捕えられているか、確かめなければならなかった。捕えられているなら、どこにいるのかもだ。

中洲に客の姿が増える午後、三人は中洲の土蔵を探りにきた。

よおゝい……ならしゃんせ、
と流行唄の唄声を背中に聞きながら、天一郎は、足音を殺し、しかし速やかに屋根を伝っていた。

眼前には、桟瓦葺《さんがわらぶき》や板葺の屋根がつらなっていた。平家の棟の幾重にも折り重なった先に、黒壁の土蔵や二階家が瓦屋根を空へ突き出し、家々の向こうには、大川と彼方の永代橋、深川の町並も眺められた。

霞《かすみ》を帯びた空には、午後の日が高くのぼり、雲が流れていた。

権太郎の土蔵は、見当がついていたが、遠廻りになっても、なるべく隅木《すみぎ》のところを上り下りし、棟を伝って近づいていった。

ほどなく、権太郎の土蔵の隣の屋根まで、見つからずに忍んできた。

高い板塀で、板葺屋根の切見世の長屋を囲い、奥に賭場の土蔵が瓦屋根を、長屋の屋根よりだいぶ高く突き出していた。土蔵の周囲に板塀はないが、隣の敷地を囲う板塀との間に、三尺ほどの渠《みぞ》が通っていた。

土蔵わきの壁には両開き扉の覆いのある窓が開けられていて、引き違いの障子戸が、窓にたててあった。屋根裏部屋の窓に違いなかった。障子戸の中は、のぞけなかった。

左右を見廻し、ひびの入った古い瓦を見つけた。拳で軽く叩くと、瓦は三つに割れ、割れ目に数個の小さな破片がこぼれた。

天一郎は、破片のひとつを棟の上から障子戸へ投げた。

破片は障子戸に、ぽん、と跳ねて、土蔵と板塀の間の黒い渠へ落下していった。

障子戸は閉まったままである。もうひとつ投げて、同じように落下した。

だめか、と思ったそのときだった。引き違いの障子戸が勢いよく引き開けられ、着流しの男が、頭をかがめて顔を出した。男は空を見上げ、

「鳥か？」

と、独《ひと》り言《ご》ちた。それから、ついでにというようすで、おのれの一物《いちもつ》をとり出し、窓の下の渠へ小便を始めた。男はかがめた頭を、自分の一物に向け、向かいの屋根の、棟の反対側に身をひそめている天一郎に、まったく気づかなかった。

土蔵の下へ垂れた小便が、はるか下の渠に賑やかな音をたてていた。

暗い屋根裏の部屋が、男の背後にのぞけた。

薄暗さに包まれ、男が二人見えた。向き合って、花を打っていた。二人の奥に、人がひとり、横たわっているのがわかった。薄暗いため、姿形が判然とせず、しかもこちらのほうを向いていなかった。

だが、和助のような気がした。和助に違いない、と思った。

と、そこへ部屋にもうひとりが現われた。花札を打っている二人と、二、三の言葉を交わしてから、横たわった人影のそばへかがんだ。そして、人影の肩をつかんで乱暴に引き起こした。

引き起こされた男は縛られていて、ぐったりと仰《あお》のけになって窓のほうへ横顔を向けた。その横顔が、暴行を受けて歪んでいた。

和助を認めた途端、小便を終えた男が障子戸を、ばたん、と閉じた。

「ちょいと、そこの怪しい兄さん」

いきなり、後ろから呼びかけられた。

ふりかえると、二棟の屋根を隔てた二階家の出格子の窓から、だらしない浴衣姿の女が、天一郎をじっと見つめていた。こってりと塗った赤い口紅が、白粉《おしろい》顔の中で、てらてらと光っていた。

細い腕を手すりにつき、痩せた身体を凭《もた》れかけさせ、にやにやと笑っている。

「およしよ、真昼間から泥棒なんてさ。人を呼ぶよ」

天一郎は、菅笠を下げて頭を垂れた。

「いや、姉さん、そうじゃねえんで。あっしは屋根屋の職人でやす。家主さんに雨漏りを直すように頼まれ、調べておりやした。もう、終わりやしたんで。へい、どうも、お騒がせいたしやした」

と、再び棟伝いに戻っていった。

よおゝい、だしてにならしゃんせ
と、流行唄の声と、三味線のはじきはまだ聞こえていた。


天一郎は末成り屋に戻ると、竈に火を入れた。薪《まき》が音をたて赤々と燃え始めてから、小豆を煮た。小豆を五、六分程度に煮て、一旦、煮汁から出し、改めて五倍ほどの水を加えて、今度は火の勢いを弱めて静かに煮た。

その間にもち米と米を二対一ぐらいの割合で洗い、それを小豆の煮汁につけておいた。

小豆がようやく煮たつと、もち米と米をその煮たつ中に入れて、少し火を強くして赤飯に炊き上げた。炊き上げた赤飯を、さらに濡れ布巾を敷いた蒸籠《せいろ》へ移し、薪を新たにくべておよそ四半刻ほど蒸した。

その間に、七輪にかけた鍋でさっとゆでた蓮根の薄ぎりと、裏ごしして西京みそを加えた豆腐と和え、蓮根の白和えを拵えた。またはんぺんの味噌汁を作り、なら漬の香の物を、とんとん……と刻んでいるとき、修斎と三流が駆けつけた。

「聞いたぞ、天一郎。中洲の権太郎だな」

長身痩軀の修斎が、樫の引戸を引き開け、声を土蔵に響かせた。

「おう、いくぞ」

背は低いが分厚い胸を反らせた三流が、修斎と共に土間へ飛びこんで、台所でなら漬を刻んでいる天一郎へ喚《わめ》いた。

天一郎は二人へふり向き、うん、と頷いた。

「今、飯を拵えている。まずは、坐れ」

天一郎は、板床の火鉢をおいたあたりを顎で示した。

南小田原町へ修斎と三流を呼びにいった仁三郎が、後ろについていた。昼の名残りの深い青味に染まった夕空が、三人の背後に見えた。

「飯を？　晩飯を今、拵えているのか」

「そうだ。赤飯を炊いた。もうすぐできる。味噌汁もある」

なら漬を、とんとん、と刻みながら、三人に背を向けて言った。

竈の蒸籠が、盛んに湯気をたてている。

「美味そうだな。いい匂いだ。堪《たま》らん」

煮たてた小豆や甘い味噌の匂いが広がり、三流が表情をほころばせた。

「ああ、いい匂いだし、堪らん。だが、飯など拵えている場合か」

と、言いつつも、赤飯や味噌汁の香ばしい匂いに誘われ、修斎、三流、仁三郎と並んで、火鉢の周りに坐りこんでいた。

「出かけるのは真夜中だ。山三郎に船の手配を頼んでいる。山三郎が戻ってきたら、みなで食おう。食ったら、真夜中までひと休みする」

「そうか。真夜中か。それはそうだな」

「当然だな」

天一郎は、なら漬を刻む手を止めてふりかえった。

「おそらく、いや間違いなく、斬り合いになる」

「むろんだ」

「承知」

と、修斎と三流がそろって言った。

お万智《まち》さんとお佳枝《かえ》さんに、と言おうとしたが、天一郎は止《や》めた。

今さら未練がましい事は言うまい。修斎も三流も、心得ている。木挽町の町芸者・お万智は、修斎の女房。船宿《汐留《しおどめ》》の女将《おかみ》・お佳枝は、三流の女房である。

「天一郎さん、わたしらも手伝いますからね。なんでも言ってください。むろん、手間賃はいただきません。和助さんを救い出すためなら、わたしらのこの命、天一郎さんにお預けいたします」

そのとき、足音が戸前の石段を駆け上がり、戸が勢いよく引かれた。

「天一郎さん、船の手配を済ませました。新シ橋の河岸場に繫いであります」

「ふむ、ご苦労。山三郎も上がれ。まずは腹ごしらえだ」

「こいつはいい匂いですね。天一郎さん、赤飯ですか」

山三郎が、浮きたった調子で言った。

「手伝います」

「いいんだ。読売屋になり、この土蔵で暮らし始めて、飯作りを覚えた。飯作りを覚えてから、生きるとは、こういうことなのだな、と考えるようになった。今夜はわたしのふる舞いだ。と言っても、こんな物しかできぬがな。なぜか、こうしたい気分なのだ」

天一郎は、満足げに四人を見廻した。

六

網代の掩蓋が覆う船は、頬かむりに尻端折りの仁三郎が、艫《とも》の櫓《ろ》を操り、同じ扮装の山三郎は、舳《みよし》で提灯をかざしていた。

真夜中の八ツを、そろそろすぎる刻限に思われた。

星空の下に寝静まった中洲は、大川に沿って黒い影を浮かべている。その黒い影の中に、ぽつ、ぽつ、と窓の小さな明かりが見えた。

やがて船は、大川端の水草をわけ、中洲の石垣下の川縁へ、ずず、と乗り上げた。

仁三郎が掩蓋の中をのぞいて、ささやき声で言った。

「様子を見てきます。少々お待ちを」

舳の山三郎は、すでに提灯を消して葦《よし》の間に降り立ち、周りの様子を用心深くうかがっていた。

二人は川縁の石ころを踏み締め、石垣にかけた梯子をのぼっていった。

掩蓋の中では、天一郎、修斎と三流が、それぞれの得物を手にして坐っている。

修斎は濃い鼠、片や三流は紺の上着を尻端折りにして、それぞれ下《さ》げ緒《お》の襷《たすき》がけ、黒の手甲《てっこう》、股引に黒の脚絆《きゃはん》をしっかりと巻きつけて、黒足袋草鞋《わらじ》履きの拵えだった。

総髪を組紐《くみひも》で束ねて背中に長く垂らした修斎は、手拭を向こうはち巻きに結んでいた。得物は、長身の風貌に短く見える二刀のほかに、用心槍を膝の前へ寝かせている。

この男は、二刀よりも、六尺の用心槍の使い手である。

三流は総髪の一文字髷に、これは手拭を頬かむりにして、大きな木槌を胡坐をかいた膝にのせていた。この木槌で土蔵の板戸を打ち破り、土蔵へ突っこむ腹である。

天一郎は、刀を肩に抱えて船縁に凭れていた。

黒の帷子に下げ緒の襷をかけて尻端折り、股引に黒の脚絆と黒足袋草鞋は、修斎や三流と同じだったが、頭に額鉄と手に革手袋を着けていた。仁三郎と山三郎の様子見次第では、修斎と三流とは分かれて、土蔵へ突っこむ腹づもりだった。

深い静けさの中で、三人は押し黙っていた。川縁に寄せるかすかな波の音や、さわさわ、と水草のゆれる音さえ聞こえた。

ほどもなく、川縁の小石を鳴らし、仁三郎と山三郎が戻ってきた。

「いってきました」

「ふむ。どんな具合だ」

「長屋の見張りは、番小屋で鼾《いびき》をかいて寝ています。賭場は開かれていますが、客の数まではわかりません。土蔵の板戸はこの木槌と三流さんの力があれば、楽々破れると思います。権太郎は才槌頭の醜男《ぶおとこ》ですから、ひと目見りゃわかります。手下の数はせいぜい十四、五。ただ、浪人者をひとり、用心棒に雇っております」

「山三郎、屋根裏部屋の窓はどうだった」

「へい。どぶの反対側の板塀の隙間からのぞいてきました。やつら、窓の覆いは閉めておりません。窓の障子に、薄《うっす》らと部屋の明かりが映っていました」

「よし。修斎、三流、手はずどおりに」

「承知した」

「心得た」

「天一郎さん、わたしらは」

「和助を乗せたら、すぐに出せるように、艫綱は結ばず待っていてくれ。もしわれらに乗りこむ暇がなくても、かまわぬから船を出せ。和助さえ救い出せれば、われらはなんとかなる。いくぞ」
天一郎は、真っ先に掩蓋を出た。舳から飛び降り、川縁の石ころを鳴らして葦を
かき分けた。用心槍を携えた修斎、木槌を担いだ三流が続いた。そして、石垣の梯
子を軽々とのぼり、星空の下の、中洲に躍り上がった。
屋根裏部屋では、三人の男らが花を打ち、隅の暗がりに、両腕を後手《うしろで》に荒縄で
縛られて三重巻きにされた和助が、横たわっていた。
和助は、二日前にここへ運びこまれてから、暴行を受けた跡が癒えてはおらず、
しかも、どうせ始末する野郎に食わせる飯はねえ、と権太郎は水しか飲ませなかっ
たため、ひどく弱っていた。
痛みを堪えて少しでもうめくと、手下らに、うるせえ、と容赦なく殴られた。
顔は青黒く腫《は》れてふくれ上がり、鼻血や唇がきれて乾いた血が、黒い模様のよう
になっていた。
屋根裏部屋からは、窓の縦格子ごしに、階下の賭場の様子が見える。中盆《なかぼん》の声と
壺をふる音、客のざわめきや駒札を集める音も、聞こえている。
手下らのひとりが、退屈そうにあくびをした。

花札が、ぱし、ぱし、と布団の上で、音をたてていた。

「こいつの見張りも、明日までだ。こんなしけた野郎が、三百両になるのかよ。信じられねえぜ」

あくびをしたひとりが、隅の和助へ薄笑いを投げた。

「読売屋ごときに、あり得ねえぜ。親分もまともにとっちゃあ、いねえ。ただ、物は試しさ。三百両拝めるかどうか。三百両、拝めたらかっさらってやるまでよ」

「兄い、こいつはどうするんでえ」

「始末するに決まってるだろう。読売屋のひとりや二人、消えちまったところで、奉行所はなんにも気にもしねえ。読売屋なんぞ、ごみと一緒だ。田んぼの肥やしにもならねえしよ」

「親分は、例の娘っ子も片づけて、手間賃を稼ぐ気らしいぜ。末成り屋のつながりのあるところを、片っ端から探ってるそうだ」

「くくう、親分も金には目がねえからな」

三人が濁声《だみごえ》で笑い、ぱし、ぱし、と札が鳴った。

ひと勝負が済み、兄いが立ち上がった。屋根裏に頭がつかえないように、背中を丸めて、窓のほうへいった。雪隠へいくのが面倒なので、小便は、窓から下のどぶへ垂らした。臭くもないし、隣家の屋根と空しか見えず、気持ちがよかった。

二人は気に留めず、兄いの小便が済むのを待っていた。

障子戸を引き、窓の外へ向けて、下帯のわきから一物をひねり出した。

夜空に星がきらめき、どぶを隔てた屋根の影が、星空を背にして黒く見えた。

兄いは、気持ちよく放尿を始め、「はあう」とあくびをした。

眼下の真っ黒などぶで、音がたった。

すると、星空を背にした屋根の影から、別の黒い影が、のそのそ、と棟に這い上がってくるのが見えた。兄いは、棟の上で蠢く影を気だるく眺めた。怪しい、とは露ほども思わなかった。

猫だな、とぼうっと思った。ただ、でけえ猫だな、と思いつつ放尿を続けた。何を食ってあんなにでかくなりやがったんだろうな、と兄いは考えた。

それから、三百両なんてあり得ねえぜ、とおかしくなった。

そのとき、あれ？　と首をひねった。

棟に這い上がった猫の影が、だんだんと上へのび上がっていくからだ。そして、なんと、二本足ですっくと立ち上がったのが見えた。

面白え、猫が二本足で立ちやがったぜ、と兄いは目を奪われた。

だが、次の瞬間、化け猫か、とぞぞっと背中に戦慄《せんりつ》が走った。

しかも、化け猫は棟の上に一旦佇むと、瓦屋根を窓辺の兄いのほうへ、真っすぐにくだり始めたのだった。屋根瓦を、がちゃがちゃと踏み鳴らした。

化け猫の目が、光ったような気がした。

間違いなく、兄いを睨んでいた。

なな、なんでい、と兄いは目を瞠った。

がちゃがちゃがちゃ……

と、突然、屋根をくだった化け猫は、星空に躍動した。ぶん、と風の鳴る音が聞こえた。化け猫の四肢が、宙を引っかいていた。

きゃあ、と先に悲鳴が出た。冗談じゃねえぜ、と気づいたとき、放尿の途中のまま、兄いは後ろへひっくりかえった。

「わあ、何すんだ」

「汚えっ」

後ろの二人が、兄いの放尿を浴びて転がり逃げた。

途端、どかん、と引き違いの障子戸が突き破られた。

凄まじい破裂音と共に、木ぎれや紙きれが、手下らへ飛び散り、黒い塊が屋根裏部屋に飛びこんできた。

燭台の明かりが一瞬の風にあおられて消え、部屋は暗闇に包まれた。

手下らは、束の間、何が起こったのか、わけがわからなかった。突然、飛びこんできた黒い塊が、何かもわからなかった。

異様な物音に、階下の賭場は静まりかえった。みなが固まって、屋根裏部屋の縦格子の窓を見上げたときだった。

表の板戸へ、木槌が叩きつけられた。打ち割れた木ぎれが、くるくると舞った。板戸が敷居からはずれると、次の一撃によって、木の葉のように叩き飛ばされた。

見張りの若い男は、仰天して転がり逃げ、

「手入れだっ」

と、叫んだ。

そのとき、天一郎は片膝立ちで抜刀した。

「あ、てめえっ」

と、長どすをつかんだ男の胴を、そのままひと薙《な》ぎにした。

男は、どすを抜く間もなかった。悲鳴と共にのび上がって、頭を屋根裏に、したたかにぶつけ、それから身をよじって、切落口《きりおとしぐち》へ頭を突っこんだ。

「野郎っ」

今ひとりが喚き、長どすを抜き放った。

身体をかがめた喧嘩慣れした素早い動きで、天一郎へ長どすを突きこんだ。

すかさず横へ打ち払い、刀をかえして男の顔面を薙いだ。切先が頰をひと筋にかすめた。男は顔をそむける。

が、顔をそむけたまま、かまわずふり廻した長どすを、天一郎は額鉄で受けた。

額鉄が長どすを、かちん、と撥《は》ねかえし、天一郎が男の腹へ深々と突き入れたのが、相討ちになった。

男はうめき、身体をくの字に折った。

その懐に肩を入れ、肩で突き放しながら、貫いた刀を一気に引き抜いた途端、ぶっ、と腹から血が噴いた。

突き放された男は、背後の縦格子に背中から衝突した。縦格子をへし折って、血を噴きながら階下の盆筵へ仰のけに転落していった。

と、一物をさらしたままの兄いが、天一郎へ突っこんできた。

「おりゃあ」

兄いは怒鳴った。

命知らずの喧嘩殺法で、天一郎の懐へ飛びこんで突き入れる。そこへ、縛られて横たわっていた和助が、足を出した。

あっ、と兄いは和助の足に躓《つまず》いた。懐へ飛びこむはずが、天一郎の足下へ、勢いのままつんのめった。

「終わりだ」

兄いの長どすを踏み、天一郎は言った。兄いは、天一郎を見上げ、ひえー、と怯えた長い悲鳴を発した。

七

屋根裏部屋から降ってきた男は、盆筵に叩きつけられた。

駒札や賽子《さいころ》が飛散し、客は仰天し、土蔵は怒号に包まれた。

客たちは、逃げまどった。燭台が倒れ、蠟燭がころころと転がっていく。

「おめえらは上へいけ。あとはこっちだ」

長火鉢の前から跳ね上がった権太郎が、長どすを引き抜きながら叫んでいた。

燭台がすべて倒れ、土蔵の中は真っ暗だった。逃げまどう客と手下が揉み合う中から、二つの人影が突進してきた。

用心槍をかまえた修斎は、躓いて転んだ客を飛び越え、暗闇に慣れた目で匕首《あいくち》を抜いた男を認めた。

「とう」

と、用心槍を突き入れた。

男は身をくねらせ、腹に突きたった用心槍の柄をにぎる。

修斎は、そこをさらにひと押しに押しこんでから、強引に引き抜いた。

押しこまれた勢いで数歩さがった男が、尻からひっくりかえった。

傍らより修斎へ襲いかかったひとりは、修斎に続いて突進する三流の木槌を浴びて、肩をくだかれた。肩を抱えたところに、即座に掬い上げた木槌が、男の顎をくだき、土蔵の隅まで打ち飛ばした。

暗い土蔵は、たちまち、悲鳴と絶叫、踏み鳴らす足音のとどろき、叫びと右往左往の混乱の坩堝《るつぼ》と化した。

「逃げる者は追わぬ。去れ、去れ」

逃げろ逃げろ……

用心槍と木槌をふり廻しながら、修斎と三流は叫んだ。逃げまどう客が戸口に殺到したため、そこでも大混乱になった。

と、傍らより、「せえい」と鋭い一撃を、修斎は浴びた。

長髪をふり乱し、咄嗟に一撃を躱した。びゅうん、と刃が修斎の髪をかすめ、きられた髪が煙のように舞った。

上段からの二の太刀を、かろうじて槍で払ったが、一歩、大きく仰《の》け反った。

用心棒の川勝朱明だった。

こいつか、と修斎は、後ろへ引いた長い足を踏ん張って、川勝の三の太刀を、用心槍の柄で、かちんっ、と受け止める。

才槌頭の権太郎が、そこへ長どすをふり廻し、浴びせかかるのを、三流の木槌がそうはさせなかった。うなりを上げる木槌が、一瞬、権太郎を怯ませた。

一転、権太郎は三流へ斬りかかる。三流は、一打、二打、と長どすを払い、

「やあ」

と、打ちかえした木槌が、権太郎の肩をかすめた。

「あち……」

横へ逃げるところを追って、三流は木槌をふり廻す。

すると、川勝は修斎を押しこんだ身を三流へ転じ、袈裟《けさ》にふり落とした。一撃が

三流の頬かむりをかすめ、木槌の柄を真っ二つにした。

咄嗟に、三流は佩刀《はいとう》を抜き放ち、川勝の第二打をはじき上げた。三流の凄まじい力にはじかれ、川勝はたじろいだ。修斎が体勢を立てなおし、川勝へ打ちかかるのを、今度は権太郎が阻んだ。

そのとき、がらがらどすん、と板梯子から転がり落ちてくる男たちが見えた。

「三流、あっちだ」

「心得た」

わあ……おお……

修斎と三流の雄叫びと、権太郎や手下らの喚声が、獣の咆哮《ほうこう》のように交錯した。

天一郎は、和助を抱き起こし、呼びかけた。

「和助、わたしだ」

「て、天、一郎さん……」

和助は、か細い声をかえした。

天一郎は荒縄をきり、和助の縛《いまし》めを解いたが、和助は天一郎の腕の中で、ぐったりとしていた。

「もう大丈夫だ」

帰るぞ——天一郎は、和助を肩にかつぎ上げた。

すると、板梯子を駆け上がってくる、どすをにぎった二人が、切落口から見えた。

「てめえ、読売屋」

天一郎を見上げて、怒鳴った。

「仲間を連れていけ」

天一郎は、切落口に頭を突き出し倒れていた男を、板梯子を駆け上がってくる男らへ蹴り落とした。蹴り落とされた男とのぼってくる二人が、もつれ合って、がらがらどすん、と転げ落ちたのだった。

しかし、男らは切落口を睨んで罵《のの》りつつ、懸命に立ち上がる。

そのひとりへ、三流が袈裟懸けを浴びせ、同じく立ち上がったもうひとりの脾腹《ひばら》を、修斎の用心槍が貫いた。

男らの落としたどすが、床板に転がり、悲鳴と血飛沫が噴き上がった。

「天一郎、和助は無事か」

かえり血で真っ赤になった修斎が、切落口を見上げ、叫んだ。

「無事だ。今、降りる」

修斎と三流は、天一郎が和助を肩にかついで降りてくるのを確かめると、賭場のほうへ身がまえた。

権太郎と川勝、残りの手下らが、修斎と三流、そして和助を担いで板梯子を降りてきた天一郎をとり囲んだ。

暗い土蔵の中に、権太郎らの目が、青白く燃えていた。

「読売屋、この土蔵から一歩も出さねえぜ。覚悟しやがれ」

権太郎が喚いた。

「読売屋にしては、やるな。面白いぞ」

隣の川勝が、音をたてて剣をふり廻し、あは、と笑った。

「修斎、三流、きり開いてくれ。和助をこのまま運ぶ」

板梯子を降りて、天一郎が言った。

「承知。いくぞお」

「うおお」

修斎と三流は、再び雄叫びを発した。

修斎は槍を正面にかざし、三流は上段にとって、同時に打ちかかっていった。

その勢いにたじろぎ、権太郎らは、土蔵の外へばらばらと一旦退いた。

「出てくるところを、仕留めろ」

権太郎は喚きたてた。だが、手下らには明らかに怯みが見えた。

土蔵の外から、切見世の路地が小路に突きあたり、一方が往来へ、一方が船の待つ大川端へのびている。

路地は狭く、一対一でしか相対することはできなかった。

修斎を先頭に、和助をかついだ天一郎、後ろを三流が守った。

手下のひとりが、先頭の修斎が戸口を出たところへ打ちかかった。

それを軽々と二度はじきかえし、三度目がくる前に手下の胸へ穂先を突き入れた。

手下は喚いたが、突き入れた槍で傍らの長屋の壁に押しつけられた。修斎が槍を引き抜くと、声もなくずるずるとすべり落ちた。

「おぬしら、ただの読売屋ではないな」

修斎と相対した川勝が、言った。膝を蟹のように折り曲げ、奇妙な八相《はつそう》にかまえた。川勝の後ろに、権太郎と手下らが控えている。

「そうか、武士か。武士が読売屋とは、世も末だな」

修斎は、押し黙ったまま、ただじりじりと間をつめた。

「すわ」

川勝は、ひと声吠えた。

低い八相のかまえから身体をのび上がらせて、ふりかぶった強烈な一撃を浴びせた。川勝の踏みこんだどぶ板が、激しく震えた。瞬時に槍を引く。と、空を流れた一刀が長屋の低い軒を打ち破った。

すかさず、修斎は引いた槍を突き入れる。

川勝は敏捷《びんしょう》に顔をそむけ、それを躱した。川勝が刀をかえす前に、二突き、三突き、と間髪を容れず突き入れる。

難なく躱しているように見えたが、修斎の三打目が、肩をかすめた。

川勝は顔をしかめ、数歩、退いた。

修斎は、川勝との間を空けずに踏みこんでゆく。

天一郎と三流が、その後ろに続いている。

狭い路地のため、権太郎は手が出せない。川勝の退きに合わせて、さがるしかなかった。そのとき、長屋にひそんでいた手下の二人が飛び出し、奇声を発し、どぶ板を鳴らして三流の後ろから襲いかかってきた。

だだだだ、がん……

と、三流は身を翻し、先頭の長どすと打ち合った。刃と刃をかみ合わせたまま、相手の身体を突き上げる。分厚い三流の身体に突き上げられた手下の身体は、紙風船のように浮き上がった。

大きく仰け反って堪えた一瞬、上段からの一撃が、手下の前頭部を割った。

手下は、絶叫を上げ、膝から俯せに潰れた。

仲間が潰れる様を目《ま》のあたりにした後ろのひとりは、一瞬ためらったが、即座に踵《きびす》をかえして逃げ去った。

同じく、天一郎のわきからも、長屋の障子戸を破って、長どすをにぎった腕が突き出された。天一郎は、瞬時に身体をひねって突きを躱し、片手上段から打ち落とした。障子戸は真っ二つになって、どすをにぎった手下の片腕が、路地に撥ねた。

腕を落とされた手下は、きりきりと声を甲走《かんばし》らせて転がった。

「退け、退け。ここは狭すぎる。外で挟み打ちだ。路地の外で、膾《なます》にしてやる」

路地をだらだらと退きながら、権太郎はなおも吠えていた。

しかし、手下らは、「やべえ」と、逃げ腰になっていた。

「やっ、大川だ。船で逃げる腹だ。川縁でやっちまえ」

権太郎が、小路を大川のほうへ逃げる天一郎らを追って喚いた。

中洲の大川端は、まだ深い眠りの中にある。

大川の空高く、澄んだ星空が広がっている。ただ、路地奥の騒ぎを聞きつけて、大川端の店の窓や戸の隙間から、人がのぞいているのはわかった。

修斎に続いて、和助をかついだ天一郎、三流が大川端へ走り出ると、権太郎の手下らが、すでに河原に飛び降り身がまえていた。

川勝が、河原の北側に立ちふさがっていた。

船で待っていた仁三郎と山三郎は、船が出せるようにして見守っている。

修斎が真っ先に河原へ飛び降り、天一郎が、和助を石垣下へかつぎ降ろす間、修斎は河原側を、石垣上の三流は、後ろから追う権太郎らに備えた。

三流が石垣下へ飛び降りると、仁三郎と山三郎が、慌てて船から駆け寄り、二人で和助をかつぎ、船へ運んでいく。

「野郎ども、あの船だ。生きて帰すな。続け」

権太郎が長どすで、河原の船を差した。

権太郎に続いて、手下らが川縁へ飛び降りた。権太郎と手下らは、葦を分け砂利を鳴らしながら、一方に権太郎と手下ら、一方に川勝とほかの手下らが間を縮めてくる。

「修斎、三流、そっちを頼む」

天一郎は、権太郎らの前に立ちはだかった。才槌頭の、大きな額の下の窪んだ目が、天一郎を睨んだ。

「てめえ、読売屋。逃がさねえぜ」

「おまえが権太郎か。逃げぬさ。仲間に、ずいぶん手荒な真似をしてくれたな。おまえのやったことの報いを受けさせてやる」

天一郎は正眼《せいがん》にかまえた。革手袋に触れる柄を、ゆるやかに絞った。

「てめえら、ひとり残らず、きり刻んでやるべえ」

「権太郎、周りを見てみろ。おまえの手下は、もうそれだけだ。おまえは終わりだ」

権太郎の左右に、手下は五人しかいなかった。

「これだけいりゃあ、十分でえ」

うおおお……

権太郎の喚声に、彼方の夜空に犬の声が呼応した。

権太郎のふり落とした長どすが、うなりを上げた。しかし、天一郎は音も高らかに撥ね上げた。激しいかえしに、権太郎は身体ごと仰け反った。

その左右から、手下らが襲いかかってくる。

半歩左へ体を反らせ、右上にひとりを斬り上げた。その半歩を、今度は右へ大きく引き、星空に刀を翻して左の手下を袈裟懸けにした。

ぎゃっ、と悲鳴が走った。二人は一瞬のうちに左右へ転がり、天一郎は、即座に引いた一歩を大きく踏み出して、片方の膝が地面につくほど身を低くして、正面の手下の腹へ突き入れたのだった。

刀身が深々と貫いていき、突きぬけていく。

手下は口を喘《あえ》がせ、ふり上げたどすを、力なく落とした。

腹から刀を引き抜くと、身をかがめるように葦の中へ横転していき、激しく身悶《みもだ》えた。

三人を倒すのに、一合《いちごう》も合わさなかった。

権太郎と二人の手下は、唖然《あぜん》とした。

仁三郎と山三郎ですら、そんな天一郎を見るのは初めてだった。二人は束の間、固まって動けなかった。艀に乗せられた和助が、腫れ上がった顔をもたげ、

「あ、あれが、読売屋、天一郎さ……」

と、かすれ声で言った。

二人の手下は、もう堪えられなかった。権太郎を残し、川縁を逃げ去っていった。

「権太郎、おまえひとりになったぞ。一対一の、勝負だ」

「あいやあ」

権太郎が突進し、即座に天一郎も動いた。

両者がぶつかるほど肉迫した瞬間、二刀の刀が火花を散らした。鋭い牙が咬《か》み合った。

と、そのとき、権太郎が退くと見せた一瞬の隙に、天一郎の右腕を、するりと巻きとった。そうして、力任せに絞り上げにかかった。

「あは、これからが、本番だでな」

才槌頭の下の目が、不敵に笑った。

天一郎は堪え、すかさず権太郎の右腕を巻きとった。

「よかろう。力比べだ」

天一郎は、権太郎より二寸は背が高い。上と下から、睨み合った。

「そりゃあ」

と、権太郎は、踏ん張った足を軸に身体を撓《しな》らせ、天一郎の体軀を持ち上げたのだった。天一郎の足が、ふわり、と浮き上がった。

修斎と三流は、一方の川縁で、二人の手下と川勝朱明の三人と対峙《たいじ》していた。しかし、手下らは怯えた様子で、川勝の後ろについているばかりだった。

川勝は、舞いを舞うように、刀を左右天地へ翻した。星空の下に翻る刃が、不気味にうなった。上段へとり、ぴたりと動きを止めた。

「やるのう。面白いぞ。三下など、斬ってもつまらんからのう」

すす、すす、と川勝は跣《はだし》の爪先を進めてくる。

着流しの身頃が大きく割れ、筋張った太い足をむき出し、深く折り曲げた。のびた月代が、汗で額にこびりついている。

修斎と三流は、川勝の左右へ分かれつつ、ゆっくりと間をつめた。

「二人一緒にこい。ひとりずつ斬るのは、面倒だ」

川勝がうそぶいた。途端、初めに三流が踏み出し、

「たあ」

と、斬りこんだ。

それを、川勝の一刀がうなりを上げて打ち払う。

同時に突き入れた修斎の穂先を、刀をかえしてやすやすと払い上げた。

そのまま、修斎へ鋭く打ち落とすと、修斎は一歩を退いて身を反らせ、切っ先をぎりぎりによけた。三流が即座に二の太刀を見舞った。

しかし、川勝は、それも十分な余裕を残して受け止めた。

「あは、まだまだ」

川勝が言ったとき、三流は激しく身体を震わせ、咬み合わせた刃を巻きとりつつ、下段へ弧を描くように落とした。

三流の膂力《りょりょく》に、刃と刃は咬み合いながら、少しずつ下がってゆく。

しかし、二刀の切先が葦に隠れたところで、川勝が雄叫びを発し、凄まじい力で三流の力を逆に押し上げにかかった。

すると、三流は押し上げる川勝の力をいなすように、一転して巻き上げた。

川勝の体軀が、わずかに上へのびた。

両者は、力と力のせめぎ合いから解き放たれ、上段より激しく叩き合った。

「だああ」

「とうう」

二刀が続けて打ち鳴り、二人の汗が飛び散った。

二人が何合目かを打ち合ったその一瞬だった。川勝が、長いうめき声を大川へ響きわたらせた。

修斎の用心槍が、川勝のわき腹に深々と刺さっていた。

三流が突き放し、ぐらり、と川勝は退いた。

途端、三流の袈裟懸けを浴びた。

肩から胸へかけて着物が裂け、黒い血があふれ出た。それでも、川勝は倒れなかった。刀を片手に垂らし、修斎の槍をつかんで、堪えた。

修斎を睨み、一刀をゆっくりと持ち上げた。

「ひとりずつ、斬るのは……」

と、言いかけた。そして、修斎へ一刀を落とした。

三流がそれを、かあん、とはじき飛ばした。

刀はくるくると夜空に回転し、川縁の葦の中に転がっていく。川勝は、転がる刀を拾おうとするかのように片膝を折り、ゆっくりと横転していった。

それを見守っていた二人の手下は、即座に逃げ去った。

天一郎の足が、ふわり、と浮き上がったとき、権太郎の才槌頭が、潰れるような湿った音をたてた。権太郎は目を剝いた。

権太郎の才槌頭へ、天一郎が、したたかに額鉄を打ちつけたのだった。

目を剝いた眉間へ、再び額鉄を、いっそう激しく二度、続けて見舞った。

権太郎は、ぐらり、とよろけた。持ち上げる力が弱まり、天一郎の足が、川縁の石ころを踏み締めた。

「腕を放せ」

天一郎は言った。顔をそむける権太郎の、額、こめかみ、才槌頭の脳天へ、額鉄を続けて打ちあてた。才槌頭から、また出張った額からも、血がつつと垂れた。

かまわず、続け様に打ちつけた。

「うわあ」

権太郎はもがいた。堪えかねて、天一郎を突き放した。そして、才槌頭を腕で庇い、石ころを蹴散らして退いた。

才槌頭を支えるその太い首筋へ、追い打ちの一撃を浴びせかけた。

刃が太い首筋へ食いこみ、権太郎が首をすくめた。

そこを、撫で斬りにした。

血飛沫が噴き、長どすが、枯れ木が折れるように手から落ちた。

権太郎の最期の悲鳴が、大川へ流れていった。

「天一郎、無事か」

「大丈夫だ。そっちは」

「こっちも、終わった」

暗い川縁で修斎と三流が、天一郎と声をかけ合った。

石垣堤の見晴らしの川床をつらねる茶屋や料理屋の者らが、何事があったんだい、と石垣堤にちらほらと現われ始めていた。

「引き上げよう」

天一郎の指図で、三人は船に飛び乗った。

仁三郎と山三郎が、川縁に乗り上げていた船を大川の流れへと押し出した。

和助を掩蓋の中に寝かせ、三人はその周りに坐った。長い乱戦のあとの呼吸を整えた。暗がりの中で、和助が三人を見上げて、くすくす、と笑った。

「どうだ、具合は」

修斎が和助に言った。

「あちこち痛いけど、今は、楽しい気分です。みなさん、さすがですね。ありがとうございます。心配をおかけいたしました」

和助は、かすれ声でこたえた。

「そうだな。和助が簡単にやられるわけはないと、思っていた」

「平気です、これくらい。あは……いて、いてて」

四人は、安堵の笑い声をたてた。ふと、三流が、

「お慶が心配していたぞ。お慶の本名は、お真矢と言うんだがな」

と、和助を喜ばそうとして言った。

「和助、驚くな。お真矢は、じつはな……」

修斎が言いかけた。すると、和助は、

「聞きたく、ありません」

と、二人を止めた。

「聞きたくないのか。お真矢はおまえに申しわけない事をしたと……」

「いいんです。わたしには、どうでもいい事ですから」

和助が、冷めた口調で言った。

天一郎は、何も言わなかった。

四人は沈黙し、大川にゆるやかな波をたててゆく船の、櫓の音を聞いた。

夜明けまでに、まだ間があった。

第三章　相続争い

一

翌日の午前、南町奉行所定町廻り方同心・初瀬十五郎が、築地川沿いの土蔵に現われた。手先が樫の引戸を引き、「誰かいるかい」と、威勢よく言った。

初瀬と手先が、前土間に雪駄を鳴らした。

一階の板床にも、奥の台所の土間にも、人の姿はなかった。

文机が二台並び、読本や双紙、読売らしき紙束などが周りに積み重なっていて、文机の上には、硯と筆と半紙が、何かを書く支度のようにおかれている。

黒い鉄の火鉢に、鉄瓶がかかっていた。

初瀬が土間に佇み、板床に上がったところから、二階の切落口へのぼる広い板階段を見上げた。

「天一郎、いたら顔を出せ」

と、ぞんざいに声をかけた。

「初瀬の旦那の御用だぜ」

手先が、同じく階段の上へ甲高く言った。

「ただ今……」

切落口から顔をのぞかせた天一郎は、「これは初瀬さま……」と愛想よく会釈をかえした。素足の爪先で、とんとん、と板階段を鳴らしつつ、月代を綺麗に剃って小銀杏に結った髷を整えた。

「天一郎。御用の筋で、ちょいと訊きてえ事がある」

「よろしければ、どうぞお上がりください」

「いいも悪いも、小汚ねえ土蔵のここしかねえじゃねえか」

初瀬は、だら、と前土間に雪駄を擢りつけ、板床に上がった。

「こちらに」

客用にそろえた藺《いぐさ》で編んだ円座を、手先の分も並べようとすると、初瀬は、「いや、ここでいい」と刀をはずし、和助の文机の前の円座に、すとんと腰をおろした。

そして、文机のごみを払うかのように、手先をわざとらしくふって見せた。

「ただ今、茶の支度をいたします」

「安物の茶なんぞ、いらねえから、修斎と三流、それから和助もここへ呼べ」

初瀬は文机に肘をついて、凭れかかった。手先が、初瀬の傍らに控えた。

「修斎と三流、でございますか」

「ああ。和助もな。三人とも上かい」

と、唇をへの字に歪めた不機嫌そうな顔を、天井へひねった。

「修斎と三流は、二階で仕事をしております。ですが、和助は具合が悪く、今日は仕事を休んでおります」

「具合が悪いだと？　和助は、身体の丈夫なだけがとり柄じゃねえか。そんな野郎が、具合が悪いだと。なんぞ、あったのかい」

「よくは存じませんが、昨夜、どこかで正体もなく酔っ払い、その戻りに転んだとか申しまして、顔と足に打撲をうけ、起きるのも難儀しており、寝こんでおりますそうで。あとで見舞いに、いくつもりでおりますが」

「酔っ払って、転んだだと？　怪我をしたのかい。間抜けな話だぜ。それが、嘘じゃなけりゃあな」

ひと重《え》の疑《うたぐ》り深そうな眼差しが、光った。

「使いの者から、そのように聞いております」

「なら仕方がねえ。修斎と三流だけでも呼べ」

初瀬は、どうでもよさそうに、顎髭《あごひげ》の剃り残しをさすった。

修斎と三流が呼ばれた。絵師の修斎と、彫師と摺師を務める三流は、土蔵の二階が仕事場である。

天一郎と並び、文机に凭れた初瀬の前に畏《かしこ》まった。

「昨日の真夜中、中洲で凄え斬り合いがあった。おめえら、聞いているかい」

初瀬が薄笑いを浮かべて、三人を見廻した。

「いえ、存じません」

「存じませんだと？　読売屋にしちゃあ、耳が遅いじゃねえか。夜明け前から、江戸中の読売屋が中洲に集まって、大騒ぎだったそうだぜ」

「それは迂闊でした。初瀬さまの御用が済み次第、中洲へいってみます」

「ところで、ここ二、三日、休みだったそうだな。余裕だな。末成《うらな》り屋は、貧乏暇なしじゃねえのかい」

「包み隠さず、こたえるんだぜ。末成り屋が、ちょいとごたごたに巻きこまれたらしいって、噂に聞いたぜ。どうなんでえ」

傍らの手先が、白けた顔つきで口を挟んだ。

「うちが、ごたごたに巻きこまれたので、ございますか？　いえ、そのような事はございません。じつはこのたび、修斎の絵双紙を、銀座町の地本問屋《滝川《たきがわ》》で売り出す運びになり、ここ数日は、読売よりも、そちらにかまけておりました。たぶんそのため、休んでいるかのごとくに、見えたのでございましょう。末成り屋を、休んでいたわけではございません」

「修斎の絵双紙だと。何を出すんだ、修斎」

「はい。わたしの好みで題材にいたしました、趣きと味わいのある築地界隈の風景を描いてきたものに、新たに描き加え、《築地十三景》という題名で……」

「ふうん、《築地十三景》かい。面白そうじゃねえか。売れそうかい」

「さあ、それは……」

「売れないものの中にも、よきものはあります。埋もれていたよきものを、世に現わすのも面白い仕事でございます。売れるか売れぬか、評判をとれるかとれぬか、修斎の値打ちが試されるのでございます」

天一郎が言い添えた。

「築地界隈の風景なんぞ、興味はねえが、《築地十三景》たあ、のどかで麗しき絵双紙になりそうじゃねえか。ええ」

「へい。さいでやすね。あっしも、興味はありやせんが」

初瀬と手先が言い合って、へらへら、と笑った。それから、急に真顔に変えて天一郎へひと重の細い目を向けた。

「で、昨夜、おめえは、どこにいた」

「昨夜は、晩飯に赤飯を拵え、修斎と三流、それに売り子を手伝っております流しの仁三郎と山三郎にふる舞い、四人が引き上げてからは、寝床に入るまでの間、読売種の調べ事をしたり、想を練ったりしてすごしました。和助は、昨日は読売種を探しに出かけて、そのままどこかで呑んでいたようです」

「ほう、流しの仁三郎と山三郎も一緒だったのかい。おめえらは？」

と、初瀬の不機嫌そうな目が、修斎と三流のほうへ移った。

「わたしと三流も、天一郎に赤飯の馳走になったあと、真っすぐ家へ戻りました」

三流が「同じです」と、首肯した。

「修斎は木挽町六丁目の金右衛門《きんえもん》店で、三流は船宿の《汐留》だったな」

初瀬が確かめ、二人はそろって相槌を打った。

「そうかい。そうならそうで、別にいいんだがな。天一郎、中洲の、権太郎というやくざを知っているかい。才槌頭の、気色の悪い顔をした、破落戸だ」

「権太郎の名前は、聞いたことがあります。中洲の切見世を営む一方で、賭場も仕切る貸元《かしもと》では、ありませんか」

「ずっと以前はな、雑司ヶ谷《ぞうしや》界隈の賭場の三下だったのが、あそこら辺の性質《たち》の悪い相撲とりらともめ事を起こして、雑司ヶ谷にいられなくなり、十年ばかり姿を消していたらしい。それが、去年、中洲が開かれてから、いつの間にか、切見世の亭主に納まって、しかも、切見世の路地奥の土蔵で、賭場を開いていやがった。権太郎がどういう経緯で、中洲に流れてきたのか、調べはこれからだ」

「権太郎は、手下を何人も従えているとも、聞きましたが」

「昔は三下だったが、だいぶ景気がよくなって、柄の悪い手下を何人も従えて、親分風を吹かしていたそうだ。けど、顔の利く、腹の据わった渡世人じゃねえし、貸元と言うほどの親分でもねえ」

「中洲で斬り合いがあったというのは、その権太郎の仕業《しわざ》なんですか」

「むずかしいところなんだが、なんというか、昨夜の真夜中、権太郎の賭場が、どっかの一味に殴りこみをかけられて、権太郎と手下どもらが、これだ」

と、初瀬は手刀でばっさりとやる仕種をして見せた。

「これ？」

天一郎は、初瀬に訊きかえした。

「権太郎を始め、十名以上の手下どもらが、ばっさりと斬られた。権太郎は今ごろ地獄の一本道さ。手下の中に、二、三は息のある野郎はいるが、全部、虫の息だ。まあ、長くは持たねえだろう。中に、賭場の用心棒に雇われた川勝朱明とかいう上州《じょうしゅう》の浪人者がいたが、そいつもくたばっていやがった。やくざ同士の喧嘩だとしても、間違えなく、殴りこみの一味はみな、相当の腕利きだ」

「賭場は、開かれていたのですか」

「そうよ。博奕の真っ最中の賭場に、突然の殴りこみだった。というのが、切見世の女郎の証言だ」

「では、客もいたのですね。客の中にも、死人や怪我人が出たのですか」

「残された死人や怪我人は、権太郎と子分どもばかりさ。客はどうやら逃げたようだ。ともかく、女郎らが長屋の戸の隙間から路地の様子をうかがっていたところによれば、暗くて一味の顔はよくわからねえし、凄まじい斬り合いだったから、恐くて声も出せなかった。ただ、殴りこみの数は数人じゃねえ、少なくとも二、三十人はいたそうだ」

馬鹿言え——初瀬は自分で言っておきながら、苦笑した。

「切見世の路地は狭いし、賭場が開かれていた土蔵もそう広くはねえ。あんなところに二、三十人もが一度に殴りこみがかけられるわけがねえ。おれの推量するところ、一味はせいぜい十人足らずだろう」

「十人、ですか」

「もしかすると、もっと少なくて、三人ぐれえかもしれねえな」

初瀬が、天一郎、修斎、三流の順に見廻した。

「まさか、たった三人で、権太郎と十名以上の手下は無理でしょう」

天一郎は、初瀬の眼差しを受け流して言った。

「三人じゃ、無理か？　なら四人なら、どうかな。四人のうち、ひとりが疵を負った。そいつを肩にかついで、殴りこみの一味は姿を消した。女郎のひとりが、誰かが人を肩にかついで斬り合いをしているのを見た、と言っていた。むろん、権太郎のほうか、殴りこみのほうか、そのときは暗くてわからなかったが」

初瀬は突然、けらけらと甲高い笑い声を土蔵にまいた。

「殴りこみは、二手に分かれて仕かけられた。一手は、賭場の土蔵の板戸を大きな木槌で打ち破り、乱入した。凄えのは搦《から》め手の一手だ。賭場の土蔵には、屋根裏部屋があった。部屋には、身体を小さくしてひとりがやっとくぐれるばかりの明かりとりがあるのさ。明かりとりの向こうは、三尺ほどのどぶを隔て、隣の敷地を囲う板塀と屋根だ」

初瀬は天一郎へ、疑り深そうな目を向け、「そいつはな、天一郎」と続けた。

「隣の屋根から真夜中の空を、獣か鳥みてえにぶっ飛んで、人ひとりがやっとくぐれるほどの小さな明かりとりから、屋根裏部屋に突っこみやがったんだ。引き違いの障子戸を突き破ってだ。そこにいた手下らは、さぞかし魂消《たまげ》たろう。おれも、あの現場を見て呆れた。殴りこみは、尋常なやつらの仕業じゃねえ」

それから、天一郎の前に差し出した手の指を折りつつ、言った。

「土蔵の中に七つ。長屋の路地に三つ。大川端の川縁に、用心棒の川勝朱明、権太郎と三人の手下の、全部で十五人だ。やくざとやくざの喧嘩騒ぎで、斬り合おうが殺し合おうが、お上は与り知らねえ。けどな、幾らやくざでも十五人は多すぎるぜ。お上だってほっとけねえぜ。そうだろう、天一郎。修斎、三流、おめえらだって、ほっとけねえだろう」

「それは、放っておけません」

天一郎がこたえ、修斎と三流が「ごもっともで」と、頷いた。

「でだ、おめえらの話を訊きにきたってわけさ」

「と、申しますと？」

「天一郎、修斎、三流、おれは訊かねえし、おめえらも口には出さねえが、おれは、ここにいねえ和助も含めて、おめえらが、元は侍だってことを知っているんだぜ。それに、なんやかんやと噂が聞こえて、おめえらのこっちの腕も、まんざらじゃあねえってこともな」

初瀬が、手刀で打ちこみの仕種をして見せた。

「初瀬さま、わたしどもは、元は侍の素性を隠すつもりはなく、ただ、みな部屋住みの身です。花も実もある行く末を望みはしませんが、縁あって仲間になったのです。末成り屋を始めて、侍の素性はなんの役にもたたず……」

「わかっているさ。みなまで言うな。素性が侍だろうと、血筋がなんだろうと、いかがわしき読売屋の素性や血筋なんぞ、どうでもいいのさ。ただし、おめえらは信じねえかもしれねえが、おれは末成り屋を買っているんだ。末成り屋は、ほかの読売屋と、ちょいと違う。おめえらには、ここに妙な性根がある。おれは、そこが気に入ってる。鍋島《なべしま》みてえに、そこが気どっていやがって気に入らねえ、という唐変《とうへん》木《ぼく》もいるがな」

と、初瀬は指先で自分の胸を突いた。

鍋島とは、初瀬と同じ南町奉行所臨時廻り方の朋輩同心・鍋島小右衛門《こえもん》である。

初瀬と鍋島は、反りが合わないらしい。

でだ——初瀬が続けた。

「昨夜の斬り合いが、中洲の大川端にまでおよんで、騒ぎに気づいた茶屋の者が、真っ暗な川縁で、天一郎さん、と呼ぶ声を聞いたそうだ。間違えなく、天一郎さん、和助さんをなんとか、と聞こえたとな。まだある。竿みてえに背の高いのと、小《こ》兵《ひょう》だが、がっしりした身体つきの二人の影を、何人かが見ていて、そいつらも殴りこみの仲間らしいことはわかっている。訊きてえのは、それをおめえらは、どう思うかってことさ」

「ほう、さようでしたか。同じ名前の者、同じ姿形の者が、世間にはやはりいるものでございますね。ですが、諸国一人の集まる江戸ですから、そういうことがあり得ないわけではないのかな、そんな偶然があるんだな、という気がいたします」

天一郎がさらりとこたえると、初瀬が唇をへの字に結んで、睨みつけた。

それから、ふん、と鼻先で笑った。

手先へ顔をひねり、「偶然だとよ」と、嫌味ったらしく言った。

手先は顔をしかめ、町方の御用のときだけ持つことを許される十手《じって》で、月代をぽ

りぽりとかいた。

「冗談じゃねえぜっ」

初瀬が怒鳴った。吃驚《びっくり》した手先が、十手を落として、慌てて拾った。すると、

「と、言いてえところだが、まあ、権太郎と手下どもが、破落戸同士の刃物三昧《ざんまい》で

何人くたばろうと、こっちは一々かまってられねえ」

と、途端に気だるげな語調に変えた。

「かえって、町民に迷惑をかける破落戸が減って、少しは住みやすく、なるんじゃ

ねえかと、思っちゃいるんだがな。なあ、春次《はるじ》」

十手を拾った手先の春次が、「へ、へい」と、決まり悪そうにかえした。

「この一件は、そのうち、どこの誰の仕業かわからねえままになる、とおれは踏ん

でいる。けどな、破落戸でも人は人だ。何があったか、調べられるだけは調べなき

ゃあならねえ。役目上、上に報告しなきゃあならねえんだ。そこでだ、天一郎。お

めえらにかかわりがねえ、というのはわかった。ただ、かかわりはなかったとして

も、なんぞ心あたりはねえかい。もしかしたら、と思いつくような事がさ」

初瀬は、また天一郎から、修斎、三流、と見廻した。

修斎と三流は、顔を伏せた。天一郎は、初瀬の目と再び合ったところで、「そう言えば……」と言った。

「霊岸島町の茶碗鉢店で、口入屋を営む萬八という男が、中洲の茶屋や料理屋に勤める者らの請け人をやっていると聞いております。おそらく、切見世の女らも世話をしているのでは、ありませんかね。霊岸島の萬八なら、きっと、中洲の権太郎となんらかのつながりが、あると思われます」

うん？　と気だるげな初瀬の顔つきが、急に険しくなった。

「霊岸島の、茶碗鉢店の萬八かい」

知ってるかい――と、傍らの春次に確かめた。

「へい。茶碗鉢店の萬八の名前は聞いておりやす。餓鬼のころは相当の悪でやしたが、今じゃ、口入屋の亭主として、霊岸島界隈でそれなりに知られておりやす」

「ふうむ、霊岸島の萬八と中洲の権太郎か……」

「それと、萬八は、本材木町の材木問屋の朱雀屋にも、出入りをしているそうでございますね。なんでも、朱雀屋の後添えの、お津多、というおかみさんが、萬八とは懇意だそうで、朱雀屋のおかみさんが、ここのところ、萬八の店を何度か訪ねているとも、聞いております」

「本材木町の朱雀屋と言えば、老舗だぜ。老舗のおかみさんが、萬八の店を訪ねたってえのかい。なんの用で？」

「どのような用かは、わかりかねます。たぶん、おかみさんは何かの頼み事があって、その頼み事を果たす人物を、霊岸島の萬八がおかみさんに世話をしたのでは、ございませんかね。もしかしたら中洲の……」

「天一郎、おめえ何が言いたい。何を知ってる」

初瀬が、天一郎の物言いに不審を露わにした。

「相すみません。いかがわしい読売屋の、ただの勘繰《かんぐ》りでございますので」

天一郎は、頭を深々と垂れて見せた。

二

午後、初瀬十五郎と手先の春次は、楓川沿いの三四の番屋をのぞいたあと、本材木町の往来を北へとった。やがて二人は、新場橋の袂をすぎ、海賊橋に近い往来に土蔵造りの店をかまえた朱雀屋の見えるところまできた。

春次が初瀬の背中に言った。

「さすが、老舗の大店。立派な店がまえでやすね」

「ああ、大した賑わいだな」

初瀬が、懐手の袖を翻して言った。

店表の往来に荷車が停まり、大勢の人足が材木を積みこんでいた。

本材木町の往来を挟んで、土手蔵と店を手代や職人ふうの者らが、忙しそうにいったりきたりしている。土手側の柵で囲った作業場のほうから、木を打つ音やかけ声などが、賑やかに聞こえた。

「今の主人の清右衛門は、五代目の、明暦のころからの老舗だ。本家は京で、そっちは室町から続く材木問屋さ。老舗中の老舗だぜ」

「へえ。その老舗の、他人も羨《うらや》む裕福な暮らしをしているおかみさんなのに、金持ちは金持ちなりに、思い悩む事があるんすかね」

「どうだかな。ちょいと気になるのが、主人の清右衛門が、今、具合が悪くて、伏せっていることだ。だいぶ、よくねえらしいというのがな」

「五代目の清右衛門さんが五十二歳。五十二歳で具合がよくねえ、というのは、確かにちょいと気になりやす」

「おめえも、気になるかい」

「気になりやすね。朱雀屋の跡とりの健吉って倅が、まだ六歳でやすね。もしかして、もしかしてでやすぜ……」

と、春次の声が、あたりをはばかって小声になった。

「五代目が運悪く、病が癒えず亡くなったとしたら、健吉が朱雀屋の六代目を継ぎ、おかみさんのお津多が後見人というわけでやすね」

「まあ、普通はそうなるな」

「ところが、朱雀屋は、五代目の右腕と言われている大番頭の太兵衛が、五代目と相談してお店を仕きっており、五代目が万が一のとき、六代目を継ぐ健吉と後見役のお津多は、太兵衛を頼らなきゃあ、お店は動かせねえ。商いができねえ。ところが、お津多と太兵衛は反りが合わねえ、太兵衛は、亡くなった前のおかみさんの後添えに入ったお津多を、どういうわけか、快く思っていねえ、ときた」

初瀬の黒羽織の袖が、笑っているかのようにひらひらとゆれている。

穏やかな天気が続く、午後である。

「太兵衛は、前のおかみさんが残したお真矢という娘に婿をとらせ、六代目を継がせたいと目《もく》ろんでいるらしい、病に伏せった五代目にそう吹きこんでいるらしい、と萬八は言ってやした」

「言ってたな」

「というのも、前のおかみさんは、京のお公家筋のお嬢さま。後添えのお津多は霊岸島の平名主の娘。お津多だって江戸じゃあ立派なお嬢さまだが、上方《かみがた》のお公家筋のお嬢さまと比べたら、少々鄙《ひな》びたところは否めねえ。太兵衛は、人柄や気だてよりも、お血筋とかにうるさく、お血筋から言やあ、老舗の朱雀屋はお真矢が婿を迎えて継ぐべきだと、譲らないらしいとか」

「大番頭は、そんなに頑《かたく》なのかね」

「お津多は、それで思い悩んでいる。けど、太兵衛のほうも、思わくどおりにはいかねえ。肝心のお真矢が、とんでもねえわがまま娘、どうしようもねえ不良娘で、あんなろくでもねえ娘を朱雀屋のおかみさんに据えたら、朱雀屋はがたがたになっちまうだろうと、萬八が言うんだから」

「ふん、読売屋の天一郎が、喜びそうな筋書きだな。だが、萬八が言うのは、あんまりあてにはならねえぜ」

初瀬は、後ろの春次へ顔だけをひねり、笑った。

初瀬と春次は、築地の末成り屋から、霊岸島町の茶碗鉢店へ向かった。

口入屋の萬八は、昨夜の中洲の一件は、むろん、知っていた。

「今朝方聞き、驚きやした。つい先日も中洲の店を訪ね、口入れの件で談合したばかりなんで。あんなに威勢のよかった男が、呆気《あっけ》なく命を落としたと聞いて、儚《はかな》いもんだなと、なんだか、身に沁みやした」

「ああいう人でやすから、評判は確かに悪いが、あっしらも口入屋なんで、相手が誰であろうと、これこれの人を、と頼まれりゃあ請けやすし、談合だってやらなきゃあ、仕事になりやせん。ただ、権太郎さんは人使いが荒っぽくて、よく苦情が出て、それでもめたことはありやす」

「ちょっとおっかねえ人らしいという噂は、聞いておりやした。でやすから、仕事以外のつき合いは、何もありやせん。気の毒には思いやすが、つき合いがなくてよかったなと、思っておりやす」

萬八は、包み隠す様子はなく、あっさりとこたえた。

朱雀屋の女房のお津多とのかかわりを、それとなく訊ねると、五代目の主人の清右衛門が病で伏せっていることや、亡くなった前の女房の娘のお真矢の素行、倅の健吉の跡継ぎの事情で悩んでいるらしい経緯を、聞かされた。

だが、老舗ではあっても、所詮《しょせん》は一商家の事情にすぎず、不審なところは、特段うかがえなかった。

ただ、初瀬は、ふと、天一郎は何を言おうとしていやがったのかな、と腹ごなれの悪さを末成り屋を出てからずっと覚えていた。

思わせぶりに、中洲の権太郎と霊岸島の萬八、そこに本材木町の老舗材木問屋・朱雀屋の女房のお津多の名を、ほのめかしやがった。あたかも、昨夜の、中洲の権太郎の一件と、萬八とお津多が、かかわりがあるかのように……

そんな、馬鹿ばかしい。あり得ねえぜ。

突拍子もねえ、と思いつつ、何かしら、腹ごなれが悪くすっきりしない。

初瀬は、人通りの多い往来の、朱雀屋の店表までできた。土蔵造りの立派な店がまえを見上げ、

「春次、入えるぜ」

天一郎がやっていたように小銀杏を整えつつ、前土間へ踏み入った。

お仕着せの手代や小僧らが、いっせいに黒羽織の町方の定服を着けた初瀬へふりかえり、そこここから、「おいでなさいまし」と、声が上がった。

小僧が折れ曲がりの土間から小走りに駆けてきて、初瀬に辞宜をした。

「お役人さま、ようこそ、おいでなさいまし。ご用件を、おうかがいいたします」

小僧が、甲高い幼い声で、たどたどしく言った。

「小僧さん、こちらは南町奉行所の初瀬十五郎の旦那だ。おかみさんに、ご用の筋で訊ねてえことがある。案内を頼めるかい」

春次が小僧に十手を見せて、言った。

「はい。おかみさんに、南町奉行所の初瀬十五郎さまが御用の筋で、お訊ねでございますね。ただ今、ご案内いたします。大番頭さん、大番頭さん、お役人さまの南町奉行所の初瀬十五郎さまが、おかみさんに、御用の筋でお訊ねでございます」

小僧が、店の間へ甲高い声を投げた。

言い終わらぬうちに、店の間に続く帳場格子のある部屋から、お仕着せに地味な紺羽織を着けた年配の男が、老いた背中を少し丸めて、店の間に進み出てきた。

店の間の上がり端《はな》に手をつき、慇懃《いんぎん》に言った。

「わざわざのお運び、畏れ入ります。朱雀屋の大番頭を務めております、太兵衛と申します。お津多さまに御用の筋、うけたまわりました。早速、お津多さまに伝えますので、少々お待ちくださいませ。仙吉《せんきち》」

と、小僧へ呼びかけた太兵衛に、初瀬が言った。

「あんたが朱雀屋の大番頭の太兵衛さんか。名前は聞いているぜ」

「はい。お見知りおきを、お願いいたします。これ、仙吉、初瀬さまとお連れさまを、部屋へご案内し、おかみさんに……」

太兵衛は手をついたまま、小僧を促した。

店の裏から、小僧の仙吉からお蝶という女中に案内が代わった。

南向きの明るい客座敷に通された。

明障子が開けられ、濡れ縁の先に、広くはないが、黒板塀に囲われた手入れのいき届いた庭が眺められた。石灯籠と緑の築山《つきやま》があり、垣根のそばの松の木と孟宗竹が、風情のある枝ぶりを見せていた。

武家屋敷ではないので、床の間や床わきのある書院ではないが、襖絵や欄間、天井、壁に設えた棚や花活けの容器などに、贅《ぜい》が凝らしてある。

お蝶が初瀬と春次に茶菓を出し、ほどなくしてお津多が現われた。

お津多は背が高く、歳のころは三十前後。目鼻だちは美しいと言っていいほどの年増だった。しかし、どこか影があって、目だたない器量に思われたのは、お津多の抱える屈託のせいかもしれなかった。

痩せた身体にまとった赤紫の、白く抜いた裾模様の小袖が、裕福な暮らしの艶《あで》やかさより、暗みをさえ感じさせた。

器量はいいのに……

と、初瀬はつい余計な気を廻した。

「朱雀屋清右衛門の女房の、津多でございます。お役目ご苦労さまでございます。御用の向きを、おうかがいいたします」

案外に低い声で、お津多は言った。

初瀬は改めて名乗り、「早速だが」と、きり出した。

「おかみさん、霊岸島町の茶碗鉢店で口入屋を営む、萬八という男をご存じだね」

「はい、存じております」

「萬八とは、どういう所縁なんだい」

「朱雀屋の一季や半季の奉公人、また、材木問屋の仕事柄、人手が多くいるときなどがございますゆえ、そういう折りの人手の仲介を、頼んでおります」

「では、萬八とは、こちらへ嫁入りをなさってからのお知り合いで？」

「そうではございません。じつはわたくし、霊岸島の平名主・藤四郎《とうしろう》左衛門《ざえもん》の家の者でございます。育ちましたのは、霊岸島町とその界隈にて……」

「ああ、藤四郎左衛門さんの娘さんかい。藤四郎左衛門さんはお会いしたことはねえが、名前は聞いている。そうかい、藤四郎左衛門さんのな」

「萬八さんは、五つ六つ歳が上で、まれに町内でお見かけしましても、言葉を交わしたこともございませんでした。ただ、子供のころもそうですし、口入屋や人寄せ稼業をお始めになるずっと前は、何を稼業になさっているのか存じませんでしたから、お顔と名前ぐらいは知っておりましたけれど、知り合いという間柄では、ございませんでした」

「もっともだね。口入屋を始める前の萬八は、あまり柄のいい男じゃなかったそうだ。名主さまのお嬢さま育ちのおかみさんが、知り合う相手じゃねえ。つまり、顔ぐらいは知っていたが、朱雀屋さんに嫁入りするまでは、別段、知った間柄じゃなかったってえわけだね」

「はい……」

お津多は、ひと重のきれ長な目に、冷めた表情を浮かべた。町方風情が、というような目つきに、見えなくもなかった。

惜しいな、と初瀬はまた余計な気を廻した。

「朱雀屋さんに嫁入りなさってから、萬八のところに奉公人の仲介を、だいぶ頼んでいなさるようだね」

「清右衛門に嫁ぎましてから、萬八さんが朱雀屋に出入りなさっているのを見かけて、あのときの、と子供のころを思い出しましてね。なんとはなしに誼《よしみ》を覚え、ほかにもお頼みしている口入屋さんはございますけれど、どうせなら、萬八さんのところで、と思ったものですから。今、奉公している女中のお蝶と、倅の健吉のお守り役のお留は、萬八さんの仲介で雇い入れました」

「健吉さんとは、朱雀屋さんの跡とりの、健吉さんだね」

お津多は、顔を背《そむ》けるように頷いた。

「確か、二、三日前、茶碗鉢店の、萬八の店にいかれやしたね。それは、どういう用件だったんで」

「あ、はい。健吉も六歳になりましたので、読み書き算盤をそろそろ習わせたいと思っております。ですが健吉には、商いのための習い事だけでなく、人としての素養を身につけるため、武家の子が通う私塾へもいずれは通わせるつもりでおります。そのための師匠を探してくれるように、頼んだのです」

「なるほど。健吉さんはいずれは朱雀屋さんを相続し、本店別店合わせて数百人の奉公人の主に就く人だ。人の上に立ち、大勢の使用人を率いていかなきゃならねえ主として、読み書き算盤ができるだけじゃあ、物足りねえ。やはり、それなりの人物でなきゃあね」

初瀬は、ふんふん、と頷き、明障子を開け放った庭へ、目を遊ばせた。と、店のどこかから、人の呟きこむ弱々しげな声が、小さく聞こえた。

あ、あれはもしかして、と思ったときだった。

「初瀬さま、お訊ねしてもよろしいでしょうか」

お津多が、冷たくねっとりとした目を向けた。

「どうぞ」

「萬八さんについてお訊ねなさいますのは、なんぞ不審な事情が、萬八さんにあったからでしょうか。萬八さんに、何があったので、ございますか」

「そうじゃねえんだ。詳しい事情を話すわけにはいかねえが、今、さる人物の周辺を探っているところで、たまたま、そいつに萬八が口入れの仲介をしていた。だから、念のために訊きこみにいったのさ。萬八も口入業だけのかかわりだと、言っていた。仕事だから、頼まれりゃあ、請けるさ。相手が、誰であろうとな。まさか、盗人や殺し屋を仲介してくれと、頼まれたわけじゃねえだろうからな」

初瀬は、お津多へひと重の目をそそぎ、お津多は目を背けている。

「で、最近は、どういうところから請けているか訊ねたところ、その中におかみさんの名前が出たんでね。これも念のために、うかがったまでさ。こういう仕事柄、裏をとらなきゃならねえんでね。あくまで念のためだから、おかみさんが気にするほどの事じゃねえ。心配はいらねえ」

お津多は、目を背けたまま、かすかに眉をひそめた。

初瀬は、この女は何かを隠している、という気がした。またどこかで、弱々しげな咳が聞こえる。お津多の機嫌をとるように、話を変えた。

「おかみさん、ご主人の清右衛門さんが、ご病気とうかがいやした。清右衛門さんのお加減は、いかがで?」

え? あ、はい――お津多は意外な事を訊かれた、という顔つきを見せた。

「春の初めにひいた風邪をこじらせ、それが少し長引いているようでございます。元々、身体は丈夫なほうではなかったようですし、もう歳ですので、すっかりよくなるまで、しばらくは養生させることに……」

お津多は、言葉を淡く消した。

「そうかい。朱雀屋さんほどの大店になると、ご主人の代わりにおかみさんが務めないといけない役割が沢山あるだろうから、大変だね。跡とりの健吉さんの母親としての役目もあるし、おかみさんが重い荷を背負っていかなきゃならねえ」

「いいえ、わたくしなど、何もできません。何もかも、大番頭の太兵衛さんにお任せしております。言われたことをこなすのが、精一杯でございます」

「確か、前のおかみさんの残された娘さんが、いたね。ええっと、名前は……」

「お真矢さん、でございます」

「そう、お真矢さんだった。お真矢さんは幾つになったんだい」

「十八歳で、ございます」

「十八なら、もう大人だ。おかみさんとは、親子というより、姉妹みてえな年恰好だから、おかみさんの手助けに、なってくれるんじゃねえのかい」

「どうでしょうか。あの人は、ご自分の事しか頭にない人ですから。父親が養生中でも、全部わたくしに押しつけて、世話のひとつもなさいません。女房の役目ですから、かまわないんですけれど」

「噂じゃあ、だいぶ活発なお嬢さんだそうで」

「活発と申しますか、わがままな方です。わたくしが何を言っても、聞いてくれませんし。半月ほど前から、大宮《おおみや》の縁者の家に遊びにいって、戻ってまいりません。父親の養生の世話より、お花見やら芸事の手習いやらで、お忙しいんでしょう」

お津多のよそよそしい言い方に、角が感じられた。

「ほう、半月ほど前からね……」

「お真矢さんは、後添えに入ったわたくしが、お嫌いなんだと思います。お真矢さんは、いずれ婿を迎えて朱雀屋の女房になり、朱雀屋の商いから財産のすべてをご自分のものにするおつもりでしたのに、わたくしが、健吉を産んだものですから、健吉が朱雀屋の跡を継ぎ、思わくどおりにいかなくなることが、きっと許せないのです。ですから、わたくしを、恨んでいらっしゃるのです」

「そんなことは、ありませんよ」

初瀬は、お津多の言葉の険しさをなごませるつもりで言った。すると、

「そうなのでございますか？　ご存じなので、ございますか？」

と、お津多の険しい眼差しが向けられ、思わず、初瀬はたじろいだ。

後ろの春次が、えへん、と咳払いをし、すくめた両肩の間に首を埋めた。

惜しいな、と初瀬は思った。


「いや、驚いた。女房があんなふうに思っているとは、意外だったぜ」

海賊橋のほうへとった本材木町の往来で、初瀬は春次に言った。

「あっしも、ずいぶんな事を言うおかみさんだなと、思いやした」

春次が初瀬の背中にこたえた。

「なんだか、胸の奥にだいぶ屈託を仕舞いこんでいる様子だったな。器量よしなのに、惜しいぜ」

往来は午後の白い日射しが降り、人通りで賑やかだった。

「旦那、これからどちらへ？」

「上に形だけでも報告しなきゃあならねえ。権太郎の縁者がいそうな雑司ヶ谷で、訊きこみをする。どうせ無駄だがな。戻りは暗くなるぜ」

「雑司ヶ谷でやすね。承知」

二人は海賊橋の西詰まできて、橋に背を向け日本橋のほうへ通りを折れた。

三

お津多は、自分に腹がたった。苛々するのを、抑えられなかった。

自分よりも、萬八にはもっと腹がたった。首尾よくいかず、その手ぎわの悪さに不満を覚えた。偉そうに悪ぶっても、所詮は、大した事のできない小物だと思った。あの程度の破落戸《ごろつき》に、話を持ちかけた自分が馬鹿だった。

初瀬という小役人は、油断がならない。大した用でもないのに、訊きこみにきたことが、かえって不気味だった。

黒光りのする廊下の先の、内蔵の錠前を、がちゃ、と音をたててはずした。内蔵の鍵は、主人の清右衛門と大番頭の太兵衛だけが持っている。

後添えのお津多には、わたされなかった。

鍵は三つある、と聞いている。もうひとつは、前の女房が持っていた。そのひとつは今、どこにあるか、お津多は知らなかった。

内蔵には、朱雀屋が明暦以来の百年を超えるときをかけて蓄えた金貨銀貨、銭が仕舞ってある。朱雀屋には、金貨銀貨、銭を合わせて、十万両を超える財産が内蔵に蓄えられていた。

江戸に大火があるたび、朱雀屋の富は、燃え盛る炎のように膨らんでいった。

この三年、お津多は何度か、病に伏せった清右衛門の目を盗んで内蔵の鍵を持ち出し、内蔵の金箱の中から、二十両、三十両、と入用を持ち出した。

これだけの金が眠っているのだから、少しならわかりはしないだろうし、たとえわかったとしても、わたしは主人の女房だと思った。

それにどうせ、人の不幸で儲けた金じゃないの、とも思った。

入用の金は、清右衛門か、大番頭の太兵衛に言えば調《ととの》えられた。だが、それも一度や二度なら言いつくろえるが、三度、四度、とは続けられなかった。

金は、殆どが小平了楽の無心に応じるためだった。

小平了楽への融通は、清右衛門や太兵衛のみならず、小平家に対しても表沙汰にできなかった。了楽はお津多に、

「金が要る」

と、おまえの腕の見せどころだぞ、と言わんばかりだった。

そしてこの三年、了楽に用だてた金が戻されたことはなかった。

清右衛門が病に伏せる折りが増えてから、お津多は清右衛門の看病をしつつ、清右衛門の鍵をこっそり持ち出して、内蔵の金を使い始めた。

健吉のためと思えば、後ろ暗さはたちまち晴れた。

お津多は、手燭を掲げて、暗い内蔵へ入った。暗がりにこもった冷気が、お津多のうなじをなでた。

戸を閉め、ひとつの金箱を開けた。

二十五両ずつに帯封をした小判が、手燭の明かりの下で、黄金色に輝いた。ため息が出た。これがみんな健吉のものになる、誰にもわたさない、と思った。

四つを急いで袖に入れた。五つ目に手をのばし、はっ、として引っこめた。

何をしているの、と自分を責めた。

「おかみさん、それは何にご入用でございますか」

いきなり、後ろから声をかけられた。

お津多は、叫び声を堪えて、素早くふりかえった。太兵衛が、引戸が開いたままの外から射す明るみの中に、佇んでいた。老いてふっくらとした身体を少し前かがみにし、膝に手をあてがい、畏まっていた。

戸が開けられたことも、内蔵の中が薄《うつす》らと明るくなったことにも、お津多は気づかなかった。

「あら、太兵衛さん、いつからそこにいたの。びっくりさせないでくださいな」

太兵衛は、黙ってわずかに顔を伏せた。

「おかみさん、この内蔵は、旦那さまとわたくし以外、入ることは許されておりません。ここには、朱雀屋がこれまでに蓄えてきた金銀銅、並びに両替商の運用に任せております金子の証書などを仕舞っております。朱雀屋の全財産であり、商いの元手なのです。ですからここには、おかみさんといえども、断りなく入っていただいては困るのです」

「わかっています、そんなことぐらい。でもね、太兵衛さん、うちの人があんな状態ですから、女房のわたしとしては、心配をかけたり煩わせたりは、したくないんです。お店を任せている太兵衛さんにお手間をとらせるのも、気が引けるものですから、やむを得ず入らせていただきました」

お津多は金箱の蓋《ふた》を、激しく閉じた。

「では、旦那さまには黙って、鍵を持ち出されたのでございますか」

「あ、あとで、うちの人には、事情を、は、話すつもりだったのです」

「そうでございますなら、お袖にお入れになったお金は一旦お戻しいただき、これから旦那さまのところへおうかがいいたし、お許しをいただいてから、改めてお持ちいただきますように、お願いいたします」

「うちの人には、あとでわたしのほうから話すと言っているでしょう。太兵衛さんは主人の女房の言う事が、信用ならないのですか」

「そうではありません。たとえおかみさんであっても、それでは、示しがつかないと、申し上げております。何とぞ、旦那さまに……」

「これからお店の用事で、でかけなければならないのです。うちの人には、帰ってから話すつもりです」

「お店の用事で、こっそり内蔵に入られ、お店のお金を持ち出されるのでございますか。ならば、どのような用事でどなたとお会いになるのか、お教え願います」

「太兵衛さん、あなたは朱雀屋の奉公人なんですよ。ここにあるものは、朱雀屋の五代目の、清右衛門のものなんです。清右衛門のものを、女房のわたしがどうしようと、奉公人のあなたの指図は受けません」

「何とぞ、旦那さまのお許しをいただくように、お願いいたします」

「いい加減にしなさい。何度も言わせないのっ」

お津多の激しく甲走《かんばし》った声に、太兵衛はたじろいだ。お津多の荒い吐息に、手燭の炎が震えていた。

内蔵は、重たく長い沈黙に包まれた。

やがて太兵衛は、気をとりなおして、「おかみさん……」と言った。

「先ほど、初瀬十五郎という町方のお役人さまが、ご用の筋でこられましたが、どのようなお訊ねだったので、ございましょうか」

「そんなこと、奉公人の太兵衛さんに、なんのかかわりがあるんですか。なぜ、太兵衛さんに、ほ、報告しなければ、ならないのよ」

お津多は、大きく胸をはずませた。

「お許しください。出すぎたことをお訊ねいたしました。ですが、少々、気になる噂が聞こえております。昨日の真夜中、中洲の権太郎というやくざが、仕きっている賭場に殴りこみをかけられ、権太郎を始め、手下ら十数名が斬られたそうでございます。ほぼ全員が命を落とす、凄まじい斬り合いだったとか。その権太郎と、霊岸島の萬八さんが、ここのところよく会っていた、という噂でございます」

「なんなんですか、それは。わたしが、中洲のやくざの権太郎と、かかわりがあるとでも、仰りたいのですか」

「滅相もございません。ですが、年寄りは心配性でございます。こののちは、萬八さんとは、あまりお会いにならないほうが、よろしいかと」

太兵衛は肩を落とし、頭を垂れた。

「失礼ね。そこをどきなさい」

お津多は、手燭の明かりをふっと吹き消した。そして、太兵衛を残して内蔵を出て、ひたひたと廊下を歩み去った。

お津多は、新川沿いの伊勢大神宮社の境内にいた。人目のつかない、植えこみの木々の陰になった瑞垣《みずがき》わきに佇《じ》んでいた。

少し待たされて焦れたところに、萬八が雪駄を鳴らし、小走りに神宮社の鳥居をくぐってきた。

瑞垣のそばの木陰に佇むお津多を見つけ、白々しい笑みを投げた。着流しの裾を翻し、素足につけた雪駄を、だらだら、と鳴らした。

「これはおかみさん、こんなところで、どうなさいやしたか」

と、お津多へ腰を折り、笑みのまま言った。

「萬八さんの店に出入りしているところを、人に見られたくなかったんです。こうしたほうがいいと、思ったんですよ」

「ほう。人に見られたくなかった、とは、それはまたどういうご事情で」

「町方が、きました。萬八さんのところへも、いったんじゃないんですか」

「やっぱり、いきやしたか。南町の、初瀬十五郎という廻り方でやすね。昼前、うちにきやした。しつこく訊きやがった」

「何を、訊かれたんですか」

「何をって、おかみさんにはかかわりのねえ事を、ですよ」

「かかわりがないのに、町方はどうしてわたしのところへきたの。萬八さんとはどういうかかわりかって、訊かれましたよ。あなた、二、三日前にもわたしが訪ねてきたと、言ったんでしょう」

「そんな余計なこと、あっしが言うわけねえでしょう。町方が嗅ぎ廻って、どっかで聞きつけたんですよ。向こうが訊くから、そうだってこたえましたよ。別に、隠さなきゃならねえ事情じゃねえ。おかみさんは、口裏を合わせたとおりに仰ったんでしょう」

「あたり前じゃないですか」

「じゃあ、それでいいじゃねえですか」

「それでいいだなんて、簡単に言いますね。わたしがどれだけ気をもんでいると、思っているんですか」

萬八は、袖に手を差し入れ胸の前で拱《こまぬ》いた。雪駄を乾いた地面に摺りつけ、社殿のほうへ視線を逃がした。

鳥居と社殿の参道をいききする、参詣人の姿が見えた。社殿に吊るした大鈴が鳴らされ、柏手《かしわで》を打つ乾いた音が聞こえてくる。

新川界隈は、下り酒を扱う酒問屋の多い土地柄である。勤めの合間を縫って、参拝にきたらしい、お仕着せの手代ふうの姿もあった。

お津多は、そういう参詣人からも顔がわからないように背を向け、木陰に身をひそめている。そんなふうにすると、かえって目につきますぜ、と萬八は口には出さなかったが、せせら笑うように顔を歪めた。

「萬八さん、大番頭の太兵衛に言われたんですよ」

「うん？　じじいが、何を言いやしたか」

「昨日の真夜中、中洲の権太郎というやくざが、大勢の仲間と一緒に斬られたそうです。その権太郎というやくざと萬八さんにつき合いがあると、太兵衛が噂を聞いているんです。ですから、萬八さんとのつき合いはやめたほうがいいと、太兵衛に言われたんです」

萬八は眉をひそめ、お津多の眼差しを押しかえした。お津多は、萬八の目をそらして続けた。

「町方は、さる人物を探って、その人物と萬八さんにつながりがあるから、訊きこみをしている、そして、わたしのところへもきたと言っていました。町方の探っている人物とは、中洲のやくざの、権太郎のことじゃ、ないんですか」

「だったら、それがどうしやした？」

「だったらって、も、もしかしたら、権太郎というやくざは、小娘の始末を頼んだ相手では……」

「おかみさんは、そんな事は知らなくたって、いいんでさあ。権太郎が誰に頼まれ何をやったか、おかみさんが知ったところで、なんの役にもたたねえ。全部、あっしに任せておきなせえ。そう言ったでしょう」

「任せたから、こうなったでは、ありませんか。町方に乗り出されると、人目が増えて面倒な事になると言っていたのに、町方が乗り出したじゃ、ありませんか。おまけに、肝心の事は縮尻ったなんて、玄人に頼んだんじゃなかったんですか」

「こういう事はね、その場その場の事情によって、見通しどおりにいかず、縮尻ることもありやす。縮尻ったら縮尻ったで、次の最善の手を打つのが、玄人なんでやす。うまい具合に、権太郎は子分らと共に、お陀仏《だぶつ》だ。たとえ逃げた三下がいたとしても、何もできやせん。破落戸が十数人、斬られた。それだけの事だ。一ときは噂になっても、そんなこと、すぐに忘れて仕舞いやす」

お津多は眉間に深い皺を刻み、うな垂れた。

「縮尻ったから、小娘だって、どっかで無事なんでさあ。早え話が、おかみさんは何もやってねえって、ことじゃねえですか。つまり、この一件は、あっしらが動かなきゃあ、表沙汰にしなきゃあ、何も起こっていねえってことだ」

「だけど、小娘がひそんでいた読売屋の男は、末成り屋の和助と言いましたね。そっちのほうは……」

「思うに、昨夜の一件は、末成り屋の仕業だ。やつらが、権太郎らをやった。そうとしか思えねえ。どんなやつらかよくわからねえが、やつら、ただの鼠じゃあるめえ。昨夜の手口は、やくざよりも、あぶねえぜ」

萬八は呟きながら、そのとき、ふと、おととい、馬喰町の吉田屋の太助と名乗った読売屋が、朱雀屋のお津多とのかかわりを訊きにきたことを思い出した。

なんであの男が、唐突に現われたんだ、と訝しく思った。

まさか、あいつ。いや、それはねえ、ねえだろう……

腹の中で自分に言い聞かせた。

「萬八さん、その末成り屋のほうから、もれる心配はないんでしょうね」

「ありやせん。やくざとは言え、十数人も人を斬ったやつらが、事の経緯を町方におおそれながら、などと訴え出るわけがねえでしょう。それに、小娘とあっしらの間にいた権太郎は、消えちまったんです。要するに、どう勘繰ろうが、どう言いたてようが、小娘とあっしらをつなぐ証拠は、何もねえ。あっしらが、ばらしさえしねえ限りはね」

お津多は、深い皺を刻んだ眉間に、指先をあて思いつめている。

「いいですか。おかみさんは、末成り屋とのかかわりは何もねえし、名前すら知らねえことにしとかなきゃあ、だめですぜ。それから、小娘の始末は、諦めるしかありやせんね。その手はもう使えねえ。まあ、太兵衛のじじいが言うとおり、あっしのところへもしばらくはこねえほうが、お互いのためかもしれやせんね」

言いながら、萬八は、餓鬼のころの、町内で遇《あ》っても声さえかけられなかった名主のお嬢さまのお津多を、思い浮かべた。五つか六つ歳下の、綺麗な童女だったあのころの面影は、今も十分残っているのに、惜しいぜ、と思った。

「ただ、だからと言って、あっしとおかみさんの縁がきれたとは、勝手に決めつけねえでくだせえよ。大川に突き落としたり、材木を倒したり、いろいろやったが上手くいかなかった。で、次の思いきった手を打った。いいんですか、とあっしは確かめやしたぜ。お互い、あぶねえ橋を渡ることは十分承知だった。渡ってしまったからには、あと戻りの道はありやせん。おかみさん、あっしだけが損な目に遭って、それで済むなんてことは、決してありやせんからね」

「馬鹿ばかしい。なんで、こんなふうになるの」

お津多は、眉間に指先をあてたまま、苛だたしげに言った。

それから、怒気を含んだ眼差しを萬八へ投げつけ、鳥居のほうへそそくさと歩んでいった。

その後ろ姿を見て、やっぱり惜しいぜ、と萬八はまた思った。

四

銀座町三丁目の料理茶屋《藤井》には、西日の影が小路に長く落ちる夕方の七ツ前に着いた。門から長暖簾を垂らした表口までの、踏み石を並べた前庭に、黒塗りの駕籠《かご》が停まっていた。

了楽の、見慣れた御忍《おしのび》駕籠である。

女中のお蝶に、夕六ツすぎに藤井へ迎えにくるように言って、京橋でわかれてから道を急いだため、お津多の胸は少しはずんでいた。

袱紗に包んだ百両は、袖に入れてきた。袖に加わる百両の重みが、お津多の不安な心もとなさを支えていた。

髪の乱れや化粧が気がかりだったし、気も急いた。

顔なじみの女中に、藤井の二階の、いつもの座敷へ案内された。

「ふむ、入れ」

了楽の太い声が聞こえ、女中が次の間に続く襖を開けると、広い座敷に、了楽が

ひとりで膳についていた。お津多は、了楽の前に形のごとくに手をつき、

「大殿さま、お待たせいたしました……」

と、辞宜を述べた。

「よいよい。堅苦しい辞宜《じぎ》は無用。待ちかねた。お津多、近う寄れ、近う……」

了楽に手招かれ、お津多は了楽の傍らへ進んだ。

「ただ今、お膳の支度を」

と、さがりかけた女中に、お津多は膳を断わり、朱塗りの提子《ひさげ》をとって、「大殿さま、どうぞ」とさした。

「ふむ、いただく。お津多、膳はよいのか」

「大殿さまのおそばにいられるだけで、今日はなぜか胸が苦しくなって、何も喉を通りそうにありません」

少し、甘えかかるように言った。杯に、ほんのりと色づいた酒を満たした。

「そうか、胸が苦しいか。ならば、帯をほどいてもかまわぬぞ。お津多が着いたのがわかったから、供の梶山と園田はさがらせた。呼ぶまでこぬ」

了楽は、お津多へ流す目をゆるめた。お津多の肩へ腕を廻し、抱き寄せた。

お津多は膝をくずし、了楽の身体に寄り添った。そこでやっと、不安な心もとな

さがわずかに薄らいだ。自分への苛だちと腹だたしさを、忘れた。

了楽の肩に丸髷を凭れかけさせ、了楽がゆっくりと杯を口に運ぶ仕種を見た。力や我慢が、身体の中から抜けていった。

了楽は、半ばまで呑んだ杯を膳におき、お津多の肩を強く抱いた。襟の間から手を差し入れ、少し汗ばんだ肌に五指を這わせた。お津多は身を任せた。

了楽が愛おしいのではなく、不安な心もとなさの薄らぐ心地がよかった。

「お津多、金の支度は、できたか」

了楽に、丸髷の上から低く言われ、苛だちと腹だたしさを思い出させられた。

お津多は、投げやりな気持ちになって頷いた。

ずっしりと重い袱紗の包みを、袖からとり出した。「これを……」と、袱紗包みを、無造作に了楽の膝の前においた。

了楽は、お津多の肩を抱いたまま、片方の手を差しのべ、包みを解いた。帯封の四つの小判を見て、

「ふむ。造作《ぞうさ》をかけた」

と、言っただけだった。

家臣の拵えた借金のために、と言ったことは、おくびにも出さなかった。お津多

にとっても、了楽に用だてる理由など、どうでもよかった。

「大殿さま、御用だてした証文をいただかしてくださいませ」

「いつもどおり、用意しておる。あとで梶山がわたす」

苛だちと腹だたしさが、またお津多を責め始めた。

「健吉とお夕紀さまの、婚姻のお約束は、大丈夫でございましょうね」

「話は進めておる。夕紀が朱雀屋の六代目の許嫁になることは、間違いない」

「倅・健吉とお夕紀さまが縁を結び、朱雀屋と小平家が結びつきをいっそう強め、ご当主・時之介さまに健吉の後ろ盾になっていただければ、健吉にとってこれほど晴れがましい事はございません。健吉が朱雀屋を継ぎ六代目となりました暁には、小平家にも、大殿さまにも、十分なお礼をさせていただきます」

「頼むぞ、お津多」

「ただ……」

言いかけたお津多の唇を、了楽の酒の匂う唇が乱暴にふさいだ。寝間は座敷の隣の部屋に、いつも支度されていた。

半刻と少々がすぎた。

快楽のときが虚しくすぎると、慌ただしく帰り支度をしなければならない。迎えにきたお蝶に、乱れた丸髷をなおさせ、お津多は、何事もなかったかのように、本材木町の朱雀屋へ、今宵も帰るのだ。

だが、快楽のときがすぎると、自分が苛だちと腹だたしさの中にいることを、夢から覚めたように、お津多は思い知らねばならなかった。

お津多は、了楽の胸にぐずぐずとすがっていた。

部屋の明障子に残る夕刻の明るみを、ぼんやりと見ていた。小路をゆき交う下駄の音が、聞こえてくる。

すると、了楽が気だるげに訊いた。

「お津多、清右衛門の病は重いのか」

お津多はぼんやりとこたえた。

「とても……」

「苦しんでいるのか」

頷いた。

「三年前から、清右衛門は寝たり起きたりだった。具合の悪い清右衛門の代役で、女房のおまえがきて、わたしとおまえは、睦《むつ》まじゅうなったのだったな」

また頷いた。

「もう、長くはなかろう」

「たぶん……」

「どうせ長くないのなら、苦しませず、楽にしてやったらどうだ」

了楽は、花の枝でも手折《たお》るかのように言った。

しかし、お津多の胸は、とん、と鳴ったのだった。続けて、とんとんとん、と打ち始めた。身体中の血が、一度に退《ひ》いた。耳鳴りのように、声が続いた。

楽に、と……

「あれほどの大店の主でありながら、清右衛門は優柔不断な男だな。自分の身体のことぐらい、わかっていそうなものだ。六歳とはいえ、健吉は跡継ぎだ。お津多が後見人になり、六代目に朱雀屋を譲り、のちのちの憂いのないようにとり計らっておくのが、男の仕舞い支度というものだ。それができぬ男なのだから、周りの者が代わって事を進めてやるしかあるまい」

了楽の笑い声が、寝間の畳に低く、不気味に這っていった。

お津多は沈黙し、胸のときめきを聞いていた。

「清右衛門が大店の主らしくちゃんとせぬから、太兵衛のような古狸に、つけこまれる。お津多が心配するのは、当然だ。太兵衛は、清右衛門の前の女房の、公家の血筋を盾にお真矢に婿を迎えて店を継がせ、本音は、清右衛門亡きあと、自分が朱雀屋をほしいままにする狙いなのだ。お津多の倅の健吉のような正統な血筋が、六代目を継ぐのはかえって具合が悪いのだ」

なおも、黙っていた。

「倅が跡継ぎと油断し、ぐずぐずしていたら、どんでんがえしが起こりかねぬぞ。謀《む》反《ほん》の刃は、忠義面をして砥ぐものだからな。お津多、聞いておるのか」

了楽が、お津多の背中に手を触れた。

「どうすれば……」

お津多は、やっと言った。

「清右衛門が苦しんでおるときに、苦しまずに済むよう手を貸してやればよかろう。安らかに、眠らせてやるのだ」

「そんな恐い事、できません」

「恐い事ではない。まことの人助けだ。苦しんでいる者への憐《あわ》れみ、情け、なればこそのな」

了楽の低い笑い声が、また畳を這ってゆく。

お津多は、沈黙した。胸のときめきは、続いている。身体が震えた。誰かにやらせれば、とそんなつもりはないのに考えた。

霊岸島の萬八を思い浮かべ、すぐに、あんな口だけの男は駄目だと思った。

了楽の、たるんだわき腹を掌につかんで、力がこもった。

「痛い、痛い、お津多」

了楽が言ったとき、明障子に影のように暗がりが差し、座敷は闇に包まれた。

五

帰りが遅くなり、六ツ半（午後七時）近くになった。

本材木町の往来は、人通りが途絶え、宵闇にとっぷりと包まれていた。

朱雀屋の商いは、夕七ツ（午後四時）には終わっているし、奉公人たちの夕餉《ゆうげ》もとうに済んでいる刻限である。店のわきの路地を抜けて、店裏の住まいへ廻った。

清右衛門の寝間へゆく前に自分の居室に戻り、身体をぬぐい、髪や化粧をなおして、着物も着替えてさっぱりしたかった。

お蝶に着替えを手伝わせながら、清右衛門にどう言いわけするか、考えた。

昼間の内蔵の事は、太兵衛は間違いなく報告しているだろう。幅広の紋様のない竜門《りゅうもん》の帯が、きゅっと締まって、性根が据わった気がした。

お津多は帯を、ぽん、と鳴らした。負けるもんか、と思った。

そこに、健吉と子守のお留がきた。健吉は、「おっ母さん、今ごろまで、どこへいってたんだい」と、不満そうに問いつめた。

「寂しかったかい。ごめんね。お父っつあんがご病気だから、おっ母さんが代わりをしないといけないお務めがいろいろあってね。全部、健吉のためにやっている事なんだよ。我慢しておくれ。お父っつあんがよくなったら、ずっと健吉のそばにいるからね」

お津多は、健吉の小さな手を両掌に包んで言った。そうして、やわらかな前髪を指先でなで、この子はわたしの命だから、と自分に言い聞かせた。

「お留がいるから寂しかないけどさ。お父っつあんの代わりは、おっ母さんじゃなくてもいいんじゃないの。太兵衛だって、重吉《じゅうきち》だって達三《たつぞう》だっているじゃないか。みんな、おっ母さんじゃなくてもいいのにねって、言ってるよ」

お津多は、いきなり胸を突かれた気がした。大番頭の太兵衛のほか、重吉や達三も朱雀屋の重役の奉公人である。

片隅に追いやった苛だちと怒りが、一気にこみ上げた。

「だ、誰が、そんなこと、言ったの」

「おっ母さん、怒っちゃ駄目だよ。誰がって、みんな言ってるよ。お留だって知っているよ。そうだろう、お留」

お津多はお留を睨んだ。お留は首をすくめてうな垂れている。

「お留、誰がそんなことを、健吉に言ったの」

厳しい口調で質した。

「よ、よくは、わかりません。誰かが話しているのを、健吉さまがお聞きになり、あんなことを言ってると……」

お留の声が、しぼんだ。

着替えを手伝っていたお蝶も、声もなく畏まり、顔を伏せている。

「あの、おかみさん」

首をすくめたお留が、恐る恐る言った。

「なんだいっ」

「おかみさんがお帰りになる前、大番頭さんがお見えになり、おかみさんがお戻りになったらすぐ、旦那さまのお部屋へくるようにお伝えしなさいと、言われております。旦那さまのお部屋へ、お願いいたします」

「太兵衛が、そう言ったの。なぜ、さっさと言わないの」

「はい……お着替えが済むのを、待って、いましたので」

お留のおどおどした言い方が、癇《かん》にさわった。

「おっ母さん、お父っつぁんと太兵衛が、呼んでるよ」

健吉が、お留を庇って言った。

「そう。わかったよ。ちょっと、ご挨拶してくるね。お父っつぁんのご病気の世話もあるから、またあとで。いい子にしていておくれ」

健吉が、素直に頷いた。

健吉とお留を送り出すと、お蝶に「今夜はもういいから」と言い残し、清右衛門の寝間へ向かった。

住まいは武家屋敷ほど広くはないが、それでも廊下を二つ折れた奥の、以前は清右衛門が茶室用に使っていた部屋を、今は療養の寝間に使っていた。

廊下は、内蔵の戸前を通っていく。内蔵は、お津多を拒むかのように、昼間は開いていた両開きの鉄の扉が、閉じられていた。清右衛門の寝間へきて、

「お津多です。遅くなりました」

と、襖の外の廊下で言った。

「お入り」

清右衛門の嗄れ声が、ひと呼吸の間をおいてかえってきた。

清右衛門は、寝床の中で上体を起こし、寝間着の上に半纏《はんてん》を袖を通さず肩に羽織っていた。お仕着せの長着に紺羽織を着けた太兵衛が、傍らに端座し、小声で話し合っていたふうだった。

行灯の薄明かりが、衰えた清右衛門の胸元や太兵衛の背中を丸めた様子を、ぼんやりとくるんでいた。お津多へ向けられた二人の見開いた目が、嘲っているかのように感じられた。

「ただ今、戻りました」

座敷へ躙り出て、手をついた。清右衛門は、言葉をかえさなかった。太兵衛の言った、「わたしは、はずします……」の声だけが、聞こえた。太兵衛はお津多のそばへきて、「おかみさん、失礼いたします」と、手をついた。

「ご苦労さまでした」

そう言ったのが精一杯だった。目も合わせられなかった。

太兵衛が部屋を出て襖を閉じると、お津多は、行灯の薄明かりの中に清右衛門と残された。明障子が隙間なくたてられ、障子に庭の闇が映っていた。

ひそめた吐息すら聞こえるほどの静寂が、部屋を包んでいた。どこからも、物音ひとつ聞こえてこなかった。ただ、清右衛門の力のない咳が、深まりゆく闇の薄笑いのように聞こえた。

「具合は……」

と、言いかけたところに、清右衛門の嗄れ声がかぶさった。

「小平、了楽さまの、ご用か」

清右衛門の冷たい眼差しが、窪んだ眼窩《がんか》の奥からそそがれていた。お津多は目を伏せ、それを痛いと感じた。

はい——と、ひと言かえした。

「わたしも知らず、太兵衛も知らず、朱雀屋の誰も知らず、小平了楽さまは、おまえに、どんなご用があったのだ」

お津多は、大きく胸をはずませ、ひと呼吸を挟んだ。

「大殿さまのお申し入れにより、百両を、御用だていたしました」

「大金だな。それを、内蔵から、こっそり持ち出そうとしたのか」

お津多は顔を伏せ、黙っていた。

「内蔵の金は、朱雀屋の商いに使うために蓄えている財産だ。主人のわたしであっても、勝手に手をつけることはできない商いの元手だ。それをおまえは、わたしにも太兵衛にも何に使うか知らせず、勝手に持ち出した。だが、おまえの持ち出した金は、商いに使った金ではない。なぜなら、おまえは朱雀屋の商いに、かかわりがないからだ。そうだな、お津多」

清右衛門の呼吸が、荒くなった。肩が上下し、ほつれた髪がゆれた。

「小平了楽さまのお申し入れにより、百両を用だてると、わたしか太兵衛に、なぜ言わなかった」

「表沙汰にならぬようにと、それも大殿さまのお申し入れでした」

「ということは、小平家の上屋敷でも、おまえが了楽さまと会っているご用を、承知していないのか」

お津多は、頷いた。

「百両は、何に使うために、ご入用だったのだ」

「よくは存じません。大殿さまのご家来衆に粗相があったとかで、忠義の家臣ゆえ放ってはおけず、とそのような……」

「そのような？　何に使うのか、よく知らぬのに、百両もの大金を、御用だてしたのか」

「……お申し入れのままに」

「おまえが、どうして、御用だて、しなければならないのだ」

お津多は、唾を呑みこんだ。喉が震えた。

「大殿さまのご側室に、夕紀さま、という十歳におなりになる姫さまが、お国元の大和におられます。その夕紀さまを健吉の許嫁にしたい、というお話をいただきました。ありがたいお話ですので、今日も……」

「夕紀さま？　何を言っているのだ。そんな話を、小平家から申し入れられたことは、一度もない」

「今はまだ、大殿さまが、内々にお進めになっておられます。ご当主の時之介さまは、大殿さまのご意向をお許しにならないことは絶対にないと、大殿さまは、申されておられます。遠からず、小平家より正式に、申し入れがあるはずです」

清右衛門は、咳きこんだ。咳きこみながら、

「馬鹿な。健吉は、まだ、六歳だぞ。父親のわたしの、知らないところで、何を勝手に、話を進めている」

と、途ぎれ途ぎれに言った。咳が止まらなかった。

「旦那さま」

膝を進めると、清右衛門は、片手を小さく撥ねさせた。お津多を病人のそばに近づけないようにも、またお津多を拒んでいるふうにも思われた。

お津多は、動けなくなった。

これは、なんだ――と、咳が幾らか治まり、清右衛門は、枕元においていた紙束を、お津多へ投げた。折り封の紙束が、お津多の膝の前に乱れた。

そのひとつをとったが、中を改めはしなかった。改めずともわかった。それを、乱れた紙束へ戻した。

「済まないが、おまえの部屋を調べた。おまえがわたしの鍵をこっそり持ち出し、内蔵の金を使っているのは、知っていた。太兵衛も気づいていた。どうするかと訊かれたが、放っておくようにと言った。おまえは、健吉の母親だ。わが倅・健吉の母親を、疵つけたくなかった」

清右衛門は、苦しそうな呼吸を繰りかえし、肩をゆらした。

「おまえを後添えにしたのに、病に伏せる身となった。まだ若いおまえには、申しわけないと思っている。だが、放っておくのにも、限りがある。このまま放っておいては、示しがつかない。納戸に、それを見つけた。おまえが内蔵の金を持ち出して、小平了楽さまに、御用だてした証文だな。小平家上屋敷もご承知ではない、了楽さまの、内々の……」

お津多は、「はい」と、諦めたようにこたえた。

了楽に用だてした表沙汰にできぬ証文は、十枚を超えていた。居室の納戸に仕舞っていた。手文庫に入れた今日の証文も、あとで一緒にするつもりだった。

「いつからだ」

「小平家のご供応の、旦那さまの代役を務めました、そのあとからです」

「もう、三年ほどに、なるのだな」

「初めは、一度だけ用だてほしい、というお申し入れでした。二度と頼まぬからと。一度だけならと、五十両、御用だてしました。嫁入りのとき、大店の朱雀家で恥をかかぬようにと、持参金のほかに両親が持たせてくれたお金です」

「了楽さまのご返済は、一度もないのか」

目を伏せたまま、頷いた。

「小平家には、五年前の、白金村下屋敷のご改修ご修築の支払いが、まだ残っている。お大名であれ、武家はどこも台所事情が苦しいご時世、年賦返済のお申し入れをお受けした。そうすることで、小平家とつながりを深める得があるだろうと、太兵衛と相談して損得勘定をつけた。その金額を、おまえが了楽さまに御用だてした額は、はるかに上廻っている。それを、承知しているのか」

口を掌で覆った。唇が震えるのを、見られたくなかった。

「了楽さまの証文の額を全部足せば、そうなる。小平家の表沙汰になっているおよそ五百両の借金ですら、簡単にはかえせない。それより多い借金を、ご隠居の小平了楽さまが、どうやってかえせるのだ。そのほとんどが、内蔵からこっそり持ち出した商いの元手なのだぞ」

「健吉が、小平家の姫さまを嫁に迎えられれば、朱雀屋はお大名家と縁戚を結ぶことになって、朱雀屋の誉《ほま》れ、朱雀屋の看板に箔《はく》がつくことになります」

お津多は、懸命に言いかえした。

「だから、金で小平家の姫さまを、健吉の嫁に買おうというのか」

「健吉のためです。老舗の朱雀屋の跡とりが、お大名のお血筋を嫁に迎えるのは、とても名誉な事ではありませんか。健吉のために使うお金なら、わたしは惜しいとは思いません」

「お津多、言っただろう。健吉は朱雀屋の六代目ではない」

初めてそれを言われたとき、お津多は何も言いかえせなかった。ただ、あまりに意外な清右衛門の言葉に、唖然とするばかりだった。

だが今、お津多は引きさがらなかった。

「いいえ、健吉は朱雀屋の六代目です。旦那さまの倅を、わたしが産んだのです」

ようやく、言うことができた。

健吉が六代目になれないなどと、そんなことは絶対に許せなかった。

そのとき、清右衛門の言葉が、お津多の胸に突き刺さった。

「お津多、小平了楽さまと、戯《たわむ》れたのか」

言葉がつまった。いつかは知れると、恐れ、覚悟していたことだ。なのに、悲しみと落胆が、波のように押し寄せ、押し潰されそうになった。

自分自身への激しい怒りで、お津多はそれに耐えた。

「隠しても、隠せるものではない。小平了楽さまに、御用だてしたのは、健吉のためばかりではないだろう。健吉のためと、戯れの言いわけにしたのだろう」

お津多は、薬草と饐《す》えた臭いのする固い殻の中に閉じこめられた。殻の中から、踏み出すことを、阻まれた。

しかし、泣きくずれはしなかった。ここで泣きくずれてしまえば、健吉の六代目の将来は失われ、汚れた身体とお真矢の始末を謀った邪《よこしま》な心を持つ自分しか、残らなくなってしまう。お津多は堪えた。

「おまえは、朱雀屋を、去らなければならない。嫁入り道具や持参金、おまえが了楽さまに五十両を用だてたのなら、それも全部、元どおりにして、離縁する。ただし、健吉はわたしの倅だ。気の毒だが、健吉とも別れることになる」

清右衛門は言った。

滂沱《ぼうだ》とあふれる涙が、お津多の頰を幾筋も伝った。

「ええ、よろしゅうございますとも。それでけっこうでございますとも。けれど、健吉は、どうなるので、ございますか。わたしの健吉は、このお店でどのようになるので、ございますか……」

あふれる涙の中から、ようやく声を絞り出した。

「おまえに、見せるものがある」

清右衛門の痩せ衰えた身体が、ゆっくりと、まるで闇の中の亡霊のように立ち上がった。肩に羽織っていた半纏が、枕元に落ちた。枯れ木を思わせる細い素足が、ふわり、ふわり、とよろけ、近づいてきた。

青白い手に、一通の折り封をいつの間にかにぎっていた。それは、了楽にわたされた証文とは異なる、古びた書状に思われた。

清右衛門は、お津多の前へきて、折り封を差し出した。

「これを、読むといい」

お津多は、涙にくれた顔を上げ、折り封をとった。

「お真矢は、先妻のお滝《たき》の、姉の子だ」

清右衛門は、言った。それからまた、よろけながら寝床に戻った。お津多に背を向け、疲れた身体を横たえ、嗄れた咳をした。そして、

「お滝は、二度、流産した」

と、続けた。

「同じころ、お滝の姉が三人目の娘の、お真矢を産んだ。健やかだった姉は、身体の弱い妹のお滝を憐れに思ってくれたのだ。わたしらが望むならと、お真矢をわたしらの養女にくれた。お滝と姉の実家は、家柄は古いが、決して豊かではない京の公家だった。商いで京へ上った折り、わたしがお滝を見初《みそ》め、無理に請うた女房だった。そのときのいきさつは、太兵衛も知っている」

清右衛門の背中が苦しそうに喘ぎ、咳きこんだ。

「お真矢を貰《もら》い受けるため、二人で船で大坂、京へと上った。それから、生まれて半年の小さなお真矢を抱き、船で江戸へ戻った。あのときほど、楽しい旅はなかった。お真矢が泣きやまぬことさえ、お真矢の親になれた喜びに思われた。お真矢は

賢い子で、すぐにわたしたちになついてくれた。お真矢を、一生不通養子に迎えたいと、わたしら夫婦は望んだ。のみならず……」

と、息を整えるために、間をおいた。

「お真矢を朱雀屋の総領にたてることは、わたしとお滝の、望んだことだった。お滝の姉が、それを求めたのではない。わたしらは、あのときそうしたかった。太兵衛も、望むとおりになされと、賛成してくれた。今もそれは変わらない。だから、その証文を、交わしたのだ」

お津多は、お真矢がわけあって養子に迎えた京の公家の血筋を引く娘だと、聞かされていた。お真矢を朱雀屋の総領にたてることは、決まったことだと。

なぜ、養子のお真矢なのか、お津多は納得できなかった。跡継ぎに相応《ふさわ》しい実の子の健吉を、お津多は産んだ。健吉から六代目を奪うお真矢へ憎しみがわき、邪魔に思った。いなくなればいい、と思った。

お津多は、お真矢を一生不通養子に迎える証文を手にし、震えていた。

養子に出した子と実の親との関係を断ち、貰い受けた親と養子との関係を緊密にならしめる、一生不通養子の因習が世間にある事は、当然知っている。

近親の者同士が、それとは知らずつながりを結ぶ場合も起こり得たが、そういう事態への配慮や制限は、親や縁者の負うべき事柄と見なされていた。

お津多は、震える手で折り封を解き、たった一枚の古い証文を開いた。

《一札之事》と、最初に読めた。

六

貴殿娘子お真矢殿儀、この度桔梗定宗様お世話をもってわれら方え不通養女に貰請け候処実正なり。すなわち……

しかる上は、われら実子出生致し候とも、お真矢殿を総領に相たて跡式残らず譲り申すべく候……


と、読み進むうちに、新たな涙に先へ進めなくなった。

駄目です、絶対に駄目です、と心の中で繰りかえした。

「おまえが、健吉の身を案ずることはない。朱雀屋の本家はお真矢が総領となり、健吉は別店の主人に据える。朱雀屋ほどの大きな店になれば、総領ひとりで率いていけるものではない。お真矢と健吉が、本家、分家として、手を携えて率いていかなければならない。朱雀屋がある限り、健吉の子や孫が、本家の主を継ぐこともあるだろう。一族とはそうして続くものだ」

抑えても抑えても、怒りがお津多の身体の底からこみ上げてきた。

「旦那さまは、朱雀屋の跡継ぎにもっともふさわしい健吉を、六代目にしたくないのですか。自分の倅を愛おしいと、思わないのですか」

声が甲走った。

「わたしは、商人だ。商人は、交わした約束は守る。借りた金は利息をつけてかえす。貸した金は利息をつけてとりたてる。売り物に、嘘はつかない。わたしは、朝目覚めてから夜眠るまで、商人の心を忘れぬよう、心がけてきた。病に伏した今でも、商人の心は変わらぬ。命が、ある限り変わらぬ。お津多、わたしが健吉に継がせるのは、その商人の心なのだ。身代《しんだい》など……」

そこまで言いかけ、清右衛門は激しく咳きこんだ。痩せた背中が、喘ぎと苦しみに波打ち、煩悶《はんもん》した。

「旦那さまっ」

お津多は枕元へ、躙り寄った。俯せた身体を、抱えようとした。

しかし、清右衛門はお津多の手を払い、枕元の水を張った盥《たらい》に覆いかぶさった。

咳きこんだ途端、盥の水に鮮血が真紅の花弁《はなびら》のように飛び散った。

「旦那さま」

誰かっ——と、叫んだ。

すると、清右衛門の血に汚れた唇が震えた。

「お津多、これはお滝と交わした、約束なのだ」

一瞬、お津多は呆然とし、声を失い、自分を失った。こみ上げる怒りが、瞋恚《しんい》の炎となって、お津多を焼きつくした。

怒りが、憎しみが、恨めしさが、清右衛門に向いた。

清右衛門は仰のけにぐったりとなり、なおも苦しみに喘いでいた。

そんなことは、絶対にさせない。お津多は心の中で叫んだ。

痩せ細り骨張った首に、上から手をかけた。手に力をこめると、皮ばかりの首筋に指先が食いこんでゆく。

うぐ、と清右衛門はうめいた。驚いて目を見開き、お津多を見上げた。お津多の腕をつかんだ。だが、ふり解く力はなかった。

「わたしを、殺すのか」

かすれた声で言った。

「楽にして、差し上げます。わたしも、あとからすぐに、ゆきます」

「そうか。いいよ、お津多。済まなかった……」

その言葉に、お津多は突き退けられた。お津多はわれにかえり、戦《おのの》いた。首から離した手が、引きつったように震えた。

途端、がっ、と咳きこんだ清右衛門が鮮血を噴いた。お津多の顔へ、喀血が赤い花弁のように散った。

「おかみさんっ」

誰かに、後ろから羽交い絞めにされた。お津多の身体は、浮き上がり、まるでやわらかな風に乗ったように、宙を舞って横転した。

お津多は、呆然と立ち上がった。

座敷を出て、暗い廊下をよろけながら走った。

「旦那さま、旦那さま……」

後ろのほうで、太兵衛が、叫んでいた。

暗い廊下を、どのようにたどったのかもわからない。気がつくと、健吉の部屋の前に立っていた。

そこでやっと、自分が何をしようとしているのか、わかった。

おっ母さん、どこへゆくの、と健吉の声が聞こえた気がした。出かけますよ、おまえもおいで、とこたえた。襖を思いきり引き開け、

「健吉っ」

と、ひと声呼んだ。

寝床についていた健吉と、枕元で健吉の着物を畳んでいたお留が、啞然とした顔をお津多へ向けた。

きゃあっ、とお留の悲鳴が店中に響きわたった。

「健吉、おっ母さんとおいで」

お津多は布団を払いのけ、健吉の手をつかんで引き起こした。

「いやだ、おっ母さん。恐いよ」

健吉は、手を引かれながら抗《あらが》った。だが、まだお津多の力にはかなわない。ずるずると、引き摺られた。

「おかみさん、やめてください」

お留が止めようとした。血の花弁を散らした顔を向けると、お留は、「ひぃ」と怯えた声を発して後退《あとじさ》った。

健吉を引き摺り、廊下へ出たときは、女中のお蝶やお店の戸締りをしていた下女

らが、廊下の離れたところにきて、お津多を見つめていた。

「いやだ、いやだ……」

「泣くのはおよし。おっ母さんと一緒に、おまえも死ぬんだよ。一緒においで」

と、泣いて嫌がる健吉を叱った。甲走った声が、健吉をいっそう怯えさせた。

「おかみさん、やめてください」

「気を鎮めてください」

女たちの声が飛んだが、お津多を止められなかった。健吉の泣き声が、廊下の暗がりを引き裂いた。

店表と裏の住まいをつなぐ通り庭には、店の二階に住みこみの手代や小僧らが、店裏の主一家の住まいのほうで、何かあったらしい、と集まっていた。

もしや、旦那さまの身に、などと奉公人らは言い合い、動揺が広がった。

そこへ、丸髷のほつれた髪をふり乱し、蒼白の顔に血を散らしたお津多が、細い足を突っ張らせている健吉を引き摺って現われたのだった。

お津多の白足袋と幼い健吉の跣が、お津多の錯乱を露わにしていた。血に汚れ、魔物にとり憑かれたような形相は、屈強な手代らでさえたじろがせた。

「いけません、おかみさん」

ひとりの手代頭が、お津多の前に立ちはだかった。

「どきなさい」

手代頭の頬を、お津多はしたたかに打った。小僧らが「わあっ」と、喚声を上げて怯え、手代らは、狼狽《うろた》えた。

「おかみさん、気を鎮めてください」

手代頭は退かず、お津多をいかせなかった。

健吉は泣き叫んで、お津多の手の中でもがいていた。

お津多は、怒りに血走った目で周囲を見廻した。健吉を引き摺り、右へ左へとよろめいた。だが、それもほかの手代らが阻んだ。

「おかみさん、部屋へお戻りください」

おかみさん、おかみさん……

と、口々になだめた。そのとき、

「健吉を泣かすな、お津多」

と、嗄れた声が、通り庭の錯乱を断ち割った。

みなが、いっせいに声へ見かえった。

すると、女たちが左右に分かれた間から、太兵衛に支えられた清右衛門が、お津多と健吉のほうへ、弱った足を運んできた。

お津多は、健吉の手をしっかりとにぎり締め、清右衛門を睨んだ。

通り庭は急に静まりかえり、健吉のすすり泣きだけが聞こえた。

「放せ、太兵衛。もう、いい」

清右衛門は、支えていた太兵衛を押し退けた。

「旦那さま、大丈夫で、ございますか」

なおも支えようとする太兵衛の手を、清右衛門は払った。乱れた襟の間から、肋骨《あばらぼね》の浮いた胸がはだけていた。痩せ衰えた身体を、ゆらり、ゆらり、とひとりで歩ませ、それはまるで、風にそよいでいるかのように見えた。

「こ、こないでっ」

「お津多、愛おしいわが子を、なぜそんなに泣かす。おまえはこの子の、母親なのだぞ。おまえが悪いのではない。わたしがいたらなかった。おまえの苦しみや無念を、汲《く》んでやれなかった。おまえは間違ったふる舞いをしたが、おまえのせいではない。わたしがおまえを、こんな目に遭わせた。おまえを追いこんだ」

清右衛門が言い、苦しそうに息を喘がせた。

「今、それがわかった。済まなかった。どうか、わたしを許してくれ。健吉を、もう泣かすな。自分の子を、これ以上悲しませるな」

それから、潤んだ眼差しを、通り庭の奉公人らへ向けた。

「みな、わたしは朱雀屋の、よき主だったか。それとも……」

清右衛門の嗄れ声が、奉公人らに訊ねた。

「旦那さまにご奉公できて、わたしは幸せでございます」

太兵衛が言った。

手代らの間から、「朱雀屋の手代であることを、自慢に思っております」と、清右衛門と朱雀屋を称える声が続いた。

「ありがとう。おまえたちに、礼を言う。だが、みな聞いてくれ。わたしは、よき商人でありたかった。だが、よき夫ではなかった。よき父親ではなかった。女房の恥は、亭主の恥だ。子供の悲しみは、親の悲しみだ。どうか、お津多の恥を笑わないでやってくれ。健吉の悲しみを、憐れんでやってくれ。この無様な夫婦の姿を、みじめな親と子の姿を蔑《さげす》まないでくれ」

清右衛門は、喘《あえ》いだ。

「みな、わたしらの愚かなふる舞いを大目に見てほしい。愚かなわたしらに、一片の情けをかけてほしい。わたしは、もうすぐ逝く。消え去る者へ、どうか、せめてもの慈悲を、与えてほしいのだ」

そう言うと、清右衛門は膝を折った。身体をゆらしながら、通り庭の石畳に力なくくずれ落ちていった。

「旦那さまっ」

奉公人たちは駆け寄り、横たわった清右衛門をとり囲んだ。

それを見つめるお津多の、血に汚れた頬に涙が伝った。汗ばんだ掌から、健吉の手がするりと抜けた。健吉はお津多から逃れて、子守のお留にすがりついた。

お津多は、もう動けなかった。泣きたくはなかったが、涙が止まらなかった。跪き、顔を覆ってうずくまった。

お津多は、嗚咽《おえつ》した。

七

夜更け、末成り屋の土蔵の戸を激しく叩く音が、天一郎の眠りを覚ました。

「末成り屋さん、末成り屋の天一郎さん……」

と、分厚い樫の引戸が叩かれ、若い男の声が呼び続けているのに気づいた。戸の格子の明かりとりに、提灯らしき明かりがゆれていた。

「夜分畏れ入ります。朱雀屋の者です。大番頭の太兵衛の託《ことづけ》がございます。お願いいたします。戸をお開けください。水月天一郎さん」

天一郎は跳ね起き、手燭に火を灯した。念のため、小筒《ささえ》を寝間着代わりの帷子の帯の後ろへ差した。

ただ今――と、外の男に声をかけ、樫の引戸の閂をはずした。

戸を開けると、お仕着せの二人の手代ふうの男が、提灯を提げて戸前にいた。

「水月天一郎さんで、ございますか。わたくしは……」

と、二人の手代が名乗り、大番頭の太兵衛より託かった書状を、天一郎に手わたした。書状は短いもので、今宵、朱雀屋の主人が危篤に陥り、娘のお真矢を急ぎ、朱雀屋に戻してほしい、という知らせだった。

「お真矢さんの父親の清右衛門さんが、ご危篤なんですね」

天一郎は、書状より目を上げ、二人の手代に訊ねた。

「はい。今宵、お店にある出来事がございました。それが、ご養生中の旦那さまのお身体に障りましたようで、急にお加減が悪くなり、たんと喀血なさいました。予断を許さぬ、とお医者さまのお診たてでございます」

「出来事とは、お真矢さんにかかわりのある事ですか」

「詳しい事情は、内々の事柄でございますので、何とぞお許しを願います。大番頭の太兵衛が、いずれ、ご説明に上がると申しておりました。今はただ、お嬢さまのお真矢さまを、至急、朱雀屋へお戻しいただくよう、末成り屋の天一郎さんにお伝えせよと、太兵衛の申しつけでございます」

「わかりました。お真矢さんはここではなく、知り合いの家におります。この書状を見せ、すぐに朱雀屋へ戻っていただくように伝えます」

天一郎は、二人の手代に言った。

お真矢が、迎えにきた二人の手代を従えて、本材木町一丁目の朱雀屋へ戻ったのは、それから一刻ののちだった。大番頭の太兵衛に書置きを残して朱雀屋から姿を消し、半月と数日がすでにすぎていた。

朱雀屋は、知らせを受けて駆けつけた別店の番頭や手代、市中の縁者らを迎えるため、夜を徹して煌々《こうこう》と明かりを灯し、店を開けていた。

奉公人らには、今夜のあの出来事と、主人・清右衛門の危篤という事態に、重苦しい不安がのしかかっていた。

そこへ、前触れもなく、大宮の縁者の家に出かけていると聞かされていたお真矢が、この真夜中に戻ってきた。まるで、虫の知らせのように。

奉公人らは驚いた。しかし同時に、重苦しい中にも何かしら納まりがついたような安堵を、それぞれが覚えたのだった。

「あ、お嬢さま、お戻りなさいませ」

「お真矢お嬢さまの、お帰りなさいませ」

と、手代や小僧らが声高《こわだか》に出迎えた。

お真矢は表店に続く帳場、納戸、そして台所の下働きの下男下女らにも、「ご苦労さま」「お疲れさま」と、一人ひとりに声をかけつつ、店裏へ通った。

店裏の住まいでは、女中のお蝶と健吉の子守のお留が出迎え、「お嬢さま、お帰りなさいませ」と、畏まって言った。

「お父っつあんは、お寝間だね」

お蝶は、「はい」と、小さくこたえた。

「おっ母さんと健吉も、いるのかい」

お蝶はそれにはこたえず、

「どうぞ、旦那さまのお寝間へ。太兵衛さんがお待ちです」

と言った。お留は、うな垂れて目を伏せていた。

人の出入りがあるため、廊下は行灯を灯して普段より明るくしていた。廊下の奥の、内蔵の戸前から二つ曲がって、以前は茶室に使っていた清右衛門の寝間へ、お真矢はひとりで向かった。

襖を開けると、庭側の明障子に近いところに、清右衛門の寝床があって、寝床に横たわった清右衛門を、一灯の行灯が、ぼんやりと照らしていた。

枕元から少し離れた暗がりに、女の人影が坐っていた。それがお津多かと思ったが、そうではないらしいことがすぐにわかり、お真矢はかえって意外に思った。お津多がいるものと、思いこんでいた。

襖のそばに、大番頭の太兵衛がいて、手をついてお真矢を迎えた。

「お嬢さま、お待ちいたしておりました。ご無事で何よりでございます」

薄暗い中で、太兵衛はたった半月と少し見なかっただけなのに、前よりも老けて背中が丸くなって見えた。

「太兵衛、ご苦労さまです。具合は、どうなの」

「つい先ほど、石庵《せきあん》先生が、一旦お戻りになられました。今は少し、容体は治まっているそうでございます。容体が変わったら、すぐに呼ぶようにと」

「だいぶ、ひどかったの」

「はい。先生が見えられてからも、ずいぶんと血を……」

「そうなの。太兵衛、あの方は？」

「はい。旦那さまをしばらくはおひとりにしないほうがいいと、石庵先生にご紹介いただいたお佐久《さく》さんでございます。当分は、旦那さまのお世話を、お願いいたすつもりでございます」

「お津多さんは、どちらに？」

「はい。おかみさんの事と共に、お嬢さまに、お伝えしなければならないことがございます。お店の将来を決める、重要なお話でございます。本店、別店の番頭がみな顔をそろえて、隣の部屋に控えております」

太兵衛が、襖を閉じた次の間へ手をかざした。次の間は、この寝間が茶室だったころは、客座敷にも使っていた。閉じた襖は、行灯の薄明かりが殆ど届かず、暗がりの先で黒ずんで見えた。

「番頭さんたちが、そろっているの？」

「はい。旦那さまの、お指図でございます」

「わかった」

お真矢はこたえた。それから、清右衛門の寝床の傍らへ足音を忍ばせた。薬草の臭いが、だんだん強くなった。部屋は、子供のときから知っている清右衛門の匂いがこもっている気がした。

お真矢は片隅の暗がりのお佐久へ手をついて目礼し、清右衛門の顔をのぞいた。のびた月代と口元の周りの無精髭に、白髪がまじっていた。頬がこけて頬骨が目だち、窪んだ目の閉じた瞼にも、幾筋もの皺が刻まれていた。

寝息も聞こえないほど、力を失っていた。

ごめんね、お父っつあん。こんなに弱って……

お真矢は声に出さず呟き、目を潤ませた。

太兵衛が、お真矢の傍らに並んで、黙って見守っていた。

「眠って、いるわね」

「先生の調合なされたお薬を、呑まれてから、このように」

ささやき声を交わした。

すると、清右衛門が、瞼を小刻みに震わせ、細く目を開けたのだった。そして、お真矢をじっと見上げた。

「……戻ったか」

低いかすれ声で言った。

「うん、今戻ったの。起こしちゃったわね」

「眠ってはいない。眠っても、すぐに目が覚める。眠る力もない」

「もう、どこへもいかないから。ずっと、お父っつあんのそばに、いるよ」

「そうか。お真矢がいてくれると、心強い。おまえにな、言わないと、いけない事があるのだ。お真矢が、率いていく朱雀屋の、将来の事だ。太兵衛から、お聞き。太兵衛の言葉は、わたしの言葉だ。言うとおりに、するんだ。朱雀屋の将来の、ために、おまえが主人に……」

「わたしが、朱雀屋を率いてゆくの。どうして、わたしなの。跡とりは、健吉じゃないの？　わたしじゃないと、いけないの」

「それは、お真矢が、わたしと、おっ母さんの子になったときに、決めたことなのだ。わけは、太兵衛に、お聞き。太兵衛が、全部、教えてくれる」

お真矢は、清右衛門の慈愛に満ちた眼差しを感じた。父親のこの眼差しの中で、生きてきたのだと、胸が痛くなるほど感じた。

「わかった。必ず、お父っつあんの言うとおりにする」

お真矢は、清右衛門の目をじっと見つめてこたえた。

「太兵衛、お真矢を、頼むぞ」

「だ、旦那さまが、ご自分で、なされませ」

「ああ、そうしたいが、もう間に合わん。おまえに頼む」

太兵衛は、声をつまらせ、こたえられなかった。

「お真矢、もういきなさい。番頭らが、待っている。お真矢を、待っている。少し寝る。お真矢の顔を見て、安心したら、眠くなった」

清右衛門は、かすかな息を吐いた。

そのとき清右衛門は、少し、笑っていた。安堵の吐息を吐いた束の間に、すぎ去った長いときがよぎったからである。自分の一生が、これだけだったか、とおかしかったからである。

清右衛門に、お真矢と太兵衛のおぼろな影が、次の間の襖のほうへゆくのが見えた。お真矢の影はすっと背が高く、太兵衛の影はずんぐりと丸く、二つの影はまるで玩具《おもちゃ》のようだった。

太兵衛が、次の間の襖を開けると、明るい光がさっと射し、次の間に控えていた本店別店の番頭らのぼんやりした姿が、佇んだお真矢の影の向こうに見えた。

番頭らは、ざわざわと向きなおり、お真矢を仰ぎ見た。

「おかみさん、どうぞ」

太兵衛が、敷居のわきに畏まり、お真矢に言った。

お真矢はひとつ頷き、静かに、外連なく、光の中へ進んでいった。

番頭らがそろって手をつき、お真矢へ頭を垂れた。

「朱雀屋の、真矢です。みなの、力をお借りしなければなりません。みなに、助けていただかねばなりません。みなに、導いてもらわねばなりません。きっと、長い道程《みちのり》になります。みなと共に……」

お真矢の澄んだ声が言った。

「へえええっ」

手をついた番頭らが、力強く、いっせいに声を発した。

太兵衛が襖をゆっくりと閉じ、お真矢と番頭らの姿は光の中に消えた。

八

何日かがたち、江戸の桜が満開になり、やがて、ちらほらと散り始めた。

その晴れた日、朱雀屋の大番頭の太兵衛が、南小田原町築地川堤の、波除稲荷に近い玄の市の店を訪ねてきた。玄の市の店には、

「若いからと言って、無理をしちゃあいけない。疵がすっかり癒えるまで、うちにいなさい」

と、玄の市に引きとめられた和助が、中洲の権太郎の土蔵より助け出されて以来ずっと世話になっていた。

和助はまだ無理だが、読売の仕事を始めていた天一郎と修斎、三流の三人も、その日、太兵衛を案内して玄の市の店を訪ねていた。

濡れ縁のある六畳の客座敷に、玄の市と、右手に濡れ縁を仕きる腰障子を背に天一郎と顔に殴打の痣が残り片腕を包帯で吊るしている和助、左手の襖側には修斎と三流が居並んでいた。

羽織姿の太兵衛と、お仕着せの若い手代二人が太兵衛の後ろに控え、玄の市と向き合って着座した。

天一郎と和助の後ろの腰障子が両開きになり、庇の陰になった濡れ縁と、狭い庭の籬《まがき》の外へ枝をのばしている柿の木に、春の日が降っていた。

店の築地川堤を新道に折れる角は、前庭を見越しの松がのぞく黒板塀が囲ってい

る。ただ、敷地の中庭のほうは、籬が囲っていて、中庭からも、籬に作った引戸をくぐって築地川堤に出ることができた。

柿の木は、中庭の一隅で枝に青葉を繁らせ、庭の主のほおじろが、気持ちよさげに飛び交っている。

太兵衛は、お真矢の命の恩人である末成り屋の、和助、天一郎と修斎と三流の四人と、お真矢を匿ってくれた座頭の玄の市の元に、金品を携えた若い手代二人を従え、「お礼を申し上げます」と、訪ねてきたのである。

豪勢な礼の品のほかに、帯封の小判を納めた箱もあった。

「さようですか。それはご丁寧に。では、みな、お真矢さんの志を、遠慮なくいただくことにしましょう」

玄の市が言って、明るく笑い、四人は豪勢な金品に目を瞠った。そのとき、

「和助さま、これを」

と、太兵衛が、みなの前に並べた金品のほかに、洗いざらしの手拭の包みを、和助の膝の前に差し出した。

「これは、わが主人のおかみさんより、和助さんに直《じか》にわたすようにと、託かった品でございます。手拭は、おかみさんが和助さんの店にご厄介になっていた折りに

お借りしていた手拭でございます。おかみさんが、自ら洗ったそうでございます」

和助は、黙って手拭を見おろした。

それから——と、太兵衛が包みを解くと、使いこなした利休櫛《りきゅうぐし》が出てきた。

「この櫛は、亡くなられたお母さまの形見で、おかみさんが大事に使ってこられた品でございます。これを和助さんに預かってほしいと、仰っておられます。おかみさんが改めて、和助さんの店に、この櫛をもらいにいかれるそうでございます。それまで何とぞ、お預かりください」

和助は、眉をちぐはぐに歪めて、やはり何も言わなかった。

天一郎は、「和助、どうした」と、ささやきかけた。

和助は、少しぐずぐずしてから、やっと言った。

「困るな。あんな汚い店に、朱雀屋のおかみさんにこられても。茶も出せないし」

「いいえ。おかみさんからすべて、うかがいました。和助さんが身をていして、おかみさんの命を救ってくださったそうでございますね。そのために、そのようなひどい目に遭わされ、それでもなお……」

「お慶は」

と言って、和助は太兵衛をさえぎった。

「俊敏だったから逃げられたけれど、わたしは根が鈍重なものですから、逃げ遅れただけです。身をていして救ってくれたのは、天一郎さんや修斎さんや三流さんです。わたしは何もしていません」

「和助さん。おかみさんはすべてご存じなのです。和助さんに何も言わず、帰ってきてしまったと、悔んでおられます。何とぞこれを」

「困るなあ」

和助が、膝の前においた櫛から顔を背けた。

天一郎も修斎も三流も、和助の素ぶりに、何も言えなかった。和助の気持ちが、少し痛みを伴ってそれぞれにわかった。

みなが沈黙し、部屋は重たい気配に包まれた。

あはは……

玄の市が、節くれだった指の掌で坊主頭をなで、重たい気配を払った。

「太兵衛さん、差し支えのない事情だけでけっこうですから、事の顚末をお聞かせ願えませんか。この人たちも、きっと、訊きたいのではないかと、思うのです。そうではありませんか、天一郎さん」

「はい。太兵衛さん、一体何が起こって、どのようになったのか、聞かせてください。お許しがなければ、読売には決していたしません」

「いえいえ。おかみさんは仰っておられます。あるがままに、読売にしていただいてかまわないと、でございます。自分たちの事情で、多くの人を疵つけた。どのように書かれても、そしられても、それは身から出た錆《さび》でございますので」

太兵衛は、少し考える間をおいた。だが、顔つきは穏やかである。

「噂はすでにお聞きおよびかと思いますが、じつは、おかみさんのお生まれは、江戸ではなく京でございます」

と、思い出話でもするように、太兵衛は話し始めた。

四十雀が、つまらぬ思い出話を嘲笑《あざわら》うように鳴いている。庭の軒先から見上げる空は、薄雲がかかって青白く霞んでいる。早や、蚊帳《かや》売りの売り声が、

「もえぎのぉぉかあやぁぁ……」

と、朗々と響かせながら、築地川堤の往来にのどかに流れていった。

太兵衛の話は、長いものではなく、こみいってもいなかったし、それは朱雀屋という井の中で起きた、ささいな事情にすぎなかった。

けれども、所詮は他人事ながら、なぜかじんと身に沁みて言葉をなくしたのは、それが読売屋天一郎と仲間たちの、性根だからかもしれなかった。

「それから、安らかなお気持ちになられたのでしょうか、旦那さまは、幸いにもお加減が少しよくなられ、起きることはままなりませんものの、ご療養に努めておられます。ただ、若いおかみさんのご負担を少しでも小さくしたいと申され、向島《むこうじま》の小梅《こうめ》村にございます朱雀屋の寮でのご療養が決まり、隅田《すだ》堤の桜にまだ間に合うと申され、今朝方、船で向島へ移ってゆかれました」

太兵衛は、今朝方の清右衛門との別れを思い出したらしく、指先で目頭をさり気なくぬぐい、

「おかみさんが、ご亭主をお迎えなさるときまでには、病を克復するのだとも仰って、笑っておられました」

と、寂しげに笑った。

「お津多さまを、離縁にはなさいませんでした。健吉坊っちゃんのお母さまでございますから、おかみさんが、これまでどおり朱雀屋で健吉坊っちゃんと暮らすようにと、お奨めになったのですが、お津多さまはどうしても旦那さまのお世話をしたいと申され、旦那さまと共に小梅村へ向かわれたのでございます」

健吉は、朱雀屋のおかみさんであり、姉であるお真矢の下で暮らし、商人としての修業をすることになった。

「ただ、霊岸島町の口入屋の萬八は、朱雀屋への出入りを禁止にいたしました。このたびの一件は、あの男が中洲の権太郎に手引きした事は、明らかではございますが、権太郎はすでにおらず、萬八と権太郎を結ぶ証拠は、何もございません。それに、萬八を御奉行所に訴えることは、お津多さまにも、ひいては朱雀屋にも累がおよぶことになります」

太兵衛は、そこで太い首をかしげた。

「よって、萬八とはすべてを明らかにしてかけ合い、今後、お互いのために、このたびの件にはいっさい触れぬとり決めをいたしました。少々金はかかっても、おかみさんは、恨みも憎しみも、何もかもを胸に仕舞い、これから先は誰も疵つかぬように、と仰っておられます。末成り屋さんにも、きっとそのほうがいい事だから、とも仰ったのですが、それはどういう意図か、よくはわかりませんが」

和助が、うふっ、と噴いた。天一郎は、修斎と三流へ苦笑いを投げた。修斎と三流は、肩をゆらして低い笑い声をもらし、玄の市は、坊主頭をさすりながら、

「ごもっともごもっとも」

と、しきりに繰りかえした。

ところが、太兵衛が、「小平家のご隠居さまの、了楽さまは」と続けたとき、頭

に掌をおいたまま、うん？　と聞き耳をたてた。

「お津多さまに無心をいたし、朱雀屋から表沙汰にはならない法外な借金をなさっておられたのでございます。しかし、事ここにいたっては、朱雀屋といたしましても放ってはおけません。小平家上屋敷の勘定方に証文をお見せし、ご相談申し上げました。勘定方は驚かれ、早速、調べると申されたのでございます」

「調べは、どうなったのですか。当然、調べは、ついておるのでしょうね？」

「はい。お調べの結果、了楽さまの借金は間違いないうえ、白金村の下屋敷では、去年の冬より、表沙汰になっていない借金を巡って、詳しい事情は存じませんが、かなりな争い事があったらしく、その争い事は、家臣の中に落命された方も出るほどだったそうでございます」

「落命した家臣は、表沙汰にできない了楽さまの借金を厳しく諫めた。そのため、了楽さまの怒りを買い、手打ちにされた、ということではなかったのですか」

「そういうことは、いっさい不明でございます。お調べになった勘定方の申されますには、家中の事柄ゆえ争い事の事情については話せない。ただ、朱雀屋よりの隠れた借金があったことはお認めになり、従来の借金と合わせて、改めて年賦返済のご依頼があり、了承せざるを得ませんでした。わたしどもも、お津多さまのふる舞いを、見て見ぬふりをしたという落ち度はございますので」

「ほかに何か、お聞きになっていませんか。小平了楽さまの借金や、去年の冬からの争い事や、命を落とされた家臣の事について、何か、もっとほかに……たとえば、命を落とした家臣は内海信夫というお名前では、ありませんか。それと、下屋敷に出入りしている、九柳典全という浪人者、もしかしたら青木十郎右衛門という名の浪人者の、噂などは聞けませんでしたか」

「九柳典全と、青木十郎右衛門？　でございますか」

「九柳典全と青木十郎右衛門は、同じ人物なのです。今は九柳典全と名乗っていますが、若いころは青木十郎右衛門でした」

「そういう方々のお名前のお侍さまは、聞いておりません」

と、太兵衛は訝しむように、玄の市を見かえした。

「何しろ、了楽さまの無駄遣い、浪費癖は昔からのことで、お家の台所を傾かせかねない、と噂は聞いております。家督を当代の時之介さまにお譲りになり、白金村の下屋敷へお住まいを移られてわずか五年で、お津多さまに法外な借金をなさったうえに、まだほかにも借金があったのでございますからね」

玄の市は、頭においたままの掌を動かした。

「去年の冬よりの争い事では、家臣が了楽さまに知らせず、性質《たち》の悪い高利貸から勝手に借金をし、そのため無頼の輩《やから》の強引なとりたてにひどく困らされたとか、そのようなことを、こぼしてはおられました」

「ははあん、性質の悪い高利貸、ですか」

「勘定方の申されますには、相当、性質の悪い相手だったらしく、そういう相手でなければ、争い事も起こらなかったとか。あ、そうでございます。家臣の方は高利貸には百両を借りられたそうで、返済の期限が迫り、了楽さまはその返済のためにお津多さまにまた無心なされ、お津多さまがお店よりこっそり百両を持ち出されたことが、このたびの一件の手がかりになったのでございます」

玄の市は目を落とし、小さく数度頷いた。そして、坊主頭をしきりにさすった。

「わたしどももそうでございますが、小平家でも若いご当主の時之介さまは、了楽さまの浪費癖と、家臣が落命した事態にずいぶんお心を痛められ、了楽さまはお国元の大和にお戻りになることが、決まったそうでございます」

「えっ、了楽さまが大和へもどられるのですか？」

坊主頭の掌を止め、玄の市は目をむいた。

「のようでございますね。いかにご隠居さまとは言え、家臣が命を落とすほどの争い事が、了楽さまの浪費癖がもとで起こったとなりますと、なんらかの処罰をくださねば、家中の乱れになると、ご重役のみなさま方のご判断があったと、そのこともお勘定方は、ちらりと申されておられました」

「なんらかの処罰を、でございますか。では、い、いつ、下屋敷をご出立《しゅったつ》なさるのですか」

「ええっと、確か、明後日、早朝でございます」

「明後日とは、ずいぶん、急ですね」

「いえいえ。了楽さまを国元へお戻しする判断は、即座にくだされたそうでございます。ところが、調べを進めるうち、新たに借金が出てきたとかで、上屋敷では、なるべく早く、国元へ戻っていただくはずが、その始末に暇がかかり、明後日まで遅れたのでございますよ。勘定方に不満をぶつけられる貸主もおり、道中、不測の事態があってはならず、厳重な警固を伴ってと、聞いております」

そこで玄の市は、うめき声をもらすように、

「なるほど。不測の事態など、あってはなりませんからね」

と、口を挟んだ。そして、低い笑い声を、重たく苦しげに続けた。

九

金杉橋《かなすぎ》の袂の、柳の下に、玄の市は佇んでいた。

「師匠、お待たせいたしました」

天一郎は、提灯を足下にさげて言った。

「やあ、天一郎さん、よくきてくれました。無理なお願いをして、申しわけありません。わたしも今きたところです。すぐに、提灯の明かりが近づいてくるのが、わかりました。天一郎さんだと、足音でわかりました」

「足音で、わかるのですか」

「わかりますよ。匂いでも、身体の熱でも、吐息の震えでも、かすかな気配でも。見えないので、身体のすべてが感じようとするのでしょうね」

穏やかな物言いに、かえって玄の市の凄さが伝わってくる。

真夜中の八ツをすぎたばかりの刻限、往来にも金杉橋にも、河岸場にも人影はない。一番鶏が目を覚ますにはまだ遠く、星空にわたる犬の遠吠えもなかった。

「では、いきましょうか」

「少々遠い、と言っても知れています。白金臺《だい》から目黒までいきます。目明きは不自由ですから、怪我のないように、わたしのあとについてきてください」

「どちらへ」

「心得ました」

微笑んでいき始めた玄の市の背中へ、天一郎は提灯をかざした。

玄の市は網代の饅頭笠をかぶり、薄鼠色の上着に一本独鈷《いっぽんどっこ》の紋様の帯を強く締め、裾を尻端折りにした下に黒の股引、素足になんと下駄履きだった。

手にはいつもの杖を携えながら、どこか、いつもの玄の市ではなかったのは、背中に、茣蓙を巻いてくるんだ細長い荷を、かついでいたからだ。

それは何かと、問うまでもなかった。訝しさは、玄の市を謎めかしていたし、その謎がこの朝、解けるのだと、天一郎は思った。

一方、天一郎は、紺無地の綿の単衣に下着は黒の帷子、鼠色の細袴を着け、素足にこちらは草鞋履き、小銀杏に結った頭には菅笠、腰に黒鞘の二刀を佩びた。珍しく侍風体に拵えたのは、おととい、玄の市に、

「天一郎さんに、末期《まつご》の水をとってもらうことに、なるかもしれませんので」

と、さり気なく言われたときから、これでいくと、決めていた。

玄の市は、往来に下駄を鳴らし、芝から高輪《たかなわ》へ足早に歩んでいった。

高輪の大木戸の手前を、海とは反対側の三田臺町のほうへ坂を上がった。三田臺町から白金臺町へと、暗闇の中を下駄の音に迷いはなかった。

「七年前、大和小平家に起こったお家騒動は、先代の当主・小平了楽さまの浪費癖が、事のおこりだったそうです」

玄の市が話し始めたのは、白金臺の往来に差しかかったころだった。

ほぼ一本道のこの往来をゆけば、行人坂《ぎようにんざか》の坂上に出る。

行人坂をくだり、坂の途中から家並の続く下目黒、坂下の垢離取り川に架かる太鼓橋を渡って中目黒へと、往来はのびている。目黒不動尊や大鳥《おおとり》神社、金毘羅大権現《こんぴらだいごんげん》へも通じ、一帯は、江戸の参詣客で賑わう土地柄である。

「七万三千石の大名家の、お台所を傾けるほどのご当主の浪費癖は、それはもう癖ではなく、病なのです。座頭金を営んでいて、借金を作る者の、癖と病の違いがよくわかります。癖なら、まあ事情によっては貸さなくはありませんが、病人には貸せません。疵口に塩を塗るようなものですからね」

玄の市は、暗がりの先へひそめた笑い声を投げた。

「元々、小平家はその何年も前から、華美《かび》を好む了楽さまの浪費のため、台所事情は傾いていたようです。年貢のとりたては五公五民を超え、これ以上重くすると、打《う》ち毀《こわ》しや一揆が起こりかねません。そのうえに、害虫の被害や天候が災いし、数年来、不作が続いていたところでした。にもかかわらず、了楽さまの浪費は収まらなかった。こんな殿さまでは、領民も堪《たま》ったものではありませんね」

玄の市は、天一郎へ顔だけをひねり、提灯の明かりに、鼻梁《びりょう》の高い鼻筋の通った横顔を見せた。

「お家の台所に支障が出来《しゅったい》しているにもかかわらず、お世継ぎの時之介さまはまだ十五歳。ご隠居さま方はすでに他界し、重役を含め、どなたも了楽さまの浪費を止められなかった。そこで、了楽さまの叔父の、板垣七郎左衛門《いたがきしちろうざえもん》さまが了楽さまを厳しくお諫めになった。だが、了楽さまは聞く耳を持たず、板垣さまは、やむを得ず了楽さまに、時之介さまに家督を譲るべしと、ご隠居を迫られた」

「了楽さまは、それを拒まれたのですね」

「四十前の了楽さまに家督を譲る気は毛頭なく、それどころか、叔父の板垣さまを邪魔に思い、亡き者にしようと謀《はか》られた。腹心のある凄腕の家士に密命をくだし、板垣さまを城内で殺害させたのです。むろん、証拠はありませんよ。けれど、今でも言われている家中のもっぱらの噂だそうです」

「腹心の家士というのがわかっていても、証拠にはならないのですか」

「家士は、捕えられましたが、叔父君とはいえ家臣。主君に害をなす不忠の家臣をわが一存で成敗した、と主張したのです。ところが、家士は切腹にすらならなかった。三ヵ月の蟄居《ちっきょ》で、罪を許されました。了楽さまの助命のお口添えと、いろいろと手を廻され、家士のふる舞いは忠義である、ということになり、それで落着したのです。どういう手を廻されたのかは、わかりませんがね」

「その家士が、青木十郎右衛門なのですか」

天一郎は、玄の市の背中に言った。

「なぜ、そうだと？」

玄の市は、ふりかえりもせず、訊きかえした。

「おととい、朱雀屋の太兵衛さんに、今は九柳典全と名乗っている青木十郎右衛門という者についてお訊ねでした。そうではないかと」

「そう。青木十郎右衛門、すなわち九柳典全が、板垣さまを斬ったのです」

と、玄の市は歩みつつ言った。

「ただ、三ヵ月の蟄居《ちっきょ》で許されましたが、家臣が主筋《しゅうすじ》を斬ったという周りの目は厳しく、青木は小平家にいられなかった。お暇を願い出て、それが許され、浪人とりしていると、おととい、師匠は言っておられました」
「その九柳典全が、なぜ今、江戸にいるのですか。白金村の小平家下屋敷に、出入
なって九柳典全と名を改めたのです」

「叔父の板垣さま謀殺を契機に、小平家にお家騒動が起こり、およそ二年も馬鹿ば
かしい争いが続いたのです。了楽一派と反了楽一派にわかれ、了楽派は、家臣が主
君に反旗を翻すというのは穏当ではない、幕府にも内紛を知られ咎めを受けかねん
と恐れ、反了楽派は、板垣さま謀殺の疑いもさりながら、お家の台所が火の車のこ
のままでいいわけがない、了楽さまではお家は潰れると、懸念したのです」
「結局、了楽さまは、家督をお世継ぎの時之介さまに譲られたのですね」
「争ってはいても、了楽さまの浪費癖は慎んでいただかねばならないという考えは、
両派ともに一致していたのです。板垣さま謀殺の疑いもくすぶっていて、お家騒動
が長引いては不利になると重臣らに説得され、五年前、了楽さまは家督を時之介さ
まに譲って隠居の身となり、決着が図られたのです。白金村の下屋敷をお住まいと
決められたのは、国元には了楽派が未だ勢力を保っていたらしいですので」
　玄の市は歩みを止め、
「ここら辺は、白金臺の七丁目です。下屋敷はこっちになります」

と、星空の南の方角へ杖を差した。それから、ふむ、と自分で何かを納得させたかのように杖を戻し、深い沈黙の中をさらに下駄を鳴らした。

白金臺町の往来は、十一丁目までの片側町と、武家屋敷の土塀が続いている。このあたりは、大名家の下屋敷が多く、白金臺町から六軒茶屋町《ろっけんちゃやまち》、永峯町《ながみねちょう》、権之助《ごんのすけ》坂から分かれると、行人坂である。

玄の市が、物思いから覚め、再び話し始めたのは、永峯町を抜け、行人坂の坂上に近づいてきたころだった。

「浪人・九柳典全となった青木十郎右衛門は、了楽さまの江戸の下屋敷住まいが決まると、了楽さまと共に出府し、下屋敷に近い中目黒のはずれに、流行りもしない道場を開いたそうです」

まだ寝静まった夜道に、玄の市の低い声が流れた。

「九柳典全は、浪人となっても了楽さまの腹心であることは変わらず、たびたび、殿さまのご機嫌うかがいと称して下屋敷に出入りしていたのです。下屋敷では、九柳が了楽さまから今なお扶持をいただき、道場を開いた元手も了楽さまが調えられたというのは、周知の事のようです」

「すなわち、九柳典全は、今なお、了楽さまの密命があれば、不忠者を成敗する忠臣なのですね」

「あの男は、主に仕える忠臣というふる舞いに、身も心も捧げた男です。ですが、そのふる舞いに、侍の義はありません。侍の義のない忠臣は、化け物です。天一郎さん、そう思いませんか」

「九柳典全を、師匠は、昔からご存じなのですね。師匠は、大和小平家の……」

玄の市はこたえなかった。ただ黙々と、闇の先へと進んでゆくばかりだった。

二人は、行人坂の坂上に差しかかった。

つい先ほど、遠くの村のほうで、鶏の鳴き声が小さく聞こえた。広大な夜空が天を覆い、星がまたたき、東の空の果ては、まだかすかな明るみも兆《きざ》していない。

坂の上からは、昼間、雲がきれていれば富士が望まれた。

富士見の茶亭があって、籬の囲う店先に縁台を幾つも並べ、客は縁台にかけて茶や煙草を喫しながら、目黒の田園風景や品川の海のほう、遠くの富士の景色を楽しむのである。

しかし今は、茶亭は板戸を閉じ、縁台も片づけられ、天一郎のかざす提灯のわずかな灯火が、店先を囲う籬や、茶亭の影を薄らと映しているのみである。

そこから、土留《どどめ》の段々になった行人坂が、左へ折れ右へ折れつつ、垢離取り川へとくだっていく。

「天一郎さんには、今、富士は見えないでしょうが、わたしには昼も夜もありませんから、変わらずに富士は見えています」

玄の市は、ついた杖の頭に両掌を重ね、夜空の彼方を眺める仕種をした。

「と言うのは、嘘です。江戸へ下ったのは十六歳のときでした。駿河台下の沢山検校さまに弟子入りし、検校さまの支配下になったのです。十六歳のときは、世界がすでに消えていましたので、わたしは、富士を見たことはありません。これからもないのです」

「しかし、身体のすべてで、感じておられるのでしょう」

「はは、そうでした。はは」

玄の市は、行人坂へ歩み出した。

「わたしは大和小平家の家士・岸井惣之助《そうのすけ》の倅で、玄次郎という名です。身分の低い番方の家柄でね。家を継ぐ前に目がみえなくなり、これでは家督を継いでもご奉公ができません。小平家よりお暇をいただき、国を出たのです」

玄の市の背中に、玄の市が侍だったころの面影が見えていた。

「天一郎さん、わたしは子供のころから勘定が得意でね。侍の子のくせになんの役にたつ、と言われながら、勘定が好きだったものですから、算盤を習っていたのです。でもね、勘定は得意だったけれど、これでも目明きのころは、算盤より剣術のほうが達者だったのです。勘定は、日ごろより金勘定ばかりやっている勘定方にかないませんでしたが、剣術なら歳上の若衆にも負けませんでした」

玄の市は、少し得意げに言った。

坂道は寺院の山門の前をすぎ、石垣の下あたりから、茅葺屋根の下目黒の、軒の低い家並が坂道の西側に沿って始まっていた。

「城下の神陰流の道場に、六つのころから通い始めました。十二、三ぐらいからでしたか、自分でもだんだん強くなっているのがわかってきて、番方の身分の低い家柄ですから、いずれは、番方としてご奉公に上がるのだな、と考えていました。本音は、勘定方でお務めができれば、とは思っていたのですがね」

寺院の石垣の下から右へ曲がり、すぐに左へ折れた東側、大円寺《だいえんじ》の跡地の一角に建立《こんりゅう》された五百羅漢《ごひゃくらかん》がある。木々に囲まれた五百羅漢は、夜明け前の暗闇にすっぽりとくるまれている。

この五百羅漢は、明和九年（一七七二）の行人坂火事で亡くなった、一万四千余の弔いに建立された。行人坂火事があって、世直しのため《安永《あんえい》》と改元された。

あの大火事から、まだわずか三年である。

「目が見えなくなってきたと気づいたのは、十五歳のときです。元服し、二刀を腰に佩びたばかりのころでした」

玄の市は、物思わしげな沈黙をおいて言った。

「具合がおかしい、とはその前から感じてはいたのです。初めは、そのうちに治るだろうと、気にも留めていなかった。この世界が消えるとは、思っていなかった。けれど、それに気づいてから日に日に目が悪くなっていくあのときの、戦《おのの》くほどの恐怖は忘れられません。周囲に気づかれぬようふる舞うのに、必死でした。治ってくれと祈りながらね」

玄の市の背中が、かすかに震えていた。

「青木十郎右衛門の名前は、前から聞いていたのです。わたしと同い歳で、城下では一番人気の高い新陰流道場の若き剣士と、家中では評判でした。その年の春、家中である祝い事があり、御前試合が行われたのです。家中屈指の使い手の家士が殿さまの御前で試合をするのですが、若衆の中からも、武芸に秀でた者が選ばれ、御前試合をすることになったのです。青木十郎右衛門が選ばれました」

「試合相手に、師匠が選ばれたのですね」

「そうです。気づかれぬようふる舞っていたことが、逆に、殿さまの御前の、衆人環視の中で失態をさらす羽目になったのです。何しろ見えなかったものですから、家中一の若き剣士にかなうわけがありません。試合が始まると一瞬の間に、ここをね、打ち据えられました」

玄の市は、背を向けたまま、左肩を手先で戯れるように叩いて見せた。

「堪えきれない痛みに、悲鳴を上げて横転してしまいました。失笑が周りのあちこちからもれ、御前試合にこの様はなんだ、という声が聞こえました。青木がわたしを見くだし、下郎《げろう》が、と吐き捨てたのを、今も覚えています。もっとも、顔つきまではぼうっとしていてわからないのですがね」

「目の事を、打ち明けられたのですか」

「ええ。道場の先生に、あの負け方は尋常ではない、何があった、と質されたのです。十六歳になったときには、明るさを感じるぐらいで、世界はすっかり消えてしまいました。父よりお家にお暇願いを出し、江戸に出たのは、十六歳の、今と同じころの季節です。何も見えないのに、初めての富士は覚えていますよ」

と、玄の市の背中が笑った。

五百羅漢をすぎ、坂道は二曲がりして、明王院《みようおういん》の鄙びた山門をすぎた。

そこから段々の坂が下目黒の町家へくだり、垢離取り川の太鼓橋までまっすぐに道は続いている。

「内海信夫という友がおりました。上士の倅で、身分の低いわたしと、なぜか馬が合いました。小平家では、内海家は殿さまのお側役を務める家柄で、了楽さまのお側役に長年就いてきたのです。わたしより歳はひとつ上です。七年前のお家騒動で了楽さまが家督を譲られて、隠居に退かれたのを機に、内海も倅に家督を譲って隠居暮らしを始めていたのです」

坂をくだりながら、玄の市はなおも言った。

「ところが、三年前、内海に再びご隠居の了楽さまのお側役を務めるようにと、お指図がくだされたのです。三年前と言えば、この行人坂の大円寺から火が出た大火事がありましたね」

「はい。末成り屋の読売も、行人坂火事の風説種で売れたのですが、そのあと、諸《しょ》色《しき》が十倍にも跳ね上がったのには、まいりました」

「幸い、南風の方角からそれておりましたので、上屋敷も下屋敷も火の手からはまぬがれました。ですが、仰ったとおり、そのあとの諸色の高騰に、小平家でも悩まされたそうです。で、その折りに費えの見直しが行われ、下屋敷の了楽さまの浪費が、明らかになったのです。つまり、かなりの額の隠れた了楽さまの借金が、見つかったのです」

狂歌が《年号は　安く永しと変われども、諸色高直《こうじき》　いまにめいわく（明和九年）》と、皮肉った。

「これはまた、お家騒動の種になる、早く手を打たねばと、内海信夫を今一度呼び寄せ、大殿さまの側役につけよ、と年若いご当主・時之介さまのご要請だった。三年前、わが友・内海信夫が、江戸に下っていたとは知らなかった。それが去年の暮れ、内海信夫が、突然、なんの前触れもなく、南小田原町の店を訪ねてきたのです。十六で別れたときから三十四年、今年で三十五年になります」

行人坂をくだり、茅葺屋根の町家を太鼓橋に向かっていた。

天一郎は、玄の市の背中に言った。

「師匠、今、わたしにもわかりました。古き友の内海信夫さまに、百両を用だてたのですね。その内海さまが、九柳典全に斬られた」

玄の市は立ち止まり、節くれだった指を饅頭笠にかけた。

「お側役の内海さまは、隠居の身になっても浪費をやめない小平了楽さまを、厳しく諫めた。それを邪魔に思った了楽さまの密命を受け、九柳典全が、内海さまを、不忠の家臣と成敗したのですね」

「天一郎さん、わたしは強引な取り立てなどしていません。下屋敷へいったのは、わが友・内海と酒を酌み交わす約束だったのです。内海は言ったのです。金をかえすから、下屋敷に訪ねてきてくれ。その折りに、ゆっくり呑もうと。それがなんたることだ。七年前のお家騒動のきっかけになった、板垣七郎左衛門さまと同じ謀殺が、また行われたのです。それが、侍のすることですか」

玄の市は、饅頭笠をかしげて見せた。そして、

「古き友の、仇《かたき》を討たねばなりません。見届けを、お願いします」

と、かしげた饅頭笠を廻らし、天一郎のかざした提灯の明かりを睨んだ。

十

垢離取り川に架かる太鼓橋は、まだ星空に覆われ、丸く反った黒い影を見せてうずくまっていた。

茅葺屋根の家々が、太鼓橋を渡った往来の先にも軒をつらねていた。

家並の周りや往来、また垢離取り川の堤には、樹林の影が枝をのばし、川縁に繁

る灌木《かんぼく》が、こんもりとした影を流れに沿って見せていた。

太鼓橋は、柱をたてず、両岸より石を畳み出して架けた石橋だった。反りが大きく、太鼓の胴に似ているので《太鼓橋》と呼ばれた。

垢離取り川は、ゆるやかに流れている。

橋詰に掛茶屋があり、板戸を閉じた茶亭の軒のそばに、一本の桜の木が花を咲かせ、淡い色の花弁が、川縁におりる石段や船寄せの歩みの板、漆黒の川面に、絶え間なく散っていた。

しばらく前から、生ぬるい南風が吹き始めていた。

桜の木は、川沿いのそこかしこにも枝をのばしていて、桜の木の周りだけは、夜明け前の暗がりの中に薄明かりを灯すかのように、花弁が舞い、気まぐれな花弁は、玄の市の饅頭笠にも戯れかかった。

玄の市は太鼓橋の橋詰に、行人坂を背に佇んでいた。

腰には、莫蓙にくるんでかついできた黒鞘の二刀を佩びていた。

玄の市は、一本独鈷の小倉《こくら》帯に、きゅっきゅっ、と二刀を佩びると、杖は残し、まるで見えているかのように、太鼓橋へ進み、橋に向かって佇んだのだった。

玄の市は跣《はだし》ではなく、素足に下駄のままだった。

刀のことを、天一郎は訊かなかった。訊ねるまでもなかった。侍の義ではなく、座頭として育《はぐく》んだ三十五年の俠気《おとこぎ》が、玄の市のそれを語っていたからだ。

天一郎は提灯をかざし、玄の市の斜め後ろに位置を定めた。

町が目覚めるまでには、今しばらくある。

明けの七ツ前の刻限から、ようやく四半刻がすぎたころだった。

「天一郎さん、きました」

と、玄の市が太鼓橋を見つめたまま言った。

「はい」

天一郎は、提灯を、火を消して道端へ投げた。

火が消え、あたりは、まだ明けきらぬ闇にすっぽりとくるまれた。花弁だけが、闇の中でやわらかな風に舞っている。

橋上には、何も見えていなかった。

気を集め、近づいてくる人の気配を、天一郎は感じとろうとした。

先に闇を透かして、幾人かの草鞋を静かに踏む音が、聞こえてきた。すると、

「天一郎さん、手出しはなりませんよ。あなたは、見届け人ですからね」

と、玄の市は念を押した。

天一郎を残し、橋の方へ数歩、下駄を鳴らした。

間もなく、太鼓橋の大きく反った橋上に、ぼんやりとした明かりが射した。太鼓橋の欄干と橋上の石畳が、明かりを背に受け、くっきりとした影を見せ始めた。明かりはゆれながら、だんだんと太鼓橋を上がってきた。

やがて、ひとつの編笠が橋上に現われ、続いてひとつ、またひとつと、ゆれる編笠が見えた。明かりがゆれる中を、編笠に野羽織野袴の旅姿の三体が、橋上に姿を見せた。先頭が提灯を提げ、橋上へ足早にのぼり、そしてくだり始めた。

三人の佩刀《はいとう》が、先頭のかざした提灯の明かりに鈍く光っていた。

そのとき、橋の下にゆく手を阻むように佇む玄の市を、先頭が認め、「ふむ?」と歩みを止めた。

「その者」

と、提灯を高くかざし、呼び咎めた。

後ろの二人が止まり、饅頭笠に顔の隠れた玄の市を見おろした。

「そこで何をしている」

先頭の男が、声を高くして言った。饅頭笠の下は、単衣を尻端折りにし、股引下駄履きに刀を佩びた扮装《いでたち》を、怪しき追剝ぎ野盗の類《たぐい》とでも思ったのだろう。

「青木十郎右衛門に、用があるのさ。おまえらに用はない」

玄の市が、平然とした口調で言った。

「お、おまえ、座頭か」

提灯をかざし、玄の市の相貌を認めた男が、意外さにたじろいだ。

「青木十郎右衛門、いや、今は九柳典全なら、そう呼んでやるよ。九柳典全、このたびもまた、了楽さまの供をして、国元へ戻るのかい。おまえが江戸へ下ってきたときも、国元へもどるときも、誰かが斬られているな」

玄の市は、かち、と鯉口《こいぐち》をきり、先に刀を抜いた。

「おのれ」

と、男は提灯の火を吹き消し、投げ捨てた。刀の柄袋を解き、抜刀の体勢になった。後ろのひとりが、石橋を鳴らして駆けつけ、

「何者っ」

と、前の男に並んで柄袋を解いた。

橋上で歩みを止めた九柳典全は、何もかえさず、玄の市を見おろしている。

「九柳、国元では板垣七郎左衛門さま、江戸下屋敷では、わが友・内海信夫を斬ったな。むごい事をするじゃないか。さぞかし、無念だったろう。おまえの仕出かし

た事の始末を、つけにきた。わが友の無念を、はらしにきた」

玄の市は、抜いた刀をだらりと垂らしたままである。

「こいつは座頭だ。め、目が見えぬはずだ」

ひとりが言った。

「何？　目が見えんのか」

と、もうひとりが暗がりを透かしてのぞくように見やった。

「座頭とて、先生に無礼を働く者は、容赦せん」

二人は抜刀し、玄の市へ、左右の欄干のほうへ分かれて身がまえながら、橋を下った。しかし、橋詰に佇む玄の市の静けさが、かえって訝しく、玄の市のわきをすり抜け、後ろへ廻ることはできなかった。

玄の市は、饅頭笠を持ち上げ、見えぬ目で二人を睨んだ。

下駄が地面を咬んで、無気味にこすれた。

「いいかい。暗がりで見えないのは、目の不自由な目明きの、おまえたちだ。無駄な事はやめろ。九柳に用があるんだ。九柳、弟子を巻きこむな」

橋上の九柳は、ただ立ちつくし、声もなく見おろしている。

「無礼者」

ひとりが喚き、一歩二歩と踏みこみ、上段にかまえた。

続いて、もうひとりが奇声を発し、上段へとった。

そのとき、先に動いた男のゆく手を阻むように、人影がふいに立ちはだかった。

途端、人影の一撃が編笠に浴びせられた。

男はひと声叫び、がくり、と首を折り畳んだ。衝撃を堪えきれず、欄干へ吹き飛んだ。欄干へ叩きつけられ、横転しながら石橋を転げ落ちていく。

影は即座に、玄の市と今ひとりの間へ身を転じた。上段からの一刀を、鮮やかに受け止めた。

「わが師匠の邪魔はさせん」

天一郎が言った。

「おのれ。仲間がいたか」

編笠の下で男が歯噛みし、天一郎を上から押し潰しにかかる。

天一郎は身体を撓《しな》らせ、次の一瞬、のしかかる男を、下から突き上げた。

男の身体が浮き上がり、あっ、と体勢をくずして数歩退いた。

「弟子の出る幕ではない。命はとらん」

天一郎は叫んだ。しかし、男は即座にくずれた体勢をたてなおし、たたっ、と石橋を駆けおり、再び打ちかかった。

すかさず、八相に引いた。突進する男の右へ飛んで、一撃に空を斬らせると、身を躱しつつ、すり抜ける男の脇胴から背中をひと薙ぎにした。

肉が鳴り、骨が軋んだ。

男は絶叫を上げ、橋の下まで飛んで叩きつけられた。そして、勢いは止まらず、玄の市の傍らを転がっていった。

二人の男の煩悶《はんもん》するうめき声が、暗がりの中でまじり合った。

「峰打ちです。命まではとりません」

刀を垂らしたまま、太鼓橋の橋上へのぼってゆく玄の市に、天一郎は言った。

「ありがとう。では、あとはよろしく」

玄の市は、今にも這いつくばりそうなほど身体を丸め、橋上の九柳典全へ、から、ころ、と下駄を鳴らしつつ、近づいていった。そのとき――

「あとおおお」

雄叫びが、太鼓橋から漆黒の垢離取り川へ流れた。

橋上より夜空へ高々と躍り上がった九柳が柄に手をかけ、泳ぐように抜き放ち、夜空を背に、一刀両断に打ち落とした。

刃と刃が絶叫を発し、火花を散らした。一瞬のつむじ風が舞って、かすかな南風に戯れていた気まぐれな桜の花弁が、二刀の刃にからみついた。

玄の市の地を這う頑丈な足が、咬み合った刃から伝わる九柳の凄まじい力を、びくともせず支えていた。下駄の歯が、石橋をこすった。

「座頭、よく受け止めたな。目は見えずとも、わかるのか。あのときは、泣きながら転がっていたがな」

九柳が、嘲笑った。息が、玄の市にかかった。

すり合わせる刃と刃が、軋んだ。

そこで九柳は、玄の市を軸に素早く廻りこみ、反り橋の上と下を入れ替えた。玄の市の立ち位置を、わざと橋上へ誘い、橋上よりくだった位置から、玄の市を押し上げる体勢になった。

「教えてやる。不忠者の内海はおれが斬った。偉そうに、殿さまに意見などしおって。ああいうわけ知り顔の賢ぶった輩は我慢ならん。侍の忠義がどういうものか、思い知らせてやったのだ。おれに斬られるとき、ぶるぶると震えておったぞ。あのときのおまえと、同じだ。さあこい、座頭。見えぬおまえに、優位を与えてやる。

押せ、押し潰してみろ」

九柳はなおも嘲った。圧力が、玄の市の体軀を押し上げた。

玄の市は下駄の歯を石橋に咬ませて、それを堪えた。

押しかえすと、刀が激しく咬み合い、悲鳴を上げた。

途端、九柳はわきへ一歩体を躱し、玄の市の身体をいなした。相手を失った玄の市の身体は、一瞬、空を泳いだ。泳いだ身体を、一歩、踏みこんで支えた。

九柳には、その一歩の間で十分だった。玄の市をいなして離れた刀を素早くかえし、斜め袈裟懸けに浴びせた。

「くわあ」

渾身《こんしん》の一撃と共に吠えた。

あのとき、青木十郎右衛門の木刀が、玄次郎の肩を打ち抜き、玄次郎は悲鳴を上げて横転したのだった。あのとき、青木の一撃が、どこから襲ってきたのか、玄次郎には見えなかった。

が、この瞬間、玄の市は身体を貝のように折り畳んで、九柳の袈裟懸けに空を打たせていた。見えなくとも、それはわかり、感じられ、読めた。

かがめた足を撓らせ、畳んだ身を起こしながら瞬時に斬り上げた。

切っ先が、九柳の顎をはじいた。編笠が斬り裂かれ、九柳の頭から吹き飛んだ。

あっ、と九柳は顔を背けた。だが、間髪を容れず上段へかえした刀を、三たび、玄の市へ見舞った。

「おりゃあ」

雄叫びが、九柳の動きを玄の市に伝えた。

その一撃と、九柳の顎をかすめた一刀をかえし、九柳へ浴びせた一撃が同時だった。またしても、二刀は火花を花弁のように散らして叩き合った。そして、刃を軋らせつつ、一歩も引かず押し合った。

九柳の顎から浮き出た血の臭気が、玄の市に嗅げた。

「血が臭うよ、九柳。目明きが、座頭に斬られたかい。おまえの血は臭いね。了楽さまも、おまえと同じで、臭そうだね」

「この慮外者《りょがいもの》が」

九柳はうなり、さらに押しこんだ。

押しこまれたかに見えたその瞬時、玄の市はわずかに引きながら、九柳の一刀を巻きこみつつ、刀を下段へ弧を描いて落とした。

強く押しかえしたため、それを防げなかったが、これしきの技など高が知れている、と九柳は読みきっていた。

下段に落ちた二刀の切先が、石橋を激しくこすった。

他愛《たわい》もない。巻き上がるときが最期だ。

所詮、座頭、と思ったそのときだった。

がつ、と奇妙な音が石橋を叩いた。

と、九柳の刀が、悲鳴を上げて、鍔《つば》から一尺ほどを残して折れていた。

刀にかかっていた力が消え、思わず身を引いた途端、追いかける玄の市の一撃が、九柳の首筋にざっくりと食いこんだ。

九柳の手には、一尺足らずの刀身を残した刀があるばかりだった。

折れた刀の先は、踏み折った玄の市の、下駄の下敷きになっていた。

「おや、すまなかったな、大事な刀を。下駄はつまずきやすいものでね」

「おのれ、ば、化け物……」

「九柳、わたしも教えてやるよ。十五のときのあの御前試合で、わたしがおまえごときに負けたのはな、見えぬ目で見ようとしたからだ。人の心の中に、正しく見える目がちゃんとあるのにな。今は、正しく見える目で見ているから、おまえごときに、負けるわけはないのさ。九柳、おまえの目は節穴だよ。何も見えていないのだよ。忠臣も忠義もな。おまえは高利貸より性質の悪いただの人斬りだ。九柳、おまえはおまえ自身さえ、見えちゃいないのさ」

玄の市は、一瞬の間をおいて、九柳の肩を引き斬った。

九柳の首筋から噴きこぼれる血が、奇妙な音をたてた。

九柳は玄の市へ、折れた刀をふり廻し、そのひとふりが空を斬った。九柳は、欄干へすがりついた。だが、くずれ落ちていく身体を支える力は残っていなかった。束の間、欄干に凭れかかり、それから力なく横たわっていった。

「玄次郎、とどめを……」

最後に言ったが、あとは言葉にならなかった。

「師匠っ」

天一郎が、橋上の玄の市を呼んだ。

玄の市は天一郎を見おろし、小さく頷いた。

刀を鞘に納め、太鼓橋を黙ってくだった。そして、腰の二刀をはずし、道端の莚にくるんで、きたときのように背中へかついだ。

橋の下に倒れていた二人の弟子が、ようやく身を起こし始めていた。

玄の市は、片方の手で杖をつかみ、片方は懐に入れ、二人のそばへゆっくりと近づいていった。

二人は怯えた様子で玄の市を見上げ、這いながら逃げようとした。しかし、玄の市は穏やかに言った。

「おまえたちの師匠を、これで弔ってやれ」

と、懐からとり出した数枚の小判を、二人の前に投げたのだった。

「天一郎さん、世話になりました。帰りましょう」

玄の市は、ようやく天一郎へ言った。

天一郎に背中を見せ、ゆっくりと行人坂のほうへ、また下駄を鳴らした。

花弁が、かすかな南風に舞って、玄の市の饅頭笠に降っていた。垢離取り川の東の空の果てには、ひと筋の帯のようなほのかな明るみが兆していた。

終章　婿

その午後、天一郎は三十間堀の土手通りを、新シ橋から北へとっていた。

通りの三十間堀側は、土手蔵や船宿が隙間なく甍《いらか》を並べ、木挽町側には、仕出しの料理屋や茶屋、蕎麦《そば》屋、飯屋、乾物屋、呉服や太物《ふともの》の問屋、書物問屋、大小様々な表店がつらなって、人通りは多かった。

どこかの店の客寄せの声が、聞こえてくる。

その土手通りを、木挽町三丁目から二丁目にさしかかったところで、

「天一郎さん」

と、甲高い娘の声に呼び止められた。

声のしたほうへふりかえると、たった今通りすぎた三丁目の横町の角に、お類と美鶴がいて、天一郎へ笑みを投げていた。

まだ小娘のお類は、赤い袖をゆらして、小走りに天一郎へ近づいてくる。淡い

橙《だいだい》の小袖と藍《あい》地の袴を着けた美鶴は、朱鞘の二刀を腰に佩びてあとから颯爽《さっそう》と歩んでくる姿が目だった。

通りかかりが、はっとして、美鶴に道を譲るようによけていく。

「やあ、お類さん」

天一郎は、手を軽くかざした。

「天一郎さん、どちらへ？」

お類が駆け寄り、明るい声をはずませた。

「二丁目の、和助の店へいくところです」

天一郎は、お類から美鶴へ目を向け、笑みをかえした。

「和助さんの店へ？　和助さん、お怪我をなさったんでしょう。では、まだお怪我が治らないんですか」

「怪我はもうすっかりいいんですが、ただ、このごろ元気がないのです。今日は具合がよくないので休む、と使いを寄こしましたので、様子を見にいくのです」

「あら、和助さん、どうなさったんでしょう。病気ひとつしたことのない、明るく元気でひょうきんなところだけがとり柄の、和助さんなのに」

お類が真顔で言ったので、並びかけた美鶴は、お類の言い方にちょっと呆れたように小さく笑った。

「天一郎、和助に元気がないのは、何かわけがあるのか」

美鶴が、気にかけて訊いた。

「わけは、あるようなないような。和助は何も言いませんので、よくはわかりませんが、具合が悪いとしたら……」

天一郎は、なんとはなしに言い澱《よど》んだ。

「ええ？　どうしたんですか。和助さんに、何かあったのですか。あ、もしかしたら、前に仰っていたお慶さんとかいう方と、かかわりのある事ですか」

天一郎は、さらりと話を転じた。

「美鶴さまは、どちらへ？」

「ふむ。父上の用で、そこの板倉さまの中屋敷をお訪ねしていた。用が済んで、戻るところだ。末成り屋に寄るつもりだったのだ」

「そうなんです。末成り屋にいくのが久しぶりですから、美鶴さまは浮き浮きしちゃって。何しろ、このごろはご家老さまとうちのお爺《じい》さまの目が厳しくて、なかなか出かけられないものですから。ねえ、美鶴さま」

「あなたが、いろいろお喋りするからよ」

「いやだ、美鶴さまはまたわたしのせいにして。わたしは口が固いんですから」

天一郎と美鶴は、そろって噴いた。

「美鶴さま、お類さん、末成り屋へ寄ってください。修斎と三流がいます。修斎の《築地十三景》の絵双紙にかかっています。だいぶ進んでいますので、仕事ぶりを見てやってください。きっと喜ぶと思います」

「修斎さんの《築地十三景》がいよいよ売り出されるのですね。楽しみだわ」

お類が、大きな身ぶりをして見せた。

「わたしは、和助の様子を見て、紙問屋に紙を注文してから戻ります。菓子を買って帰ります。ゆっくりしていってください」

「天一郎、和助を見舞うなら、わたしたちも見舞ってやる。お類、いくよ」

「はい。和助さんを見舞って、元気づけてあげましょう」

お類が楽しげに言った。

本材木町の材木問屋・朱雀屋の主人が代わった事情は、江戸中の読売がとり上げて、だいぶ評判にはなっていた。

だが、朱雀屋の主人にお真矢がついた事情と、大和小平家とのかかわりや、和助とお慶ことお真矢とのかかわりは、表沙汰にはなっていなかった。天一郎たちは、それを読売にしなかった。

「そうですか」

天一郎は戸惑ったが、まあいいか、と思った。

三人は、土手通りをいき始めた。通りかかりが、ちょっと風変わりなとり合わせの三人連れに、ちらりちらり、と好奇の目を投げ、ゆきすぎていく。

うっとりとするような春の日射しが、賑やかな通りに降り、どこかの店の客寄せの声が聞こえていた。


桶の水を流し場の下の水瓶に移し、水瓶に蓋をして身体を起こしたとき、和助は、戸口に佇んでいるお真矢と目を合わせた。

「あっ、お慶」

と、声を出したが、お慶じゃなくてお真矢だ、と思いなおした。

必ずくる、と思っていたが、とうとうきたか、と少し胸が躍った。

「和助さん」

お真矢は微笑みを浮かべたが、すぐ真顔になってぽつりと言った。

「きてたのか」

なんでもない顔つきをするつもりなのに、つい頬がゆるんだ。

甘い顔を見せるんじゃない、と自分に言い聞かせた。

「今さっき、井戸端で、和助さん、わたしにそっぽ向いていっちゃうんだもの、声がかけづらくて」

「そうか。気づかなかった」

「恐い顔してるし……」

お真矢は、お慶のときみたいに、気ままではなかった。装いも娘ではなく、若年増ふうに拵えていて、器量が一段と上がっていた。

「上がれよ。茶を出す。ちょっと贅沢だが、茶を買ったんだ。貧乏人だが、お慶と暮らして、贅沢に慣れてしまった」

「ありがとう」

お真矢は微笑み、遠慮しなかった。

ちょうど竈に火を入れ、湯鍋に湯を沸かしていたところだった。

ほどなく湯が沸き、土びんに茶を淹れた。四畳半ひと間で向き合い、二月の半月ばかりそうしていたように、茶を喫した。

二月のときは、お慶ことお真矢も和助も、気楽に楽しく話がはずんでつきなかったのに、今は言葉がかけられなかった。

「そうだ、預かっていた櫛をかえさないとな」

和助は、わざと面倒そうに、小箪笥《こだんす》から布包みをとり出し、お真矢の膝の前においた。包みを開いて、つげの利休櫛を見せた。

「母上の形見なんだろう。そんな大事なものを」

和助は、無理やり顔をほころばせたが、ちくり、と胸が痛んだ。

「そうなの。これはね、亡くなったおっ母さんの形見なの。とっても大事なものなの。わたしの大事な人にしか、触らせないの」

お真矢は櫛を掌に包んで言った。

和助はこたえられず、目を伏せた。お真矢の目を、見られなかった。胸が苦しくなった。ため息が出た。櫛をかえしたのだから、もう用はないはずだった。前みたいに、何か面白い事を言わなければ、と思った。

「和助さん、怒ってる?」

お真矢が言った。

「どうして。怒るわけがないだろう」

「だって、和助さんに隠していたことがあったし、黙って家に帰っちゃったし、一杯迷惑かけたし、和助さんは命の恩人だし、和助さんと暮らしてとても楽しかったし、とても優しかったし、とても幸せだったし、とても、とても……」

「よせよ。わたしは末成り屋の中では、一番、軽くていい加減な男だからね。誰にでもそうなんだ。わたしのことなど、気にしなくても、いいのさ」

お真矢は、うな垂れていた。

「和助さん。うちに、きてくれない？」

うな垂れたまま、お真矢は言った。

和助は、こたえなかった。沈黙が続き、お真矢は言った。

「わたしの、亭主に、なってくれない」

和助の一生分ぐらいの、長いときが瞬時にすぎた。和助は咳払いをした。声がかすれたからだ。

「無理だよ」

和助は、ようやく言った。

「どうして？」

「どうしてって、わ、わたしはこれでも、御家人の蕪城家の、倅なんだよ。刀も差さず、読売屋の売子をやっているけど、侍は勝手にやめることはできないんだ。いろいろむずかしい事が、あるんだよ。だから、無理だ」

「わたしの事が、嫌いなの？」

「何を言う。嫌いなわけがない」

「好きじゃないの？」

「やめてくれ」

「わたしは、和助さんのことが好きだよ」

「……」

もう言葉にならなかった。

「和助さんとなら、きっと……」

お真矢の言葉も、そこで終わった。二人は向き合ったまま、交わす言葉はなく、茶が冷たくなるまで、じっとしていた。

絶望するのではなく諦めるまでの、悲しむのではなく寂しさに耐えられるようになるまでの、涙を流すのではなくいつかそれを思い出して微笑むことができるようになるまでの間、二人はじっとそうしていたのだった。

路地で遊ぶ子供たちの声が聞こえ、どぶ板が鳴っていた。

やがて、お真矢は立ち上がり、黙って土間におりた。

和助は、石のように動かなかった。

お真矢は表戸を開け、路地に出た。お真矢は戸の外で、佇んでいる天一郎と目が合った。天一郎は粗末な店の板壁に凭れ、腕を組んでいた。

天一郎の後ろに、幼さの残る娘と、二刀を佩びた侍の風体だが、はっとするほどの美しい顔だちの、明らかに女とわかる見知らぬ二人がいた。娘はしくしくと泣いていて、女は娘の肩を抱いて慰めているふうだった。

お真矢は、娘がしくしくと泣いている悲しい気持ちがわかるような気がした。

お真矢は天一郎と、小さな会釈を交わした。しかし、さよならも言わずに、路地を去っていった。

天一郎は、お真矢の姿が路地から消えると、和助の店の戸口に立った。

和助は、四畳半に坐り、肩を落とし、しょんぼりとしていた。だが、戸口に立った天一郎を見つけ、おかしそうに笑顔を見せた。

「なんだ、いたんですか。いやだな、恥ずかしいな」

和助は、いつもの調子で、軽々と言った。

「和助、お真矢さんは、いってしまったぞ」

天一郎は、つい、よけいな事を言った、と気づいた。しかし、

「なぜだ」

と、よけいな事をなおも質した。

「なぜですって？　決まっているじゃないですか。わたしみたいに、調子のいいだけのいい加減な男が、お真矢の亭主になると言ったら、困るのはお真矢じゃないですか。無理なんですよ。意気地《いくじ》なしなんです、わたしは……」

天一郎は、どう言えばいいのか、わからなくなった。

ただ、意気地なしか、と呟いた。

戸の外の美鶴と目を合わせた。美鶴の顔は白く、青ざめて見えた。

お類はまだ、涙をぬぐっていた。

店の中へふりかえると、和助が四畳半に頭を抱えて俯せ、肩を震わせていた。

光文社文庫

文庫書下ろし／長編時代小説

笑《わら》う鬼《おに》 読売屋《よみうりや》 天一郎《てんいちろう》(五)

著者 辻《つじ》堂《どう》魁《かい》

2015年8月20日 初版1刷発行
2020年9月10日 3刷発行

発行者 鈴木広和
印刷 萩原印刷
製本 ナショナル製本

発行所 株式会社 光文社
〒112-8011 東京都文京区音羽1-16-6
電話 (03)5395-8149 編集部
8116 書籍販売部
8125 業務部

© Kai Tsujidō 2015
落丁本・乱丁本は業務部にご連絡くだされば、お取替えいたします。
ISBN978-4-334-76954-3 Printed in Japan

R <日本複製権センター委託出版物>
本書の無断複写複製（コピー）は著作権法上での例外を除き禁じられています。本書をコピーされる場合は、そのつど事前に、日本複製権センター（☎03-6809-1281、e-mail : jrrc_info@jrrc.or.jp）の許諾を得てください。

組版 萩原印刷

本書の電子化は私的使用に限り、著作権法上認められています。ただし代行業者等の第三者による電子データ化及び電子書籍化は、いかなる場合も認められておりません。

佐伯泰英の大ベストセラー!

夏目影二郎始末旅シリーズ 堂々完結!

「異端の英雄」が汚れた役人どもを始末する!

決定版

(一) 八州狩り
(二) 代官狩り
(三) 破牢《はろう》狩り
(四) 妖怪狩り
(五) 百鬼狩り
(六) 下忍《げにん》狩り
(七) 五家《ごけ》狩り
(八) 鉄砲狩り

決定版

(九) 奸臣《かんしん》狩り
(十) 役者狩り
(十一) 秋帆《しゅうはん》狩り
(十二) 鵺女《ぬえめ》狩り
(十三) 忠治狩り
(十四) 奨金《しょうきん》狩り
(十五) 神君狩り

夏目影二郎「狩り」読本

光文社文庫

佐伯泰英の大ベストセラー！

吉原裏同心シリーズ

廓の用心棒・神守幹次郎の秘剣が鞘走る！

(一) 流離「逃亡」改題
(二) 足抜《あしぬき》
(三) 見番《けんばん》
(四) 清搔《すががき》
(五) 初花
(六) 遣手《やりて》
(七) 枕絵《まくらえ》
(八) 炎上
(九) 仮宅《かりたく》

(十) 沽券《こけん》
(十一) 異館《いかん》
(十二) 再建
(十三) 布石
(十四) 決着
(十五) 愛憎
(十六) 仇討《あだうち》
(十七) 夜桜
(十八) 無宿

(十九) 未決
(二十) 髪結
(二十一) 遺文
(二十二) 夢幻
(二十三) 狐舞《きつねまい》
(二十四) 始末
(二十五) 流鶯《りゅうおう》

佐伯泰英「吉原裏同心」読本
光文社文庫編集部編

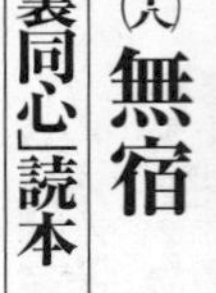

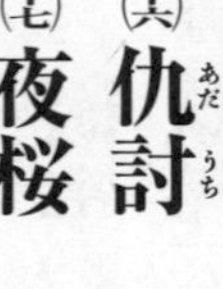

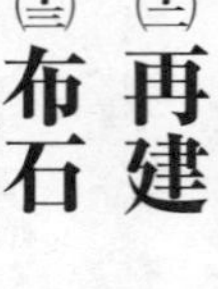

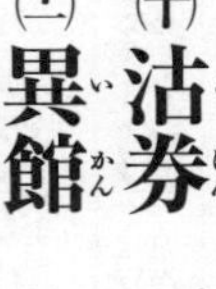

光文社文庫

読みだしたら止まらない!
上田秀人の傑作群

好評発売中★全作品文庫書下ろし!

勘定吟味役異聞●水城聡四郎シリーズ

(一) 破斬《はざん》
(二) 熾火《おきび》
(三) 秋霜《しゅうそう》の撃《げき》
(四) 相剋《そうこく》の渦《うず》
(五) 地の業火《ごうか》
(六) 暁光《ぎょうこう》の断
(七) 遺恨《いこん》の譜《ふ》
(八) 流転《るてん》の果て

神君の遺品 目付 鷹垣隼人正 裏録(一)
錯綜の系譜 目付 鷹垣隼人正 裏録(二)

幻影の天守閣 新装版
夢幻の天守閣

光文社文庫

剣戟、人情、笑いそして涙……

坂岡 真

超一級時代小説

将軍の毒味役 **鬼役シリーズ**

★文庫書下ろし

鬼役 壱

刺客 鬼役 弐

乱心 鬼役 参

遺恨 鬼役 四

惜別 鬼役 五

間者《かんじゃ》 鬼役 六 ★

成敗 鬼役 七 ★

覚悟 鬼役 八 ★

大義 鬼役 九 ★

血路 鬼役 十 ★

矜持《きょうじ》 鬼役 十一 ★

切腹 鬼役 十二 ★

家督 鬼役 十三 ★

気骨 鬼役 十四 ★

手練《てだれ》 鬼役 十五 ★

一命 鬼役 十六 ★

慟哭《どうこく》 鬼役 十七 ★

跡目 鬼役 十八 ★

予兆 鬼役 十九 ★

運命 鬼役 二十 ★

不忠 鬼役 二十一 ★

宿敵 鬼役 二十二 ★

寵臣《ちょうしん》 鬼役 二十三 ★

白刃《はくじん》 鬼役 二十四 ★

引導 鬼役 二十五 ★

金座 鬼役 二十六 ★

公方《くぼう》 鬼役 二十七 ★

黒幕 鬼役 二十八 ★

大名 鬼役 二十九 ★

暗殺 鬼役 三十 ★

鬼役外伝 文庫オリジナル

光文社文庫